William Kleingras

A sexuell Birthday

The Story of Heike...

A Hystory of Love,

Emotion, Sex and Pain.

Rechtsgrundlagen:

- **Der Inhalt enthält stark pornographisches Material, Handlungen und Darstellungen und darf erst von Personen ab 18 Jahren gelesen werden.**

- Durch seinen Ausdrücklichen Hinweis darauf, entzieht sich der Autor jeglicher rechtlicheren Konsequenz und Haftung bei Missbrauch.

- Alle Personen, sowie die Handlung sind frei erfunden und beziehen sich nicht auf real existierende Personen, Geschehnisse oder Lokalitäten.

- Der Inhalt gibt nicht die Denkweise, Anschauung und Meinung des Autors wieder.

- Der Autor distanziert sich zu allen im Buch inhaltlichen Vorkommnissen.

- Sollten im Buch vorkommende Orte, Objekte, Gruppen, Lokalitäten oder Veranstaltungen tatsächlich existieren, stehen diese in keinem Bezug zu den beschriebenen Inhalten und stehen in keinem Zusammenhang zueinander. Die Story ist frei Erfunden gibt frei erfundene Darstellungsorte wieder. Von einem realen Bezug wird sich strikt distanziert.

- Personen und die ihnen zugeordneten Charaktere stehen in keinen Zusammenhang und sind frei erfunden.

Kapitelverzeichnis:

Vorwort:

Eines der größten Geschenke, dass wir zu unseren Leben bekommen haben, ist die Gabe der Erwartung und Spannung.

Wie langweilig das Leben doch wäre, wenn wir bei allem in Voraus wüssten, wie es ausgeht. In den nächsten Augenblicken könnte etwas passieren, das die gesamte Richtung und Qualität des Lebens in einer Sekunde verändert.

Wir müssen lernen, Veränderungen zu lieben, denn sie sind das Einzige, das mit Sicherheit eintritt.

Zitat: Petra Schübert / Starline Seminare e. k.

Vorstellung der Figuren:

Heike:

Um sie geht es hier. Ehefrau mit vielen sexuellen Geheimnissen. Vom ersten Mal bis heute. Sex war ihr Hobby und sie wurde unersättlich. Lüstern jagte und erlegte sie im Laufe der Jahre unzählige Sexpartner und Partnerinnen. Plötzlich aber folgte die große Liebe. Nur alte Gewohnheiten lassen sich nur sehr schlecht abstellen. Und obwohl sie sich selbst alle Freiheiten herausnimmt, für die sie ständig Entschuldigungen, Ausflüchte und Rechtfertigungen erfindet, um ihr Gewissen zu beruhigen, brodelt in ihr eine wahnsinnige Eifersucht. Niemals unter keinen Umständen würde sie ihren Mann mit einer anderen teilen. Ein ständiger innerer Konflikt zwischen Treue und sexuellen Verlangen teilt Heike seitdem in einen Menschen mit zwei verschiedenen Charakteren. Aber einer von beiden könnte ihr schon bald zum Verhängnis werden.

Vorstellung der Figuren:

Ihr Mann:

Das ist die große Liebe von Heike. Der Mann, den sie nie mehr verlieren oder in ihrem Leben missen möchte. Für ihn, war sie bereit ihre sexuellen Abenteuer einzustellen. Zumindest ist der Wille dazu vorhanden. Er weiß von Heikes Vergangenheit und ihren Ausrutschern in all den Ehejahren nichts. Für ihn steht fest. Ein betrug in der Ehe, würde das sofortige aus bedeuten. Dessen ist sich auch Heike bewusst. Schon bald aber könnte er, durch sein eigenes Zutun an einen Wendepunkt seines Lebens kommen, mit dem er nie konfrontiert werden wollte. Zudem plagen ihn erotische Wünsche und Fantasien, die er gerne mit seiner Frau ausleben möchte, sich aber nie mit ihr darüber sprechen traute. Vielleicht ein fataler Fehler, dessen folgen unvorhersehbares bringen?

Vorstellung der Figuren:

Jule:

Auf sie wird Heike treffen. Jule spiegelt Heike in ihrer Jugend wieder. Nur ist Jule ein eiskalter, berechnender Engel ohne Mitgefühl und Skrupel. Ein sexuell nicht zu befriedigender Vamp auf der Suche nach Nahrung. Wo sie auftaucht enden Beziehungen, gehen Herzen und Selbstwertgefühle in die Brüche. Sie bringt das Chaos und die Zerstörung von sämtlicher Vorstellung von Liebe und Vertrauen. Ein lüsterner, alles verschlingender Dämon in Gestalt eines unschuldigen Engels. Was sie will holt sie sich. Was ihr im Weg steht wird vernichtet. Und ihr nächstes Opfer steht bereits fest. Heikes Mann! Doch das unstillbare Verlangen ist groß. Er soll nicht der einzige bleiben, der auf Jules Liste steht.

Vorstellung der Figuren:

Neo:

Neo ist die männliche Form von Jule. Sie beide verbindet eine gemeinsame Zeit. Er dient Jule zur Umsetzung ihres Willens, ihrer Lüste und umgekehrt. Eine ruhelose, nie zu Ende kommende Sexmaschine die seine „Opfer" gedemütigt zurücklässt. Ein nicht zu bändigendes Tier, das vollkommen die Kontrolle verliert, wenn es um die Befriedigung seiner sexuellen Interessen geht. Gefühle und Emotionen sind im Fremd. Für ihn zählt nur der Körper der Begierde. Das Lustobjekt, das er erlegen will. Und er weiß, dass ihm niemand widerstehen kann. Der Frauentraum, den alle haben wollen. Doch was nach Neo bleibt, sind Tränen, Erniedrigung und Schmerz. Sein neues Zielobjekt ist Heike. Und er wird alles dran setzen sie zu kriegen.

Vorstellung der Figuren:

Taskal:

Taskal ist ein Bekannter von Jule und Neo. Teilt aber nicht deren Einstellung und Anschauungen. Trotzdem verbindet sie die Freude am ausdauernden und guten Sex und gibt so die Grundlage für eine Zweckbeziehung wieder. Taskal hat moralische Werte und sieht auch den Menschen hinter den Körper. Wie er in den ganzen verwickelt ist, bleibt abzuwarten. Er ist ein guter Lover und lehnt niemanden ab, der freiwillig auf ihn zugeht. Könnte das bald der Fall sein?

Vorstellung der Figuren:

Nicole:

Man nennt sie auch the Queen. Und das nicht ohne Grund. Sie könnte das Urgestein darstellen, aus der jede Diva und Hure entsprungen ist. Das professionellste sexuelle Werk, das jemals erschaffen wurde. Unantastbar, unerreichbar und unnahbar. Die Meisterin der sexuellen Lust, Kunst und Befriedigung. Ihre Handgriffe machen hörig, ihre Fähigkeiten abhängig. Sie ist eine Medusa von der niemand seinen Blick wenden kann. Sie zieht alle in ihren Bann und macht sie zu sexuellen, willenlosen Marionetten. Sie bestimmt das Spiel, den Ort und die Zeit. Wer geht und wer bleibt. Wer ihren Weg kreuzte, wird nie mehr so sein wie er vorher war. Und auch die Welt, die er glaubte zu kennen, wird sich für immer verändert haben. Wer von den anderen beteiligten wird wohl Nicoles Weg kreuzen? Oder hat ihn eventuell schon gekreuzt? Es bleibt abzuwarten welche Auswirkungen von ihr ausgehen. Eines ist sicher. Fear the Queen!

Vorstellung der Figuren:

Mia und Kong

Das dunkelhäutige Geschwisterpaar spielt eine nicht unbedeutende Rolle in der Geschichte.

Mia gleicht einer geheimnisvollen schwarzen Katze mit dem Unschuldsblick eines Schulmädchens.

Aber ist die Katze wirklich so sanft wie sie tut? Oder fährt sie bereits ihre Krallen nach jemanden aus? Mit ihrer hilfsbereiten und herzlichen Art steht sie bei „Notfällen" stets treu zur Seite…

Neben Mia ist immer ihr Bruder Kong zu finden. Ein kolossaler, gigantischer Hüne, der sein Schwesterlein nie aus den Augen lässt und auch daran interessiert ist, dass sich die Wünsche seiner Schwester erfüllen…

Wie und auf wen wird Mia diesen Titanen lenken und wer wird Schaden oder Nutzen davon haben?

Vorstellung der Figuren:

Jürgen und Schorsch:

Beide Herren kreuzten Heikes Leben und es hatte Einfluss auf alle Beteiligten. Positiv? Negativ? Was dies für Folgen hatte bleibt abzuwarten. Es muss wohl ein größeres Ausmaß gewesen sein. Denn den beiden Herren, wie sie unterschiedlicher nicht sein konnten, wurden eigene Kapitel gewidmet. Was also passierte hier?

Gedankenreise

…es sollte ihr 37. Geburtstag sein. Ein langweiliger Tag dachte sich Heike und erinnerte sich an ihre letzten Geburtstage. „Alles Gute zum Geburtstag" hörte sie plötzlich und wurde aus ihren Tagträumen gerissen. Ihr Mann stand in der Tür. Mit einem verschwitzten Lächeln ging er auf sie zu, drückte ihr einen dicken Kuss auf die Lippen und umarmte sie zärtlich. „Heute wird ein besonderer Geburtstag werden. Er soll sich deutlich von allen anderen unterscheiden und du sollst ihn nie vergessen" flüsterte er ihr ins Ohr. Als Heike noch überlegte, um welche Überraschung es sich wohl handeln könnte, bekam sie schon die Antwort. „Ich möchte mit dir heute in einem Swinger Club feiern" flüsterte er weiter, küsste sie am Hals und lies sie verdutzt stehen. Weg war er. „In einen Swinger Club", dachte sie und viele Gedanken schossen ihre durch den Kopf. Klar, hatte man schon mal darüber gesprochen und natürlich liefen einen bei den Gedanken zahlreiche erotische Fantasien durch den Kopf, aber in echt…???

Heike überlegte, was wohl wäre, wenn ihr Mann seinen Schwanz in die Möse einer anderen steckt und sie zuschauen müsste, wie er es einer anderen richtig gut besorgt. Das wollte sie auf gar keinen Fall. Ihr Mann hatte einen super geilen Schwanz. Die optimale Länge, den perfekten Durchmesser.

Ein Prachtexemplar, wie ihn sich jede Pussy wünschen würde. "Nein" dachte sich Heike, diesen Schwanz teile ich nicht. „Der einzige Spalt, in den sich dieser Kolben schiebt, ist meiner".

Andererseits, so wägte sie ab, hätte sie unwahrscheinliche Lust, es mal wieder mit einer anderen Frau zu machen.

Sich gegenseitig die Muschis zu streicheln, die sanften Lippen einer Frau auf den Nippeln zu spüren, zu erleben, wie die Zunge einer Fremden zwischen den Schenkeln entlang nach oben wandert und beginnt, den bereits feucht gewordenen Schlitz mit der Zungenspitze zu verwöhnen…

Wenn sich dann auch noch zärtlich, die erotischen Finger langsam in die Scheide schieben und behutsam mit stoßenden Bewegungen rein und raus zu gleiten beginnen…oh, was wäre das für ein Abend. Heike war sichtlich erregt und verspürte große Lust, ihren Mund auf die Möse einer anderen zu pressen, sie zu küssen, zu liebkosen, mit ihrer Zunge tief in ihre Fotze vorzudringen.

Plötzlich schoss ihr, neben all den schönen Vorstellungen noch ein anderer Gedanke in den Kopf. „Was ist, wenn mich jemand ekliges ficken will? Oder jemand mit einem furchtbar hässlichen Schwanz?" Heike dachte zurück: „Oh mein Gott, was war in all den Jahren schon über mich drüber gerutscht.

Und was hatte ich für hässliche Dinger zwischen den Beinen."

Heike war jung, geil und hatte Spaß am Sex. Sie versuchte sich daran zu erinnern, wer sie alles fickte. Etliche wusste sie schon gar nicht mehr, auch nicht die Namen oder an die Plätze und Orte wo es geschehen war. Aber es dürften weit über 100 verschiedene Schwänze gewesen sein, die sie bis heute in ihrer Möse hatte. Auch liebte sie es, harte pulsierende Pimmel zu wixen und pralle Eier zu massieren. Sie genoss, dass meist kurze, dunkle ruckartige Stöhnen der Männer und die vor Lust verzehrten Gesichtsausdrücke während sie es ihnen besorgte.

Besonders schön war der Moment, als die prallen Schwänze in hohen Bogen ihren warmen Saft herausspritzten. Die spritzenden Lümmel wixte sie weiter, bis diese das zucken aufhörten und kein Tropfen mehr aus ihnen herauszuquetschen war. Oft machte sie aber noch weiter. Heike presste die Schwänze förmlich aus, melkte sie leer und obwohl sie schon merkte, dass der Schwanz in ihrer Hand an Härte verlor, bearbeitete sie ihn noch weiter. Solange bis die Männer sie anbettelten aufzuhören. „Bitte hör auf", „ich kann nicht mehr", „der Sack ist leer", oder „es tut jetzt schon weh" waren die häufigsten winslereien.
Erst dann lies sie das abgespritzte Ding los und sah erfreut zu, wie der kurz zuvor noch stramme Kolben nun erschöpft zusammenfiel und im eigenen tropfenden Saft auf seinen Besitzer liegen blieb.

Es war schön zu hören, wie die Männer kamen und im Anschluss zu sehen, wie erleichtert und befriedigt sie da lagen.

Es muss furchtbar sein, so geil zu sein und solch einen Druck ertragen zu müssen, dachte sich Heike immer. Es war ihr jedes Mal wieder eine große Freude, dabei Abhilfe schaffen zu können. Nicht zu vergessen, das Gefühl von Macht, welches sie dabei jedes Mal beflügelte.

Diese coolen Typen, mit ihren Sprüchen, wie gut sie ficken, wie lange sie können, wie groß ihre Schwänze sind und bla…bla… bla…Das war die reinste Provokation in Heikes Ohren. Wenn sie aber dann anfing, sie richtig ran zu nehmen, war außer Gejammere nichts mehr zu hören. Schon nach ein paar Minuten wixen, war von dem Schwanz nichts mehr übrig, als eine schlappe, abgespritzte Nudel. Tja, große Worte, nichts dahinter.

Heike wixte sehr gut und wusste genau wie sie mit Eiern umzugehen hatte. Mit einer Hand den Stängel schleudern und mit der anderen die Eier kraulen. Wenn Heike Hand anlegte, dauerte es niemals lange. Nach kurzer Zeit war alles vorbei. Sie hatte den Ruf, die beste im Schwänze wixen zu sein. Oft wurden schon Wetten abgeschlossen, wie lange es dauern würde, bis der Typ, den sie eben vernaschte, wohl brauchte, um abzuspritzen.

„Dieses Talent, war damals stets eine gute Möglichkeit mir das Gehalt aufzubessern", dachte sie schmunzelnd zurück. Dabei fielen ihr spontan die Wix – und Blas Marathons im Jugendvereinsheim bei ihr auf dem Dorf, in dem sie in ihrer Jugend wohnte, ein.

Für nen 10 er schnell gewichst, für nen 20 ni flink geblasen und für mehr Bares gibt's das Loch zu stopfen hieß damals ihre Devise „Oh ja, ich hatte wirklich viele Schwänze in Hand und Mund, denen ich es richtig besorgte." Soweit sie sich erinnerte, dürften es locker noch mal über 150 gewesen sein, zusätzlich zu den etlichen Kolben, die sich in ihre Fotze pressten. „Ich habe es wirklich ganz schön bunt getrieben und hatte ziemlich viel Verschleiß", erinnerte sie sich selbstkritisch zurück. Aber als Azubine in der Zahnarztpraxis musste man eben schauen wo man bleibt und wie man sich das bisschen Gehalt aufbessert.

Lehrlingsalltag

Und das obwohl sie so ein anständiges Lehrmädchen war, dass vollen Körpereinsatz brachte und sich stets um den „Bohrer" des Doktors leidenschaftlich kümmerte. Fast täglich würde der „Bohrer" in ihren „Sterilisator" eingelegt. Damit er am nächsten Tag sauber war und wieder gute Arbeit leisten konnte. Die Zahnarztpraxis gehörte einen durchaus attraktiven, ca. 40-jährigen Arzt. Durch die weiße Arbeitshose war unschwer zu erkennen, dass der Doktor seinen größten „Bohrer" wohl bei sich in der Hose trug. Heike war zu Lehrbeginn knackige 16 Jahre und ihr ihrer sexuellen Entdeckungsphase.

Ihre Entjungferung lag schon einige Zeit zurück und sie war eifrig damit beschäftigt, Erfahrungen und Vergleiche zu sammeln. Manch 20ig jährige war wohl bei weiten noch nicht so oft genommen worden wie Heike mit ihren 16. So war es kein Wunder, dass ihr der reife Doc und sein Arbeitsgerät gleich ins Auge fielen und sie starkes Interesse an beiden entwickelte.

Auch der Doc, war sehr zum Unwohlsein seiner Frau von dem attraktiven, doch immer sehr knapp und leicht gekleideten Mädchen begeistern und bot ihr den Lehrplatz an.

Heike hatte bis dahin nur Sex mit etwa gleichaltrigen und war sehr enttäuscht von dem was sie da erlebte.

Sie hatte sich das alles immer so toll und intensiv vorgestellt und aus den Filmen, die man heimlich schaute, kannte man stundenlange Akte voller Stellungswechsel. Die Erfahrungen die Heike machte, boten nichts der Gleichen. Es war eintönig und langweilig. Einer war wie der andere. Sie kam sich vor als ob ein Karnickel auf ihr aufsitzen würde und sie im Galopp durchrammelte. Zack…zack…zack, egal welche Stellung. Sie wurde wie ein Stück Fleisch einfach durchgeklopft. Den Jungs fehlte die Erfahrung und die Ausdauer. So träumte sie weiter von dem wilden Sex aus den Filmen und hoffte ihn bald mal erleben zu dürfen.

Das erklärte auch den hohen Verschleiß von Heikes Sexpartner schon in jungen Jahren. Sie wollte ihren sexuellen Traum erleben und schnappte sich Junge um Junge.

Einer musste doch endlich mal in der Lage sein, ihr die schönste Sache der Welt mal richtig zu zeigen. So war es auch kein Wunder, dass ihr Interesse am Doktor immer größer Würde. Jeden Tag fragte sie sich, wie es ihr der Doc wohl machen würde. Abends im Bett, wenn sie es sich selbst machte, dachte sie oft an ihn und lebte leidenschaftliche Szenen aus. Den Doc plagten dieselben Probleme. Er wusste wie falsch es sein würde, seine 16-jährige Auszubildende zu vögeln und was es für Konsequenzen geben könnte. Aber er konnte nicht mehr anders. Sie provozierte ihn mit Blicken, Gesten und Bewegungen.

Ihr Arsch, ihre Brüste, ihre Beine. Alles so jung und knackig. So unschuldig und doch so sündhaft sexy. Sie verbarg fast nichts mehr, wenn sie auf Arbeit erschien. Immer wenn er sie sah, sie ihn zufällig anrempelte oder aus Versehen an einer Intimen Stelle berührte, richtete sich sein bestes Stück bereits auf und forderte sein Lehrmädchen ein. Das ganze Spiel ging 1 Monat gut. Dann gab es für die beiden kein Halten mehr. Es war für Heike ein unvergessliches Erlebnis, als sie der Doc das erste Mal auf der Patientenliege nahm.

Sie hatte das gefunden was sie suchte. Geilen langen Sex. Und er war so anders. Er führte ihn ganz anders ein. Nahm sie so, wie sie es aus den Filmen kannte und machte auch nicht schlapp. Es war jedesmal wunderbar, wenn er seinen „Bohrer" an ihr testete. Der Orgasmus war ihr garantiert und Heike war auch sehr bemüht, den Herrn Doktor zufrieden zu stellen. Was ihr auch jedesmal gelang. Selbst nach Wochen und das wobei sie täglich zu jeder freien Minute über sich herfielen, begann der Arzt den Liebesakt jedesmal mit demselben Worten. „Das gibt es doch nicht wie eng du bist, du kleines Luder. Aber nach drei Jahren Lehrzeit werde ich dich dann schon weitergemacht haben."

Vielleicht wäre es auch dazu gekommen, wenn nicht die Frau des Doktors die beiden in der Praxis bei voller Intimität erwischt hätte.

Aber anstatt, dass sie die Situation genutzt hätte und ihren Mann die Möglichkeit gegeben hätte, seinen

„Bohrer" zeitnah in zwei verschiedenen „Sterilisatoren" zu testen, um den gravierenden Unterschied zwischen Alt und Jung, frisch und verbraucht, eng und ausgeleiert im direkten Verglich zu erleben, rastete die Dame förmlich aus. Das war das aus ihrer ersten Lehre.

Die gute Erinnerung daran, neben den großartigen Liebesakten war, dass es für alle beteiligten gut aus ging. Nur „weit" gevögelt ist Heike bis heute noch nicht.

Es war für sie auf alle Fälle der Beginn einer neuen Ära. Sie hatte mit dem Doktor ein neues Level kennengelernt was das Liebesspiel angeht.
Dieses Niveau wollte sie beibehalten und ausbauen. Seit diesem Schlüsselerlebnis orientierte sich Heike auf die reiferen Männer. Ein Abschnitt, in dem sie viel lernte und gerne auch weiter gab. Sex war jetzt wieder ein ganz neues Erlebnis für sie. Sie wollte mehr testen, mehr Männer ausprobieren, hielt es oft vor Neugierde kaum mehr aus, bis sie es endlich erfahren durfte, wie der Auserwählte beim Akt tätig war.

Es war der pure Spaß am Sex, der sie durch all die Jahre so antrieb. Das kam aber davon, dass Heike selbst immer, wie in Trance, ungehemmt und ungebremst in Fahrt kam, wenn sie einen harten Stängel wixen konnte.

Je länger sie die Schwänze bearbeitete, um so feuchter wurde ihre Fotze. Oft hielt sie es selbst nicht mehr aus.

„Schluss mit wixen" war dann ihr einziger Gedanke. Sie musste dieses harte Ding jetzt spüren. Tief in ihre Fotze sollte er sich jetzt bohren und sie komplett ausfüllen.

Und so führte Heike die steifen Schwänze zu ihrem Schlitz, setzte sich drauf und begann sie zu reiten. Da die Schwänze aber bereits im Vorfeld so von ihr bearbeitet wurden und sie eine wirklich sehr heiße Fickfotze hatte, dauerte es nicht lange und sie saß auf einen abspritzenden Zipfel, der sich mit den letzten, heftigen Stößen, tief in ihre Muschi rammte. Vorbei war die Wunschvorstellung noch im Doggy Style genommen zu werden.

Alle hatten aber nicht das Privileg, ihr ins Möschen zu spritzen. Als sie merkte, dass die pulsierenden Schwänze kamen, ging sie schnell herunter und machte sie in gewohnter Weise per Handbetrieb leer.

Sollte sie vor lauter Geilheit trotzdem noch dran gedacht haben, über den Schwanz einen Gummi zu ziehen, blieb sie gerne auch mal drauf sitzen.

Nur wenige Auserwählte hatten das Sonderrecht, sie ohne Gummi zu vögeln und ihr den Saft tief in die Fotze zu spritzen.

Das waren dann die Typen, die Heike richtig heiß fand, die einige Zeit beim wixen durchhielten und sich somit ein blankes Fötzchen verdient hatten.

Leider kamen auch diese, von denen man deutlich mehr erwartet hätte, ziemlich schnell, als sie sich dann drauf setze. Klar wurde sie überhäuft mit Komplimenten wie „Deine Muschi ist der absolute Hammer", „Ich habe noch nie so eine geile Möse gefickt" oder „Du fickst einfach unglaublich". Nur leider hatte sie davon nicht viel. Sie saß auf einen abgespritzten Schwanz, hatte eine Menge Sperma im Schlitz, war geil und ohne Orgasmus.

„Gut, dass ich meinen Mann jetzt habe" dachte sie, als sie mit ihren Gedanken wieder in die Gegenwart zurück schweifte. "Er besorgt es mir wirklich gut, bringt mich zum Orgasmus und kann locker mit mir mithalten."

Immer noch stand sie allein und verdattert in der Küche, als sie ihre Reise in die Vergangenheit beendete. Eine turbulente, aufregende Vergangenheit mit viel Erfahrungen aber auch Enttäuschungen.

Aber hatte sich viel geändert von damals bis heute? Selbstkritisch dachte sie „Ja". Oder betrachtete sie es einfach aus einem anderen Gesichtspunkt oder redete sie sich was ein?

Eine quälende Frage, die sie nicht gleich oder gezielt eindeutig beantworten konnte.

Seit sie das erste Mal gebumst wurde, stellte sich Heike schon die Frage: „ Kontrolliere ich meine Triebe, oder kontrollieren meine Triebe mich?"

Und in unmittelbarer Zukunft sollte sie nun in einen Swingerclub….

Heike versuchte ihre Gedanken zu ordnen und sich auf das hier und jetzt zu beziehen. Sie musste sich mit der neuen Situation, mit der sie ihr Mann freudig konfrontierte, auseinander setzen und eine Lösung finden….

Geil ist auch die Gegenwart

Jetzt war sie 37 geworden. Seit über 12 Jahren ist sie nun glücklich verheiratet und von ihrer wilden Vergangenheit ist nicht mehr viel übrig außer Geheimnisse und wilde Erinnerungen. Oder?

Frau wird doch auch mit den Jahren ruhiger. Regelmäßig in gewissen Abständen hatte sie hemmungslosen Sex mit ihrem Mann, der immer noch so geil war, wie am ersten Tag. Und selbst nach all den Jahren, schaffte er es immer noch, es ihr zu besorgen und sie zum Orgasmus zu bringen.

Hier und da mal ein Ausrutscher, z. B. mit dem Arbeitskollegen einen Quicki im Auto nach der Spätschicht, einen One-Night-Stand, wenn man mal mit den Mädels allein unterwegs war oder eine kurzweilige Affäre, die sich so ergab, waren Heikes einzige Seitensprünge. Hinzu kamen dann noch die Möglichkeiten, sich in Gewissen Etablissement, auf die schnelle das Einkommen aufzubessern.

Ansonsten war es sehr ruhig geworden in ihrem Sexleben in Gegensatz zu früher.

Sie hatte sich aber fest vorgenommen, auch diese Ausrutscher noch weiter zu reduzieren. "Warum denn auch", dachte sie „Keiner ist schöner als mein Mann, keiner fickt mich besser und keinen liebe ich mehr". Aber es passierte halt immer wieder mal.

Ihr Sexhunger und ihre Triebe gingen gnadenlos mit ihr durch, auch wenn ihr der Verstand noch so oft sagte, dass es falsch ist, was sie hier macht.

Meistens waren es dieselben Gründe: Prahlende Typen, die behaupteten, die besten Lover und wildesten Hengste zu sein. Von den großen Sprüchen aber, nachdem man sie herfickte, blieb nicht mehr viel übrig, als ein schnell abspritzender Schwanz und sein verdattert dreinschauender Träger. Die einen kamen, wenn man sie nur kurz wixte, die anderen sobald man sich drauf setzte und einige schon, wenn man ihn nur in den Mund nahm.

Ein paar Mal sagte sie, genervt von genau diesen Arbeitskollegen „Zeig mir doch nach Dienstende in deinem Auto oder zu Hause was du drauf hast".

Oft lief es auf die schnelle Nummer auf der Rücksitzbank des Autos auf einen Parkplatz hinaus. Hausbesuche machte sie nur, wenn die Wohnung des Typen auf ihren Heimweg lag. Lang rumfahren, wegen ein paar Minuten kam für sie nicht in Frage.

Oder dann die süßen Typen, wo man sich dachte, „wie der wohl fickt? Oder was mag der für einen Schwanz haben?" Auch diese vernaschte sie gerne mal, aus reiner Neugierde heraus.

Es war leider immer derselbe Ablauf. Nichts Neues oder Spannendes.

Etwas knutschen, fummeln, schon begannen die Jungs ihr unter die Bluse zu gehen und mit ihren Brüsten zu spielen, sie zu küssen, an den Nippeln zu knabbern, den Hals zu liebkosen und forderten heiße Zungenküsse. Dann wanderten ihre Hände nach unten, öffneten den Gürtel und tasteten sich weiter nach unten vor, wo ihre feuchte Muschi schon wartete. Nach kurzen streicheln und erkunden, hat man dann schon den ersten Finger in der Grotte stecken. Nun war es an der Zeit, das steife Glied der Typen auszupacken, es zu reiben, in den Mund zu nehmen, daran zu lutschen und damit zu spielen. Viel Gestöhne und die Finger schoben sich immer fester, tiefer und schneller in die Muschi. Heike wollte nie lange Spiele im Auto. Sie wollte einfach sehen, was der Typ drauf hat und ihm beweisen, dass sie viel besser ist. Also runter mit den Klamotten und die Eier massiert, den Schwanz im Wechsel gewixt und geblasen. Schon nach kurzer Zeit merkte sie, dass die Lümmel vorm abspritzen standen. „Gummi rauf, ich will ficken", befahl sie dann. Meistens dauerte das überziehen des Gummis länger als der ganze Ritt. Sobald sie das Glied zu ihrer wartenden Fotze führte und sich drauf setzen wollte, war ihr schon bewusst, dass dies ein kurzer Spaß werden würde. Heikes Lieblingsstellungen waren die Reverse Cowgirl Position und das Reiten. Aber auch von hinten im Doggy Style war sie nicht abgeneigt. Zu dem kam es aber nur selten. Nach kurzen Ritt war alles vorbei.

Die meisten massierten ihre Brüste, während sie von ihr her geritten wurden und liebkosten sie am ganzen Körper. Umschallt vom keuchenden Gehechel bald zum Orgasmus kommender Männer.

Heike wollte es am Anfang immer gerne sanft. So glitt sie langsam auf das erregte Glied und führte es tief in sie ein. Gemütlich bewegte sie sich darauf auf und ab. Ganz tief sollte es in sie eindringen und beim Hochgehen schon fast wieder aus der Scheide heraus flutschen.

Dann wieder tief nach unten…So tat es ihr am besten. Sie merkte wie er sich reinschob und begann ihre Fotze zu füllen.

Zum Bedauern ging dieses genussvolle, langsame hinaus - und hineingleiten lassen nie lange. Nach wenigen Minuten begannen die Männer schneller und fester zu schieben. Drei bis vier richtig hammerharte feste, geile Stöße, ein lautes Stöhnen, gefolgt von einem „ich komme" und vorbei…, aus fertig. Genau so wie sie es vom Prinzip her wollte. Schnell stieg sie von dem Schwanz herunter, zog sich an und meinte:" War das alles? Ich hätte mehr erwartet. Sei mir nicht böse, wenn ich dich jetzt so sitzen lasse, aber meine Möse ist noch feucht, ich bin noch geil und ich will jetzt nur noch schnell heim zu meinem Mann und mich richtig vögeln lassen".

Schon war sie aus dem Auto verschwunden und auf den Heimweg.

Zu Hause fiel sie dann gleich, zur Freude ihres Mannes über ihn her. Sie genoss es schon sehr, innerhalb so kurzer Zeit von zwei verschiedenen Männern, die Schwänze in der Pussy gehabt zu haben und war immer wieder heil froh, so in Pracht-exemplar geheiratet zu haben, der die Enttäuschung vom Vorgänger ganz schnell weg vögelte. Auch das sich anbahnende schlechte Gewissen ihren Mann gegenüber war sofort weggefickt, als dieser in sie eindrang. Problematisch wurde es nur, wenn beim Quicki kein Gummi parat war. Auch wenn Heike immer runter ging, wenn die Typen abspritzten, so kam es doch das eine oder andere Mal vor, dass ein paar Tropfen in ihrer Muschi blieben.

„Dieses Zeug, trotz wischen läuft mir der Saft immer noch stundenlang später aus der Möse" schimpfte Heike. Sie wurde immer sehr ärgerlich, wenn ihr jemand ohne Einverständnis in die Muschi spritzte. Ärgerlich deshalb, weil sie zu Hause sehr vorsichtig sein musste, wenn sie im Anschluss mit ihrem Mann vögelte Es wären mit Sicherheit sehr unangenehme Fragen geworden, warum ihre Fotze voller Sperma war.

So war sie jedes Mal heilfroh, wenn ihr Mann, ihr eine ganze Ladung rein spritzte und überzeugt davon war, dass das alles sein Saft war, der ihr aus ihrer Muschi herausquoll.

Demonstrativ blieb sie mit weit gespreizten Beinen liegen, zog sich ihre Schamlippen auseinander und meinte: „Schatz, schau nur, wie dein Zeug aus mir heraus läuft. Hatte sich eine Mange wieder angestaut bei dir. Armes Schatzi. Musst wohl schon viel Druck gehabt haben."

Dann waren da noch die One-Night-Stands. Ein schöner Party Abend, etwas Alkohol, die richtigen Leute und schon kribbelte es im Schritt. „Einfach jetzt noch kurz ficken und dann entspannt nach Hause" waren Heikes Gedanken zu so einem Abend. Für Heike war es ein leichtes, sich jemanden zu angeln. Durch ihre charmante Art und ihr sexy aussehen, holte sie sich jeden, den sie wollte. Meistens ging sie aber auch hier unbefriedigt nach Hause und ihr Mann musste das nachholen, was andere versäumten, bzw. nicht schafften. Es ihr richtig besorgen und ihr einen lustvollen Orgasmus verschaffen. Sie wusste, dass sie eine geile Muschi hatte und dass sie verdammt gut war.

Dies war aber leider auch der Grund, warum das Finale erst zu Hause zu bekommen war. Sie war fordernd und stellte hohe Ansprüche was die sexuelle Leistung ihres Partners anging.

Klar, so ein One-Night-Stand hatte was. Eine Peron, die man nicht kannte, wahrscheinlich nie mehr wieder sah und außer einem kurzen Smalltalk kein Gespräch nötig war, um es miteinander zu treiben.

Es ist sehr reizvoll, von jemanden Fremden, ohne Verpflichtungen gefickt zu werden.

Eine heiße Nummer und es geht jeder wieder seines Weges. Leider endete Heikes Weg meistens unbefriedigt. Egal, von wem sie sich wo vögeln ließ, es war immer das gleiche. Egal ob Tisch, Bett, Sofa oder Boden. Sei es die schnelle Nummer im Auto, in der Disco auf dem Klo oder im stillen Eck, in der Küche mit dem Kellner vom Restaurant, auf der Parkbank in einer lauen Sommernacht, am Badeweiher oder gar im Kino. Es gab wohl fast keinen Ort, an dem sie nicht schon von irgendjemanden genommen wurde. Vielleicht lag es auch an ihr, vielleicht wollte sie einfach nicht kommen. Nicht dieses Gefühl vermittelt zu bekommen, "du hast mich gefickt", das Gefühl „Opfer" zu sein, das erlegte Wild der Männer darzustellen. Nein, das wollte sie nicht. Sie wollte es allen zeigen „ihr schafft es nicht mich zu vögeln, keiner von euch ist in der Lage, mir einen Orgasmus zu schenken, es mir so zu besorgen, wie eine Frau es braucht. Ich aber bin in der Lage, eure Pimmel schneller abspritzen zu lassen, als sie überhaupt stehen. Und ja, ihr werdet an meiner Muschi nicht viel Spaß haben, weil ihr alle fertig seid, bevor ihr überhaupt behaupten könnt, mich gefickt zu haben. Und dann,…dann gehe ich einfach und lass euch, nach den paar Sekunden oder Minuten Spaß, den ihr hattet, einfach achtlos zurück.

Niemand wird herumerzählen, mich gefickt oder flach gelegt zu haben, weil ein jeder weiß, wie blamabel es wäre, wenn ich auspacke und erzähle, wie schnell der „tolle Hengst" abgespritzt hat und das, nach nur ein paar Stößen in mein enges feuchtes Loch schon alles vorbei war. Eine Schande wäre das für die Männerwelt".

Auch die Affären, die Heike hatte, waren meist nicht von langer Dauer. Flüchtet man sich bei einer Affäre doch einfach nur mal aus den Alltag und will die schönste Sache der Welt, den Sex genießen, ohne Alltagsprobleme zu haben. Den Kopf frei und in einer heilen Welt die Leidenschaft pur spüren. Leider ist der Alltag Teil der Partnerschaft, der die Lust am Sex oft einfach zerstört. Also flüchtet man davor, sucht sich jemanden, verbringt ein nettes Wochenende in einem Hotel oder Fremdenzimmer oder verbringt ein paar nette Stunden zu Hause. Bei ihr zu Hause fiel für Heike aus. In den eigenen vier Wänden, hatte sie nur ihr Mann zu vögeln. Für alles andere war sie aber gerne offen.

Man trifft sich, verbringt unvergessliche Stunden miteinander und verabredet sich erneut. Niemand spricht bei diesen Treffen von Problemen, Kummer, Sorgen oder Alltagsstress.

Man lebt und treibt es in einer sorgenfreien Welt, fern den Sorgen und genießt den Abstand zur Realität.

Bei solchen Affären kam auch Heike gelegentlich zum Orgasmus. Es tat ihr gut, sich stundenlange verwöhnen zu lassen, wie eine Prinzessin umgarnt zu werden und wie eine Hure im Anschluss gefickt zu werden. Natürlich waren da auch blaue Pillen mit im Spiel.

Kein Mann mietet sich eine Suite für eine Nacht oder Tag für nur wenige Minuten Spaß. Und langen Sex, dass war es, was Heike brauchte. Ein standfestes Glied, das nach dem abspritzen und einer kurzen Pause bereit war für eine zweite Runde. Es war immer wieder ein Erlebnis, im gehobenen Ambiente stundenlang in verschiedenen Stellungen bis zur Besinnungslosigkeit genagelt zu werden und dabei auch mal zu kommen.

Aber auch Affären können sich auf Dauer nicht den Alltagsbelastungen entziehen. So kehrt irgendwann das zurück, was zu Beginn erfolgreich zur Seite geschoben wurde.

Je öfter man sich trifft, je persönlicher das Verhältnis wird, umso mehr fließen die Alltagsprobleme und Sorgen des Einzelnen auch in die Affäre mit ein. Das zu Beginn vorhandene, unpersönliche Schutzfeld, wo eine Affäre umgibt, bröckelt und das Ganze hat plötzlich einen privaten Charakter. Statt unkomplizierten, gefühlslosem Sex, steht plötzlich die Kommunikation mit einen Menschen im Fokus.

Dies läutet oft dann das Ende der Affäre ein. Die aufgebaute Scheinwelt zerbricht und hoppla, schon steht man auch hier wieder im Alltag. Nach ein paar Affären wurde das auch Heike bewusst und sie stellte fest, dass der Alltag und der Sex mit ihrem Mann doch besser war als woanders. Seit langem stellte sie diese Art von Seitensprüngen ein.

Die letzte Gruppe, mit denen Heike immer wieder mal was hatte, waren ihre Ex. Grundsätzlich immer, wenn sie sich mit einem neuen Partner einließ, hatte sie das Verlangen, noch ein paar Mal mit ihren Ex zu verkehren. Lange Zeit wusste sie selbst nicht, warum sie das tat. Bis sie eines Tages ganz tief auf ihr Inneres hörte. Es war derselbe Grund, warum sie es auch mit den anderen trieb. Ein Schutzinstinkt! Sich nicht durch die Trennung verletzen lassen. Abschließen, …sich selbst schützen und bereit sein für was Neues. Heike bemerkte beim Sex mit dem Ex, dass sie bei den ersten Treffen noch regelmäßig kam und es ihr Spaß machte, das Fötzchen vollgespritzt zu bekommen. Je öfter sie aber mit ihm vögelte, umso mehr wurde ihr bewusst, dass sie das eigentlich nicht mehr wollte und mehr Freude am Sex mit ihrem neuen Partner verspürte. So wurden die Dates und auch die Lust auf den Ex immer weniger.

Bei nachfolgenden Treffen durfte er nur noch mit Gummi ran. Bei weiteren hatte sie gar kein Verlangen mehr, seinen Schwanz in ihr zu haben oder sich auszuziehen.

Sie besorgte es ihm mit Hand und Mund. Ihre Ex wussten ihre Muschi zu schätzen und waren sichtlich enttäuscht, als sie diese, ihnen bei ihren Fick-Treffs verwehrte. Gerne gaben sie sich aber auch noch mit Heikes Wix – und Blaskünsten zufrieden. An dem letzten Treffen, das Heike für sich selbst dann festlegte, sollte das Kapitel Ex dann abgeschlossen werden. Ein für alle Mal.

Zur Überraschung zog sie sich bei diesen Treffen sofort aus und legte sich mit weit gespreizten Beinen vor ihnen nieder.

Mit ihren Zeigefingern zog sie ihre Schamlippen auseinander und gewährte tiefe Einblicke ins Objekt der Begierde. Dann fing sie an, sich am Kitzler zu streicheln, ihre Muschi zu massieren und führte ihre Finger tief ins Fötzchen ein. Für die Männer war es ein erregender Anblick zu sehen, wie es Heike sich vor ihren Augen selbst besorgte.

Nicht verwunderlich, dass dieses Schauspiel kein Mann lange aushielt. Von Geilheit getrieben, rissen sie sich die Klamotten herunter und wollten auf sie drauf. Ihre Schwanzspitzen tropften teilweise vor Lust und keiner konnte es erwarten, seine heiße Ex erneut zu vögeln, flach zu legen und in gewohnter, vertrauter Weise wieder zu bumsen.

Hatten doch die letzten Treffen stattgefunden, ohne Heikes begehrten Lustspalt zu bekommen.

Sie lag, immer noch an sich selbst spielend mit weit geöffneten Schenkeln da und bot ihre Muschi einladend an. Man konnte schon richtig sehen, wie feucht sie geworden war. Eilig krabbelten die Männer über sie und setzten an, um ihren Schwanz in ihr zu versenken und um den aufgestauten Druck loszubekommen. Die Eichel drang schon etwas in die feuchte Grotte ein und ihre Ex-Lover setzten zum erlösenden Stoß an, um ihre harten Pimmel endgültig voll in sie zu jagen.

Als sie ganz leicht eingedrungen waren und sich der Mann hochstemmte, um sein Werk zu vollenden, packte Heike ihre Schwänze und zog sie sich aus der Fotze heraus. Daraufhin schloss sie sofort ihre Beine und lies das steife Glied los. Schadenfroh lächelnd sagte sie: „Es ist vorbei. Und du wirst das, dabei zeigte sie auf ihre Muschi, nie mehr bekommen. Du wirst das niemals mehr ficken und diese Hände werden deinen Schwanz nie mehr anfassen, geschweige denn ihn wixen. Dieser Mund wird dir niemals mehr auch nur noch einen Tropfen aus dem Schwanz saugen oder ihn lutschen. Und jetzt, werde dir mal richtig bewusst, was du verloren hast". Nach diesen Worten stand sie auf, zog sich an, ging, ohne sich noch einmal umzudrehen und brach den Kontakt zu ihren Ex komplett ab.

Ja, das war Heike. In den letzten Jahren hatte sie zunehmend alle außerehelichen Sexaktivitäten eingestellt und war eine, in ihren Augen schon treue Ehefrau geworden. Auch wenn es ihr nicht immer leicht viel.

Und jetzt stand sie in der Küche und sollte ihren Geburtstag in einem Swinger Club feiern.

Sie wusste gar nicht wie lange sie so Gedankenabschweifend in der Küche stand, als eine bekannte Stimme sie aus ihren Erinnerungen und ihrer erneuten Reise in die Vergangenheit riss. „Was ist nun Heute mit Swinger Club?" fragte sie ihr Mann und schaute sie verdutzt an.

Heike hatte sich nämlich seit seiner ersten Frage noch keinen cm vom Platz bewegt und stand wie eine Statue da. „Ja. Ja...sehr gerne" stotterte sie über ihre Lippen heraus. Dann fing sie sich wieder und war in der Gegenwart angekommen. „Sehr gerne mein Schatz. Vielen Dank für die tolle Idee. Aber können wir im Vorfeld noch besprechen, auf was wir uns einlassen, wie weit wir gehen und was wir tolerieren"? „Na klar" erwiderte er, küsste sie erneut und setzte sich zu ihr an den Tisch. „Es ist dein Geburtstag und du kannst machen was und mit wem du es willst". Diese Aussage war kurz und aussagekräftig. „Was und mit wem ich will", wiederholte sie. „Ja", sagte ihr Mann erneut und fuhr fort. „Ich schenke dir diesen einen Tag im Club. Lebe deine Fantasien. Es ist alles ok.

Ich habe dir vor vielen Jahren mein Herz und mein Vertrauen geschenkt. Mehr kann ich dir nicht mehr geben. Und ich glaube, dass ist der größte Liebesbeweis, den man erbringen kann. Volle Freiheit im Club, bei vollen Vertrauen.

Mach was du schon immer erleben wolltest, ohne dich mir gegenüber rechtfertigen zu müssen. Wenn du einen anderen willst, dann fick ihn. Wenn du einen dreier willst, machen wir das. Wenn du eine Frau willst, schnapp dir eine. Wenn du eine Orgie mit ständigen Partnerwechsel möchtest, dann stürzen wir uns ins Getümmel und wenn du Gang-Bang willst, dann bin ich gespannt wie viele du schaffst".

„Es wäre schon mal eine reizvolle Vorstellung, dich mit einen anderen vögeln zu sehen", fügte er leicht schmutzig grinsend hinzu. „Falls du mich aber nur alleine spüren möchtest, werde ich die ganze Nacht für dich da sein". Heike reagierte schnäppisch:" Ich will aber nicht, dass du es einer anderen Bitch besorgst! Ich will nicht sehen, wie sich dein, bzw. MEIN geiler Schwanz in die Ritze einer anderen schiebt. Ich bin mir sicher, du würdest es dieser Bitch so richtig besorgen, dass man sie vor Freude und Lust im ganzen Club schreien hört".

„Aber du sollst es nur mir so machen"! zischte sie ihn eifersüchtig an. Insgeheim hatte sie mit ihrer Aussage aber ein schlechtes Gewissen.

Was, bzw. wer war nicht schon alles über sie während den ersten Jahren ihrer Ehe gerutscht.

Oft hatte sie ihren Mann in den ersten Ehejahren betrogen, bis sie sich sicher war, nur ihn zu lieben, Sex und Liebe nicht mehr trennte, sondern beides nur noch gemeinsam mit ihm erleben wollte.

Erst mit dieser Erkenntnis, wurden die außerehelichen Sexeskapaden fast gänzlich eingestellt. Ok, man versuchte sie drastisch zu reduzieren. Auf ein Minimum herunterzufahren. „Es wäre nur fair, wenn er auch eine andere fickt. Er hätte es verdient", dachte sie und der Gedanke dabei schmerzte furchtbar. Sie liebte ihren Mann sehr und stellte sich meistens, wenn sie es mit einen anderen trieb, ihren Mann dabei vor.

Auch dies war mit ein Grund, warum sie ihre Sexexzesse einstellte. Ihre Gedanken waren bei ihren Mann. Nicht nur die lüsternden und schmutzigen, leider auch die Schuldhaften.

Nicht nur, dass ihr Mann deutlich attraktiver war als die anderen und sie auch viel besser fickte. Sie wünschte es sich jedes Mal so sehr, wenn sie auf einen fremden Schwanz ritt, dass dies der Schwanz ihres Mannes sein würde, der eben in sie eindrang.

Plötzlich aber schoss es ihr in den Kopf: „Was ist, wenn er etwa auch schon all die Jahre eine andere fickt? Wenn er mich genau so liebt und doch genau so betrogen hat wie ich ihn, was dann? Ist er der treue Ehemann? Der nichts weiß?

Weiß er es doch und vögelt deshalb selbst junge Ritzen das ganze Jahr über"?

Ihre Grübeleien wurden beendet, als ihr Mann das Gespräch fortsetzte: "Schatz", meine er lächelnd, „Ich kann mir nicht vorstellen, dass eine andere eine heißere und einladendere Möse hat wie du.

Mach dir da keine Gedanken. Glaub mir, wer dich einmal gevögelt hat und in den Genuss deiner Muschi gekommen ist, der will keine andere mehr". Insgeheim dachte Heike" das stimmt". All ihre verflossenen und Abstecher, schwärmten noch heute von ihrer Fotze. Ihre Fickritze war der Grund, warum keiner von ihr lassen konnte und sie immer wieder erneut bei ihr Schlange standen. Sie waren direkt abhängig von ihr, ihr hörig.

Einige boten ihr sogar viel Geld dafür, sie noch einmal vögeln zu dürfen. Solch unmoralische Angebote lehnte sie aber unter Vorbehalt erstmal grundsätzlich ab.

Sie war nicht billig. Sie bestimmte, wann und wo sie mit wem fickte. Aber es war auch eine Sache des Preise…den jeder Mensch hat.

Wenn sie der Meinung war, dass jetzt der richtige Zeitpunkt dazu wäre, lies sie sich auch gerne dafür bezahlen.

„Alles ausgesprochen?" fragte ihr Mann. „Mach was immer du schon wolltest und was du für dich vertreten kannst", wiederholte er. „Ich habe auch noch schöne Klamotten für dich besorgt", strahlte er freudig und verschwand, um sie zu holen. „Mach was immer du willst" redete Heike vor sich hin.

Dieser Satz ihres Mannes hatte sich in ihr nun festgefressen. Sie konnte es einfach nicht glauben, dass er so was sagte.

Dann aber wurde sie nachdenklich. Sie hatte schon alles in ihrem Leben ausprobiert. Alles was ihr Mann aufzählte, hatte sie schon erlebt. Vor und leider auch während seiner Zeit. Das wollte sie ihm aber auf keinen Fall sagen. Wusste sie ja nicht, wie er darauf reagieren würde. Sie wollte ihn weder enttäuschen, noch verletzen. Andererseits wollte sie ihn aber auch nicht belügen, oder Geheimnisse vor ihm haben, die unter unglücklichen Umständen ans Tageslicht kommen könnten. Käme etwas davon heraus und sei es noch so eine Kleinigkeit, könnte dies einen Emensen Rattenschwanz hinter sich herziehen, dessen Ende sie sich gar nicht ausmalen wollte.

Was wenn sie jemand erkannte? Sie vor ihrem Mann ansprach und sie outete? Sie wusste ja nicht einmal, wer sie aller bei einer Gang – Bang - Orgie beispielsweise bestieg. Es war ihr auch zu damaliger Situation vollkommen egal. Hauptsache sie bekam reichlich…

Nur heute von jemanden wieder erkannt zu werden, hätte weitreichende Konsequenzen und sie hätte deutliche Erklärungsnot.

Ihr wurde plötzlich für kurze Zeit bewusst, dass dieser Abend heute, durchaus der letzte in ihrer Ehe sein könnte, sollte sich wirklich das Schicksal gegen sie wenden.

Aber Heike wäre nicht Heike, wenn selbst in dieser Situation, ihre Gedanken sich nicht schon wieder verlieren würden. Vertieft, kamen Erinnerungen an ihr erstes Gang-Bang hoch…

Verfickte Party,

Gang-Bang Heike

Sie war damals Anfang 20 und es war die Geburts-
tagsfeier ihres derzeitigen Freundes. Sie war das
einzige Mädchen unter 10 Jungs. Es war eine
typische wilde, ausgelassene Jungs Feier. Der
Alkohol floss in Strömen, der eine oder andere
Dübel wurde geraucht und auch mal eine kleine
Straße durch die Nase gezogen. Das Selbstwertge-
fühl der Jungs wurde von Minute zu Minute größer.
Ihre Sprüche immer derber, angeberischer und
dreckiger. In diesem Stadium der Party, als gerade
etwas Langeweile einkehrte, posaunte ihr Freund
heraus: „ Hey, wir können doch alle Heike knallen
und schauen wer am längsten kann. Meine Braut hat
nämlich die geilste Pussy, die ich je gefickt habe."
Natürlich war das Gegröle dann groß. Für die Jungs
gab es kein Halten mehr und etliche Sprüche wurden
losgelassen. „Die fick ich die ganze Nacht alleine",

„Wenn ich mit ihr fertig bin, bringt die Kleine die
Beine nicht mehr zusammen."

„Das hält die doch nie aus",

„Die macht nach drei Schwänzen schlapp."

„Die kneift, wenn ich die Hose runter lasse."

Heike, die am Anfang mit der Idee ihres Freundes sichtlich überfordert war, sich überrumpelt fühlte und auch diese Reaktionen seiner Freunde nicht erwartet hatte, war stinksauer. Sie fühlte sich gedemütigt und erniedrigt. Aus Verletztheit und Enttäuschung wurde Wut.

„Ihr wollt mich ficken?" rief sie laut in die Runde. „Ihr dürft mich ficken. Und zwar einer nach dem anderen. Und wehe ihr Luschen schafft es nicht, mir einen Orgasmus zu besorgen. Ich werde es überall herumerzählen, dass ihr zu 10 nicht in der Lage wart, eine Frau zu vögeln wie sie es braucht! "Und du", brüllte sie mit ärgerlicher Stimme und zeigte auf ihren Freund, „du wirst der letzte sein der über mich drüber steigt. Schau nur ganz genau zu, wie mich jetzt gleich all deine Kumpels ficken werden. Ich hoffe, es tut dir richtig weh, zu sehen wie die geilste Fotze plötzlich für alle da ist".

Schon öffnete sie ihren Gürtel und begann sich auszuziehen.

Dann begab sie sich auf alle vier und forderte die Jungs auf, es ihr von hinten zu besorgen. „Einer nach dem anderen" sagte sie. „Und ich werde eure Stöße zählen, wie lange ihr braucht bis ihr kommt. Also gebt euch Mühe ihr Schwätzer. Hier sind die Regeln. Ihr küsst mich nicht, ihr begrapscht mich nicht und ihr steckt ihn mir nicht in den Arsch. Ihr steckt mir euren Schwanz in die Muschi, fickt mich, spritzt ab und macht Platz für den nächsten".

Heike wollte es sich von Hinten besorgen lassen, weil sie wusste, dass in dieser Position ihre Fotze extrem eng wirkte. Es würde also nicht lange dauern, bis die jungen Burschen abspritzten. Der zweite Grund war, dass sie gar nicht sehen wollte, wer sie gerade fickt. Es waren nicht wirklich Schönheiten dabei. Meistens dicke, unförmige, ungepflegte Körper. Und auch die Schwänze, die sie so baumeln sah, waren nicht gerade reizvoll. „Also los jetzt" forderte sie. „Wer fängt an? Wird das heute noch was? Oder soll ich es mir selber machen"? Dabei steckte sie sich provokant den Finger in die Spalte.

„Hier ist Platz für viele Pimmel und wenn sich jetzt nicht bald einer reinschiebt, dann ist die Party vorbei". Es war eine Genugtuung, die sie auskostete, zu sehen wie kleinlaut die Jungs plötzlich geworden waren. Dieses Gefühl machte sie richtig geil.

Sie merkte, wie ihr Fötzchen zunehmend nasser wurde. Tja, die Jungschwänze hatten nicht mit so einer durchgefickten und gierigen Spalte wie der von Heike gerechnet. Erst recht nicht damit, dass sie es jetzt wirklich wollte. Nach der Drohung sich wieder anzuziehen, wenn nicht bald was passierte, legte der erste los. Es war der jüngste in der Gruppe. Vielleicht gerade mal 17 Jahre alt.

Als er seinen unbenutzten, wahrscheinlich noch jungfräulichen Schwanz in sie steckte, fühlte sie schon beim Eindringen, wie der junge Schwanz pulsierte.

Heftig pochte er und kaum war das Glied komplett in ihr verschwunden, merkte sie, wie sich der warme Saft des Jünglings in ihrer Möse ausbreitete. Der arme Kerl hatte abgeschossen, ohne einen einzigen Stoß gemacht zu haben. Der erste war also schon erledigt. „Ein Kinderspiel" dachte sie sich gelangweilt.

Gerade als sie zum Tempo greifen wollte, um sich die Ritze etwas auszuwischen, merkte sie, dass bereits Nr. 2 an den Start gegangen war.

„Ok" dachte sich Heike „ihr wollt also in ein vollgespritztes Loch stopfen. Na gut, nur rein damit. Füllt mich richtig aus." So ging es dann der Reihe nach weiter. Nr.2 stieß 3x zu…vorbei, Nr.3 keuchte ebenfalls nach 3 Stößen und ergoss sich grunzend in ihr. „Langweilig" gähnte Heike, während sich Nr.4 über sie hermachte. Sichtlich gelangweilt und genervt von dem Desaster was sich hinter ihr abspielte, begann sie die Stöße laut mitzuzählen. „Eins…Zwei…" hoppla, was war das denn? Nr.4 floppte nach 2x schieben. Nummer 5 schien ein Lichtblick zu werden.7x jagte er ihn ihr hinein, bevor er winselnd eine Ladung in sie presste. „Gut gemacht, brav gefickt" lobte sie ihn spöttisch. „Du bist bis jetzt der Spitzenreiter mit 7x anschieben".

„Halbzeit hätten wir" sagte sie schmutzig grinsend und siegessicher. „Eine traurige Bilanz für euch. Ziemlich deprimierende Darbietung. Ich will es euch etwas einfacher machen.

Nicht das ihr mir noch zu enttäuscht werdet".
„Stellungswechsel Jungs" verkündete sie im
Befehlston. Sie stand auf und legte sich mit dem
Rücken auf den Tisch. Spreizte weit ihre Beine und
meinte: „Missionar Stellung gefällig?

Der nächste bitte. Fünf Kandidaten stehen doch
noch aus." Zwischen ihren Schenkeln quoll der Saft
der fünf Vorgänger heraus. Verspielt verschmierte
sie es sich über der Fotze und spielte an ihrem
Kitzler. „Auf geht's, selbe Regeln. Ich hab noch
nicht genug und bin noch weit weg vorm Orgasmus.
Bitte etwas mehr Leistung jetzt". Endlich fing Nr.6
an sie zu ficken. Heikes Plan ging auf. In der
Missionar Stellung auf den Tisch war ihre Fotze bei
weiten nicht so eng wie von hinten. Auch der Saft
der fünf Vorgänger nahm den wiederstand etwas
heraus und lies die Zipfel leicht, geschmeidig und
schnell in ihr versinken. Nr.6 schaffte sogar 12
Stöße, bevor er schweißgebadet seinen abgespritzten Schwanz aus ihr heraus zog. Nr.7 patzte bei 9
und Nr.8 kam schreiend bei 10 Stößen. Nur Nr.9
bewies etwas mehr Ausdauer und fickte stattliche
25 x in sie hinein bevor auch er zuckend mit
abgehackten Stöhn-Geräuschen eine riesige Ladung
in ihre Fotze spritzte.

„So vollgespritzt wurde mein Loch schon lange
nicht mehr, eigentlich noch nie. Das Zeug wird mir
wohl noch tagelang aus der Spalte laufen" dachte
sich Heike und begutachtete das Ergebnis ihrer neun
Stecher.

Da wollte die noch ausstehende Nr.10, ihr Freund, der das ganze Fickspektakel mit doch verletzten und entsetzten Gesichtsausdruck mitanschauen musste, ansetzen, um auch noch sein Rohr in seiner eben durchgefickten Freundin zu versenken. „Stopp", mahnte ihn Heike und deutete auf ihre auslaufende, voll Sperma tropfende Möse. „Schau, dass ist der Saft deiner neun Kumpels, der mir hier aus der Fotze quillt. War es schön zuzusehen? War es das was du wolltest? Oder hat es etwa doch wehgetan zu sehen, wie mich einer nach dem anderen bumste und mir sein Zeug freudig reinspritzte?" Schon fast weinerlich gestand er ihr, dass es sehr schmerzhaft war das ganze mitanzusehen und dass es sich hierbei um eine verdammt blöde Idee gehandelt hatte. Kalt erwiderte sie ihm: „Mir hat es Spaß gemacht die Schwänze deiner Freunde leer zu machen. Aber deiner wird wohl voll bleiben. Du fickst mich nicht mehr. Zwischen uns ist es aus.

Diese von neuen Leuten zugesaute Möse ist das letzte Bild was du von meiner Pussy gesehen hast." Nach diesen Worten stand sie vom Tisch auf und der Saft lief ihr nur so die Schenkel herab.

Ohne sich abzuwischen zog sie sich an und verlies verächtlich mit den Worten „ihr Schnellspritzer" den Raum. Die Party war zu Ende.

Happy Birthday.

„Ja, das war mein erstes Gang-Bang" erinnerte sie sich freudig zurück und war mit ihren Gedanken wieder im hier und jetzt angekommen, als sie ihren Mann die Treppen herunterkommen hörte.

„Vermutlich hat er die Klomotten für heute Abend geholt. Bin mal gespannt was er jetzt anschleppt" dachte sie sich neugierig. Noch aufgebauscht von ihrer Erinnerung an ihr erstes Gang-Bang, schoss ihr plötzlich ein noch anderes „erstes" Erlebnis durch den Kopf. Ihr erstes Mal mit einer Frau.

Mit gespaltenen Gefühlen dachte sie daran zurück und versank wieder in einem Gedankenmeer. Ihren die Treppen herabpolternden Mann nahm sie gar nicht mehr war.

Zu sehr schweifte sie nun ab in die Vergangenheit, die wie ein Kinofilm vor ihren Augen ablief. Es war der Film ihres Lebens.

Ein Ereignis, welches Heike maßgeblich für ihre Zukunft beeinflusste. Sie zu dem machte, was sie jetzt ist. Sie vielleicht formte und manipulierte.

An keiner Erinnerung lagen Freude und Schmerz so nah zusammen. Noch nie standen sich Erniedrigung und Erhöhung eines Menschen in ihrem Leben so nah gegenüber.

Eine Lektion, die ihr das Leben erteilte und aus dieser Lektion heraus, sie sich neu finden und verwirklichen musste…

Nicole, Fear the Queen

Heike war zu dieser Zeit im Fitnessstudio, welches ihrem damaligen Freund gehörte. Neben den gesundheitlichen Aspekt besuchte sie es auch deshalb, weil ihr Freund es liebte, sie nach den Öffnungszeiten in den verschiedenen Geräten zu nehmen. Sie musste zugeben, dass sie hierbei schon einen gewissen Kick verspürte und sich erwartungsvoll in den Geräten räkelte, bis er endlich „zu ihr stieß".

War ihr Freund mal nicht anwesend „kümmerten" sich gerne die schnuckeligen Trainer um sie. Sie sprangen gerne ein, wenn der Chef außer Haus war. Und auch aus dem Mitgliederpool, egal ob männlich oder weiblich, lies sich hin und wieder ein Schnäppchen herausfischen. Sie machte es immer sehr diskret und heimlich. So galt sie immer als das anständige, unschuldige, nette und zuvorkommende Mädchen, das stets gut gelaunt war. Nur wenige hatten sie als Schlampe bereits durchschaut. Diese hielten aber den Mund.

Würde es ja sonst doch aufkommen, dass sie mit ihnen was am Laufen hatte. Heike wählte berechnend und mit Bedacht aus. Sie wusste nur zu gut, dass verheiratete und fest gebundene stets die Klappe hielten.

Neben den männlichen Trainern gab es aber auch noch eine Trainerin.

Ihr Name war Nicole und sie war die Attraktion. Sie sah aus wie ein Engel aus der Hölle. Ein Meisterwerk von Gottes Händen persönlich erschaffen zu dem der Teufel seinen Beitrag leistete. Sie war eine Kreation der Perfektion. Heißer als das Feuer und kälter als das Eis. Makellos in ihrer ganzen Erscheinung. Es war schon fast beängstigend, dass nichts Menschliches an ihr zu erkennen war. Sie schien keine menschlichen Schwächen oder Fehler zu haben. Wirkte unnahbar und unverletzlich. Und sie war die Beste in allen was sie tat. War sie im Studio anwesend, waren alle Blicke auf sie gerichtet. Niemand, egal welches Geschlecht konnte sich ihr entziehen. Sie schien die Menschen um sich herum mit ihren Blicken hörig zu machen.

Nicole war eine große, braungebrannte Frau. Anfang 30 und schien nur aus Muskeln zu bestehen. Keine gewaltige Bodybuilderin, sondern eine stahlharte, durchtrainierte Fitnessqueen mit langen blonden Haaren, einen beneidenswerten großen festen Busen und einen traumhaften wohlgeformten Knackarsch. Angezogen war sie meistens mit einem weißen, durchsichtigen Hauch von nichts. Unter der langen dünnen Stoffhose kamen ihre exzellent geformten, durchtrainierten Beine voll zur Geltung.

Der schwarze String Tanga blitzte durch und lies ohne Probleme auf die festen, prallen Pobacken dieses Traumarsches blicken. Vorne verdeckte er gerade mal so den Intimbereich.

Obwohl Angezogen, zeichneten sich ihre etlichen Intimpiercings, für alle gut sichtbar auf den dünnen Stoff ab. Nicht anders war es mit dem weißen Top, durch das ihr makelloser Körper keine Geheimnisse hatte. Fest hielt es die strammen Titten von Nicole zusammen, die dadurch noch mehr gepuscht und zum Vorschein kamen. Die dünnen schwarzen Träger, die einen BH darstellen sollten, verdeckten gerade mal die stehenden, mit Piercings versehenen Nippel. Ihre blonde Mähne wehte bei jeder ihrer eleganten Bewegungen um ihr Haupt. Sie bewegte sich wie eine Raubkatze. Graziös, anmutig und gefährlich.

Lautlos wie ein Tiger auf Beutesuche. Beute hatte sie im Studio genug. Jeder und alles begehrte sie. Zudem ging das Gerücht um, dass Nicole Sex mit Frauen bevorzuge und es schon ein Traumprinz mit großen Schwanz sein musste, der sie dazu brachte, mal wieder auf Männer umzuschwenken.

Heike, ebenfalls groß, braun gebrannt, mit einer sexy Figur und wunderbaren Brüsten sowie einen süßen, knackigen Pops gesegnet, war Nicole beim Training schon oft aufgefallen. Beide konnten ihre Blicke nicht voneinander lassen. Jeder fühlte sich vom Körper des anderen angezogen. Heike war um etliches Jünger und unerfahrener als Nicole.

Vielleicht machte gerade dass, sie so für Nicole interessant. In ihren hellen, stechenden eisblauen Augen sah man die Gier nach Heikes jungen, süßen Körper.

Diese erwiderte ihre Blicke. Sie war ebenfalls fasziniert vom Körper dieser reifen Frau, sowie den ihr vorauseilenden Ruf, gerne mal das weibliche Geschlecht zu vernaschen.

Zu Heikes Enttäuschung passierte aber außer einem Austausch von heißen Blicken und eines gelegentlichen kurzen Smalltalk nicht viel zwischen ihnen. Kühl ließ sie Heike immer wieder stehen und abblitzen. Schien manchmal sogar schon das Interesse an ihr verloren zu haben. Ihrer Dominaten Art hatte Heike einfach nichts entgegenzusetzen. Sie bestimmte, wann Heike mit ihr ins Gespräch kommen durfte und wie lange dies dauerte. Jedoch sollte sich das bald ändern…

An jenen besagten Abend war Heike noch sehr spät nach der Arbeit ins Studio gegangen. Es war schon kurz vor Schluss als sie zum Duschen ging. Sie durfte die wohl noch letzte anwesende Kundin an diesen Abend gewesen sein. Heike genoss das warme Wasser der Dusche, wie es auf ihren sinnlichen Körper herunter perlte. Mit dem Gesicht zur Wand und gesenkten Haupt stand sie unter dem wohltuenden Strahl.

Den Kopf vollkommen frei und die Gedanken an den stressigen Arbeitstag ausgeblendet bekam sie gar nichts mehr um sich herum mit.

Umso mehr stockte ihr der Atem als sich plötzlich zwei Hände von hinten auf ihre Brüste legten und begannen, diese sanft zu streicheln.

Sie war so perplex von diesem überraschenden Übergriff, in der Dusche angegrapscht zu werden, dass sie sich nicht einmal umdrehen oder in irgendeiner Weise darauf reagieren konnte. Sie starrte auf die Hände, die ihre Brüste unter dem warmen Wasserstrahl liebevoll verwöhnten.

Dabei war es nicht einmal unangenehm. Die sanften Berührungen waren zärtlich und antörnend. Es waren Frauenhände, die sie hier so einfühlsam anfassten. Sie erkannte sie sofort. Es waren Nicoles Hände. Unverkennbar am pinken Lack mit den weißen Totenköpfen auf den Fingernägel und den zahlreichen Nagel-Piercings.

Schockiert und doch freudig überrascht dachte sie „Wie verhalte ich mich jetzt? Was soll ich nur tun?" Während sie noch nach einer Lösung grübelte, merkte sie, wie gut ihr das ganze gefiel und wie hart ihre Nippel unter Nicoles Berührungen wurden.

Nicole stimulierte ihre Knospen, indem sie teils sanft und dann wieder fester in Heikes Nippel zwickte. Mit kreisenden Bewegungen damit spielte und immer wieder anheizend grob daran zog.

Nicole bot ihr eine meisterhafte Darbietung ihres Geschicks, die Nippel einer Frau zwischen Zeigefinger und Daumen zu verwöhnen, die Heike vor Lust fast wahnsinnig werden ließ.

Dann drückte sich Nicole mit ihrem Körper fest an Heike. Sofort bemerkte sie, dass Nicole ebenfalls Splitternackt war und das warme Wasser von ihren

Rundungen herunter tropfte. Nun spürte sie Nicoles Lippen an ihren Hals. Beginnend mit sanften Küssen, die langsam und prickelnd von unten nach oben wanderten, merkte sie auch schon bald die gepiercte Zunge, die wie eine Schlange ihren Hals hinauf glitt.

Gleichzeitig nahm sie eine Hand von Heike und führte sie zwischen ihre Beine. Im Gegenzug dafür, wanderte eine Hand von Nicole zwischen Heikes Schenkel. Hingebungsvoll und in Erwartungshaltung spürte sie, wie Nicoles Finger ihre Pobacken rauf und runter glitten und sich dann den Weg zu ihrer Muschi suchten.

Zärtlich führ sie zwischen Heikes Schamlippen auf und ab, drang ab und zu sanft und auch nicht all zu tief in ihre Ritze ein. Wenn sie ihre Finger wieder aus ihr heraus zog, dann nur um weiter zu ihren Kitzler vor zu wandern, um auch diesen in dieser unbeschreiblichen Weise zu verwöhnen. Heike stöhnte vor Lust und Aufregung und die Geilheit lies ihr den Saft in der Möse zusammenlaufen.

Natürlich merkte auch Nicole, dass der Mösensaft in Heike immer mehr wurde und schon einen See glich. Freudig und zufrieden bearbeitete sie das ihr völlig hilflos ausgelieferte junge Ding weiter.

Nicole hatte Heikes Hand zu ihrer Scham geführt und presste diese fest auf sich drauf.

Heike fühlte, dass Nicole blitz blank rasiert war, eine Babyzarte Haut hatte und ihre Muschi von Piercings übersät war. Sie konnte nun nicht mehr anders. Sie schob Nicole ihren Finger in die Fotze und begann es ihr bestmöglich zu besorgen. Für Heike war es ein unglaubliches, neues und aufregendes Gefühl. Noch nie schob sich ihr Finger in eine so traumhafte Muschi.

Sie war wahnsinnig eng und umschloss ihren Finger wie ein Schraubstock. Zudem war sie unglaublich tief, warm und feucht. Natürlich hatte es Heike schon mal mit ein paar Freundinnen ausprobiert, wie es so ist, sich gegenseitig zu befriedigen, aber das war alles kein Vergleich zu dem, was sie hier gerade erlebte und fühlte. War es doch damals alles mehr Spielerei und Testerei, befand sie sich jetzt mittendrin, von einer erfahrenen Lesbe vernascht zu werden. Nicole stand mit weit gespreizten Beinen hinter ihr und presste ihren Körper fest an sie.

So hatte Heike einen perfekten Zugriff auf ihre fordernde Pussy und spürte ihre prallen Möpse auf ihren Rücken.

So standen beide Frauen unter der Dusche und machten es einander. Während Heike laut stöhnend und schreiend unter Nicoles Talent sich kaum noch halten konnte, nahm diese fast emotionslos und kühl an dem Geschehen teil.

Obwohl sich Heike so bemühte es ihr richtig gut zu besorgen, entwich Nicole nur selten ein lustvolles Stöhnen und sie schien von Heike völlig unbeeindruckt zu sein. Ein „braves Mädchen, machst es gar nicht mal so schlecht" oder ein „weiter so Kleine, das ist geil" war so ziemlich das einzige, was Heike im Stande war Nicole zu entlocken.

Mit einem unerwarteten Ruck riss Nicole Heike plötzlich zu sich herum und zog sie an sich heran. „Was bist du schön" dachte diese noch und blickte Nicole tief in die Augen. Zu mehr Gedanken kam sie nicht mehr, denn schon presste Nicole die Lippen auf die ihrigen und begann sie wild zu küssen. Ohne zu zögern erwiderte sie diese. Heike dachte vor Erregung durchdrehen zu müssen, als ihr Nicole unter heftigen Schmusen die Zunge in den Mund schob. Allein die gepiercte Zunge von Nicole im Mund zu spüren brachte sie kurz davor zu explodieren. Das merkte auch Nicole und lies ihren Finger tief in Heikes Öffnung gleiten.

Von diesem Moment an war sie ihr vollkommen hilflos ausgeliefert. Was Nicole in ihrer vor Lust tropfenden Grotte anstellte hatte sie noch nie zuvor erlebt.

Noch nicht mal im Traum hatte sie daran gedacht, so ein geiles Gefühl jemals zu spüren. Sie musste sich so zusammenreißen, um nicht sofort laut schreiend und stöhnend zu kommen. Sie keuchte verzweifelt vor sich hin und war Nicole komplett ausgeliefert.

Sie hatte ihr nicht das Geringste an Erfahrung und Talent entgegenzusetzen.

Sie hatte ihre Meisterin gefunden und wurde von ihr vorgeführt. Es war für Heike eine Lehrstunde in Sache Sexualität.

Alles würde sie geben und alles würde sie tun. Nur Hauptsache Nicole würde nicht aufhören. Mit großen, weit aufgerissen Augen und offenen Mund starrte sie Nicole an. Atemlos und gelähmt. Verzaubert, fasziniert, gefesselt. Sie konnte es einfach nicht fassen, wie und was Nicole gerade mit ihr anstellte und wie hilflos und ausgeliefert sie diesen Fingern in ihrer doch schon erfahrenen Ritze, wie sie dachte war. Doch Nicole belehrte sie zunehmend eines Besseren. Sie konnte es nur noch mit sich geschehen lassen und stöhnte laut „Ahhhhhhh, das tut so gut. Bitte, bitte, hör nicht auf damit" aus sich heraus. Nicole lächelte kühl dabei. Sie wusste genau was sie tat und das sie Heike vollkommen in der Hand hatte. Nun begann sie mit ihrem Mund immer tiefer an Heikes Körper herabzuwandern.

Unter heißen Küssen und Zungenspielen glitt sie langsam den Hals herab, liebkoste schließlich ihre Brüste und die stramm stehenden Nippel.

Heike kribbelte es nur so in ihrer Muschi und sie wusste nicht, wie lange sie ihren kurz bevorstehenden Orgasmus noch zurückhalten konnte. Auch wusste sie nicht mehr wohin mit ihren Händen.

Sie wollte alles von Nicole spüren. Ihre Lippen, ihr Haar, ihre Haut, ihre Brüste, ihre rasierte Möse und ihren Arsch.

Auf einmal ging Nicole in die Hocke und schob Heikes Beine weit auseinander. Sie blickte hoch zu ihr, zog ihr den Finger aus der Ritze und sagte lüstern:" Ich machs dir jetzt mal richtig, kleines Püppchen." Schon spürte sie Nicoles Zunge auf ihrer Muschi. Immer wieder biss ihr Nicole zärtlich in den Kitzler oder die Schamlippen, immer wieder umkreiste die gepiercte Zunge ihren Kitzler und lies ihren ganzen Körper zusammen zucken. Was Nicole im Stande zu leisten war, würde Heike nie vergessen. Kein Mann hatte sie jemals so geschleckt und sie hatte bis eben nicht gewusst, was eine Zunge, Lippen und Zähne mit einer Muschi alles anstellen können.

Nicole fuhr mit ihrer Zunge in sie ein und drang an Stellen vor, wie sie es niemals für möglich gehalten hatte. Sie schleckte ihre Spalte förmlich aus und lutschte jeden Lusttropfen aus ihr heraus.

Dazu kamen dann noch die langen Finger, die sich ähnlich, wie auch ihre Zunge, wie ein stahlharter dicker männlicher Schwanz in ihre Fotze bohrten.

Jetzt war es um sie geschehen. Sie konnte nichts mehr zurückhalten, keine Gefühle mehr unterdrücken. Noch nie hatte es ihr jemand so schnell und intensiv besorgt.

„Ich…komme!…Oh…mein…Gott!,…Nicole…ich komme!…ich…kann…nicht…mehr!…ich…liebe dich!" keuchte sie laut und erlebte einen noch nie zuvor dagewesenen Orgasmus. Zum ersten Mal in ihren Leben spritze sie richtig ab. Liebevoll aber trocken erwiderte Nicole von unten herauf: „Ich weiß Baby, lass dich einfach gehen."

Dabei setzte sie noch mal kräftig nach. Sie spürte es auf ihrer Zunge prickeln als Heike kam und genoss den Mösensaft, der aus ihr heraus schoss. Heike war völlig losgelöst. Dass es eine Frau war, die ihr so einen Orgasmus schenkte, war einfach unglaublich. Genau so die Tatsache, dass es ihr bis heute noch niemand so gut besorgte. Vor Erschöpfung und lustvoller Erleichterung sank sie auf den Boden. Ihre Fotze zitterte immer noch vor Erregung und sie hatte das Gefühl, ihr gerader Erlebter Orgasmus dauert immer noch an. Da saß sie nun. Die Beine weit auseinander, Nicole in der Hocke vor ihr, immer noch den Finger in ihrer Möse steckend und das Wasser plätscherte auf die beiden Frauen herab.

Noch einmal schob Nicole ihr die Zunge in den Mund. Zeitgleich zog sie ihren Finger aus Heikes erschöpfter Möse heraus. Lies ihn sanft und sachte aus der befriedigten, nassen Spalte herausgleiten und steckte ihn sich anschließend genüsslich in den Mund.

„Schön bist du gekommen" sagte sie. „Du hast fabelhaft geschmeckt und es hat riesigen Spaß gemacht ein so junges Ding wie dich flach zu legen."

Dann stand sie auf und ging wortlos weg, ohne sich auch nur einmal nach der am Boden sitzenden Heike umzuschauen. „Warte bitte, sehen wir uns wieder?" rief ihr diese hinterher. Tatsächlich drehte sich Nicole noch einmal um und sagte deutlich und bestimmend: „Nein! Natürlich nicht.

Was denkst du denn Püppchen? Ich wollte dich flach legen als ich dich das erste Mal im Studio sah.

Ich wollte so ein junges Ding wie dich ficken, wollte wissen wie deine Möse schmeckt und sehen wie du dich verhältst, wenn du kommst, deinen Orgasmus auf meiner Zunge spüren. All das habe ich jetzt gehabt. Es gibt keinen Grund für mich, dich wieder zu sehen. Mädchen, ich wollte dich haben, ich habe dich bekommen und das wars. Und erzähl mir bitte nichts von Liebe. Hier waren keinerlei Gefühle im Spiel. Du interessierst mich ja nicht mal als Mensch. Du warst heute einfach mein Lustobjekt, mit dem ich Spaß haben wollte.

Ihr jungen Dinger, lernt erst einmal Sex und Liebe zu trennen und dann fangt an rum zu vögeln.

Bei richtig geilen Sex haben Gefühle nichts verloren. Aber Sex mit Liebe, ist das geilste auf der Welt. Werde reif und lerne den Unterschied. Du warst ein geiles kleines Luder. Aber sei der sicher, es war nicht mal annähernd so ein Gefühl wie Liebe dabei. Das solltest du vielleicht auch noch wissen, weil wir gerade bei diesem Thema sind.

Du hast wieder eine Gemeinsamkeit mehr mit deinem Freund, dem Inhaber. Nämlich mich! Ihn habe ich letzte Woche im Büro vernascht."

Ohne sich noch einmal umzudrehen oder irgendein Interesse zu zeigen, verließ sie in einem Handtuch eingewickelt mit ihren Klamotten unter den Arm die Umkleide. Heike konnte nicht glauben was sie eben an den Kopf geworfen bekam und sie wollte am liebsten losheulen. Es stimmte. Ihr Freund kam letzte Woche einmal sehr spät nach Hause, weil der Computer im Studio abgestürzt war. Er war sehr geknickt an diesem Abend, weil er ihn angelblich nicht zum Laufen brachte. Jetzt ergab alle einen Sinn. Der Computer hieß Nicole. Sie vögelte ihn im Büro wild her und servierte ihn genauso ab wie sie gerade. Kein Wunder, dass der frisch verliebte, der seine Traumfrau bumste und dann kalt stehen gelassen wurde so nach Hause kroch.

Das Gefühl betrogen geworden zu sein schmerzte sehr. Natürlich hatte sie ihn zigmal beschissen und doch wollte sie nie war haben, dass ihr dasselbe mal passieren konnte.

Und bei all ihren Fremdficks war nie Liebe dabei. Außer bei Nicole. Da kam dieses Gefühl einfach auf.

Und bei ihm war das sicher genau so. Sie bearbeitete seinen Pimmel wohl so, dass er ihr aus der Hand fraß und er ihr gern sein Herz geschenkt hätte.

Nur Nicole hat es, genauso wie das ihre, einfach weggeschmissen und mit Füssen getreten.

Mit schmerzlichen Gefühlen, verwirrt, erschöpft von dem geilen Orgasmus und total neben der Spur krabbelte sie schließlich vom Boden hoch, zog sich an und verließ das Studio. "Sie hat mich einfach nur benutzt" ging ihr durch den Kopf, "sie war einfach nur geil auf mich, sonst kein Interesse an mir. Die hat mich vernascht und voll abserviert und auch noch meinen Freund gefickt." Nach diesem Vorfall und dem Eingeständnis des Seitensprunges ihres Freundes, trennte sich Heike von ihm und beschloss auch das Studio nicht mehr zu betreten. Auch hat sie Nicole bis heute nie mehr wieder gesehen. Dieses prägende Erlebnis brachte sie aber lange Zeit nicht mehr aus ihren Kopf. Sie wollte unbedingt diese Technik erlernen, mit der man eine Muschi in so kurzer Zeit zum Explodieren bringen kann und der Sexpartner einem dabei, vor Geilheit völlig willenlos ausgeliefert ist. Wie man in so kurzer Zeit einen so intensiven Orgasmus erzeugen kann und das Opfer es hemmungslos und willenlos geschehen lässt, nur in der Hoffnung, dass dieser eben erlebte Moment nie mehr aufhört und für immer bleibt. Aber vor allem wollte sie wieder diesen super mega Orgasmus erleben, den Nicole ihr schenkte.

So ging sie in der nachfolgenden Zeit also auf Jagd nach Frauen. Egal welchen Alters. Fand sie die Person ansprechend, versuchte Heike sie ins Bett zu kriegen, um ihre Experimente zu starten. Mit zahlreichen Frauen landete sie so in der Kiste und lernte allerhand dazu.

Obwohl sie schon bald den Ruf bekam, es Frauen traumhaft zu besorgen, erlebte sie doch nie mehr die Qualität an Sex und den Orgasmus wie es ihr Nicole geboten hatte. Deprimiert darüber, beschloss sie, sich nun doch wieder mehr den Männern zu widmen. Dort konnte sie klar die Täterrolle übernehmen. Die Opferrolle, in der sie von Nicole gesteckt wurde, gefiel ihr nämlich überhaupt nicht und kratzte noch lange Zeit an ihrem Ego.

„Gefallen sie dir?" hörte sie plötzlich und wurde von ihren Gedanken an Nicole herausgerissen. Ihr Mann stand an der Tür und hielt ihr Stiefel, einen Mini und ein passendes Oberteil dazu unter die Nase. „Probiers doch mal an" forderte er seine verdutzte Frau auf.

Heike betrachtete die Sachen und musste zugeben, dass ihr Mann ihren Geschmack gut getroffen hatte. „Klar, gerne" sagte sie noch etwas zögerlich. „Sie sehen wirklich rattenscharf aus. Da hüpf ich gleich mal rein…"

Die Anprobe

Es waren schwarze, kniehohe, glänzende Lederstiefel, versehen mit hohen Absätzen. Der Rock wirkte wie ein kurzes Sommerröckchen und hatte verspielte Fransen in verschieden bunten Farben. Übereinander reihten sich kurze Stoffmuster aus blau, grün, gelb und rot die fröhlich locker ineinander überflatterten. Die Farben waren frisch, neckisch und frech. Der Rock an sich verspielt, unschuldig und doch sehr sexy. Zudem war der Stoff sehr dünn. Es durfte nicht schwerfallen, zu erkennen, was sich darunter befand. Das Oberteil war aus demselben Stoff und derselben Farbe. Na ja, viel Stoff war es nicht wirklich. „Was der da noch verstecken soll?" fragte sich Heike. Aber es gefiel ihr wirklich gut. „Na los, zieh sie an" forderte sie ihr Mann auf. „Ok, ich schlüpf gleich rein" antwortete sie und begann ihre Jeans, Schuhe, sowie ihr Shirt auszuziehen. Gerade wollte sie in den Rock schlüpfen, da unterbrach sie ihr Mann. „Den Rock ohne Schlüpfer anprobieren!

Und das Oberteil auch ohne BH" sagte er spaßig. „Im Club hast du ja auch nichts drunter an", fuhr er fort. „Recht hast du" erwiderte Heike, zog sich nackig aus und schlüpfte in die Klamotten. Da stand sie nun vor ihm. Sie sah hammermäßig aus.

Ihre langen, schlanken Beine kamen noch mehr zur Geltung und wollten gar kein Ende mehr finden. An ihren makellosen Körper saßen Rock und Oberteil wie angegossen.

Es schien, als seien sie eigens für sie erstellt worden. Der Streifen Stoff verdeckte gerade mal ihre Brustwarzen und wurde am Rücken mit einer süßen Schleife zusammengehalten. Ihre schönen Brüste kamen voll zur Geltung und wurden von dem bisschen Stoff richtig hervorgehoben und zum Anfassen einladend herausgedrückt.

Der Rock reicht nicht mal ganz über die Pobacken. Heikes süßer, kleiner Knackarsch blitzte provokant unten heraus. Vorne verdeckte er nur knapp das Nötigste, lies aber schon im Ansatz erkennen, was sich da Scharfes darunter befand.

Heike drehte sich und ging ein paar Meter auf und ab, stolzierte hin und her und warf ihre Haarpracht, ihr dunkles, feines, fast seidenes Haar mit einem erotischen Kopfschwung in den Nacken. Verrucht sah sie nun aus mit ihrer wilden Mähne. Ihr braungebrannter Körper war von dem eines Katalog Models nicht zu unterscheiden. Bei jeder Bewegung, es genügte schon ein leichter Luftzug, hob sich das Röckchen nach oben und gewährte tiefe, lüsternde Einblicke. „Na" sagte sie und warf sich in eine erotische Pose: "Gefalle ich dir? „Du bist der Wahnsinn" antwortete er „umwerfend schön und super sexy." Dabei starrte er sie mit offenen Mund an. Seine Gedanken kreisten um seine Frau.

Da stand sie nun vor ihm, mit ihren 37 Jahren und man sah ihr die Jahre gar nicht an. Die Zeit schien an ihr spurlos vorüber gegangen zu sein.

Sie sah so perfekt aus und wirkte wie ein 20-jähriges Püppchen.

„Sie hat sich in den 13 Jahren Ehe nicht die Spur verändert" dachte er. „Kein bisschen gealtert. Sie sah immer noch aus wie an ihren Hochzeitstag. Eine junge Schönheit, geschätzt Anfang 20. Niemand würde glauben, dass Heike heute schon 37 Jahre alt geworden ist" „Die Männer werden dich scharrenweise besteigen wollen", platzte es aus ihm heraus. „Gut" meinte er weiter und grinste dabei wieder schmutzig," dass du das Röckchen hast. Du brauchst es beim ficken nicht mal auszuziehen. Es dürfte dich in keiner Position behindern". „Ja, da hast du recht" gab sie ihm zur Antwort und konnte mit der Aussage ihres Mannes gerade nicht viel anfangen. „Wie meinte er das wohl? Auf was wollte er hinaus? Noch unschlüssig zog sich Heike das Röckchen hoch und zeigte auf ihre Muschi. „Schau mal, Wildwuchs" sagte sie. Ich muss mir unbedingt noch die Muschi rasieren bevor wir fahren. Heike legte sehr viel Wert auf Ästhetik, um beim Sex gute Qualität zu bieten. Und dazu gehörte in ihren Augen auch ein rasiertes Möschen. Nur ganz selten, in Ausnahmefällen fickte sie mit Wildwuchs.

Entweder mit ihrem Mann, da der ihr voll vertraut war, oder wenn sie zufällig, ausgerechnet an diesen Tag jemanden traf, den sie unbedingt flachlegen wollte und es nicht danach aussah, dass sich hierzu eine zweite Change bieten würde. Denn ein Stößchen ins Möschen darf man niemals verwehren.

Was jetzt nicht steckt, bohrt sich vielleicht niemals hinein. Und verpassen wollte sie auf alle Fälle nichts…

Ihr war es zwar etwas unangenehm, aber ihren Mann und auch den anderen Stechern war es relativ egal. Sie stopften genau so in sie rein als wenn sie eine rasierte Pussy hätte.

„Eigentlich frustrierend", dachte sie. „Die ganze schöne Rasur umsonst. Na ja, wenigstens gebumst. „"Triebe und Ästhetik lassen sich wohl doch schwer miteinander verbinden. Wenn der Zipfel erst mal steht, sieht man ganz schnell wo die Prioritäten beim Mann liegen."

„Wie soll ich sie mir rasieren?" meinte sie fragend. „Blitzblank, ein kleines Dreieck oder einen feinen Streifen, der direkt zur Zielgeraeden führt? „Mach den feinen Streifen" legte ihr Mann fest. „Dann wissen die Pimmel wenigstens gleich wo sie rein müssen". Heike schaute ihn verdutzt an. „Was meinte er mit dieser Aussage. Ging er davon aus, dass sie mit anderen fickt? Wollte er sagen, dass sie mit anderen ficken soll? Oder redete er nur wieder einfach so daher? „Ok, gut den Streifen" sagte sie und wiederholte seine Worte:

„Damit die Pimmel auch gleich ins Loch finden. Ich mach mich dann mal im Bad für heut Abend frisch", zwinkerte sie und stolzierte an ihren Mann vorbei in Richtung Bad.

Am Vorbeiziehen drückte sie ihm noch einen dicken Kuss auf den Mund und griff ihm frech in den Schritt. Er zwickte sie kurz in die Pobacken, gab ihr einen Klaps auf den Hintern und meinte." Mach das, ich werde mir dann auch den Schwanz schön vorbereiten für dich heut Abend".

Im Bad

Mit weit auseinander gegrätschten Beinen stand Heike nun nackt im Bad und rasierte sich die Muschi. Nach Beendigung betrachtete sie ihr Ergebnis. Blitzblank glänzte ihre Muschi im Badlicht. In der Mitte nur ein dünner feiner, kurz geschorener Streifen, der bis zu ihrer Öffnung reichte. „Jetzt finden die Pimmel bestimmt ihren Weg ins Loch" dachte sie so vor sich hin.

Als sie so ihre Muschi betrachtete, stellte sie für sich selbst fest „Ja, ich habe wirklich eine geile Spalte. Ich kann die Typen schon verstehen, die hier nur einfach wild rein bumsen wollen und es kaum erwarten können, bis ich wieder die Beine für sie breit mache. Sie ist wirklich da, um regelmäßig fleißig gestopft zu werden. Sie hat keinerlei Verschleißerscheinungen" dachte sie weiter und konnte diese Tatsache fast selbst nicht glauben. „Was wurde ich doch bis heute schon gevögelt. Was habe ich nicht schon alles weggesteckt und in meiner Muschi gehabt. Andere Frauen, die so viele Männer zwischen ihren Beinen hatten, hätten bestimmt nicht so eine tolle Fickspalte." Innerlich musste sie lachen. „Gab es überhaupt Frauen, über die schon mehr drüber gerutscht waren als bei mir? „Sicherlich" sagte sie sich. „Ich bin Jägerin und keine Nutte".

Nein, sie war sich sicher. Ihr Loch sei im Vergleich zu anderen wirklich um Nummern besser.

Sie musste es ja wissen. Immerhin ging sie nach ihrem Erlebnis mit Nicole doch vermehrt auf Frauenfang. Sie konnte doch einige Muschis vorweisen, die sie schleckte, fingerte, streichelte oder ihre Pussy leidenschaftlich daran rieb. Dabei waren die Frauen zwischen 20 und 40 Jahre alt. Es liesen sich also schon die verschiedenen Lustspalten miteinander vergleichen. Nein, es war keine heißer, einladender, schöner oder gieriger als ihre. Mit Ausnahme derer von Nicole, die sie nie vergessen werde. Heikes schmale, gerade Schamlippen zeigten direkt den Weg in ihr Loch auf. Sie waren fast schon wie Schienen, an denen die Schwänze in sie hinein gleiten konnten. Sie waren immer eng zusammen und dehnten sich je nach Bedarf, bzw. Schwanzgröße dementsprechend auf.

Auch ihr kleines, immer noch enges Loch passte sich problemlos jeder Schwanzgröße an. Und sie hatte wirklich auch schon riesige Kaliber in sich stecken. Auf alle Fälle vermittelte ihre Muschi immer noch das Gefühl, eine enge Jungfrau zu vögeln und lies dementsprechend schnell die Pimmel auch abspritzen. Ihre Klitoris rundete ihre Prachtmuschi ab. Sie wirkte so einladend. Egal ob zum schlecken, streicheln oder einfach nur als Anlass, ihr den Schwanz hart und tief rein zu jagen.

Ja, sie war sich sicher, ihre Muschi mit 37 Jahren sah noch genau so aus, wie die einer fast unberührten 18-jährigen, die vielleicht 3-4 Schwänze bis jetzt in ihre Ritze gerammt bekommen hatte.

„Eine 18-jährige" dachte sie zurück. „Mit 18 hatte sie schon so einiges zwischen ihren Schenkeln gehabt. Es war eigentlich das Alter, in dem sie richtig eingeritten wurde. Mit 18, da hatte sie auch ihre erste Orgie" schoss ihr plötzlich durch den Kopf. Ihre Haupt Drang-und Stoßzeit war wirklich zwischen 18 und 24 Jahren. Kein Schwanz und keine Muschi waren vor ihr sicher. Wie schon damals Nicole zu ihr sagte: „Ich wollte dich haben, sehen wie du kommst. Ich habe dich gehabt und nun ist die Sache für mich erledigt. Sollte ich noch mal verlangen auf dich haben, werde ich schon auf dich zugehen."

Mit 24 heiratet sie ihren Mann, den sie bis heute abgöttisch liebte und um nichts auf der Welt mehr hergeben würde. Er war und ist die Liebe ihres Lebens, ihr Prinz, mit dem sie zusammen alt werden sollte. Sie verschoss sich Hals über Kopf in ihn, als sie ihn das erste Mal sah. Sie war so verliebt, dass sie im ersten Moment sogar vergas, ihn flach legen zu wollen. Und das war ihr noch nie passiert. War doch ihr erster Gedanke doch immer: „Wow, den fick ich". Dennoch war es sehr schwer für sie, trotz Ehe und Treueschwur alte Muster und Gewohnheiten abzulegen. Sie vögelte nicht mehr alles und trat deutlich an Verschleiß zurück.

Sagte sogar auch mal „Nein" obwohl der Drang riesengroß war. Aber ganz aufzuhören mit andern zu ficken schaffte sie einfach nicht. Sie wollte es auch nicht wirklich.

Für sie waren zu damaligen Zeitpunkt Schwänze und Mösen nur interessantes Spielzeug. So wie für andere vielleicht eine elektrische Eisenbahn.

Sie dienten nur dem einen Zweck. Ihr Spaß zu bereiten und zu befriedigen. Und Treue? In ihren Augen war sie treu!

Ihr Herz, ihre Gefühle, ihr Geist, ihre Seele und ihre Liebe galten einzig ihren Mann. Das andere war nur ihr Körper, ein Gebrauchsgegenstand, wenn man es so sagen wollte, den sie gerne zur Verfügung stellte. Nein, sie war eine treue Ehefrau. Damals und bis heute. Es war ihr egal, dass die feine Gesellschaft das nicht so sah, sie aus dem moralischen Rahmen sprang und ihr Verhalten, mit dem einer Hure gleichgestellt wurde. Sie war eine Hure. Na und. Sie war eine glückliche Hure und führte mit Sicherheit ein angenehmeres, spannenderes, abwechslungsreicheres und fröhlicheres Leben als die verbitterten Spießer. Sie sah halt alles nur mit anderen Augen. Sie hatte Spaß am Sex und wollte einfach nur von möglichst vielen, möglichst oft gebumst werden. Sie liebte es durchgefickt zu werden, bis die Fotze glühte. Und es war immer wieder aufs Neue so spannend.

Jeder fickte anders, hatte eine andere Technik und andere Vorlieben. Jeder Sack und jeder Pimmel fühlten sich anders an. Lagen anders in der Hand.

Es war als ob man ein neues Spielzeug entdeckte.

Jeder schmeckte anders und drang anders in sie ein. Und auch die Dauer, bis sie kamen, wies hohe zeitliche Differenzen aus. Egal ob jung oder alt. Egal wo. Hauptsache sie bekam etwas in ihre hungrige, neugierige Fotze. Es musste schnell gehen und ohne großes Drumherum. Sie war es immer, die sofort die Initiative ergriff und loslegte. Im Sommer, wo die Gefühle höher lagen, ging sie grundsätzlich mit kurzen Rock und ohne Schlüpfer aus dem Haus. Sollte sie mal an kühleren Tagen eine Jeans getragen haben, so durfte auch unter ihr kein Schlüppi mehr sein. Die Jeans nur kurz unter den Po gezogen und schon stand ihre Pussy der Allgemeinheit offen zur Verfügung.

Oft wurde sie im Kaufhaus oder im Schwimmbad in der Umkleide gevögelt oder auf der Toilette eines Kaffees. Bei vielen Handwerkern oder kleineren Geschäften, legte sie sich auch gerne mal auf den Tresen und „bezahlte" so ihre Einkäufe.

Es machte nicht nur Spaß, nein sie sparte dabei auch noch. Was will Frau also mehr. Bei all den Vorzügen ließ sie sich gerne als Hure bezeichnen. Es war ihr auch egal als was sie bezeichnet wurde. Hauptsache sie fickten sie richtig durch. Davon aufgegeilt ging es dann immer schnell nach Hause. Dann folgte der absolut hammergeile, gefühlvolle Sex mit ihrem Mann. Das war dann Liebe und nicht nur eine Nummer. Es war nur immer sehr schwer und aufwendig, das ganze vor ihm zu verheimlichen. Sie wusste es ganz genau. Das wäre das aus für ihre

Ehe. Er würde sie einfach vor die Türe setzen. Sollte sie noch lebend von ihm wegkommen. Es war als Vorsicht, Feingefühl, absolute Diskretion, Planung und Fingerspitzengefühl bei jedem Fick-Ausflug angesagt.

Aber sie schraubte ihre „Spielereien" sehr zurück. In den letzten Jahren stellte sie nur noch ihren geliebten Mann ihren Körper zur alleinigen Nutzung zur Verfügung. Immerhin behandelte er ihn von allen am besten. Keiner konnte mit der Qualität, Ausdauer und härte ihres Mannes mithalten. Er war auch hierbei einfach ihr perfekter Traum.

Doch Körper und Geist machten nicht immer das was sie gerne wollte. Sagte der Verstand eben noch „Nein, du wirst nicht schon wieder fremdgehen" und sie war auch fest entschlossen es nicht zu tun, so überkamen sie im nächsten Moment schon ihre Triebe und das sexuelle Verlangen auf den ihr gegenüber. Sie wusste nicht mal was es Auslöste. Ein Blick, eine Geste, ein Wort…?

Sie wusste nur noch, dass sie den gegenüber nun in sich spüren musste. Egal um welchen Preis. Der Verstand setzte buchstäblich aus und aus der eben noch denkenden Heike wurde eine fickfreudige kleine lustgesteuerte Schlampe…

„Ihren Körper gut behandeln…plötzlich waren ihre Gedanken wieder bei diesen Thema angekommen" Grimmig und ärgerlich kamen ihr die Erinnerungen an ihre erste Orgie wieder zurück in den Kopf.

Die Orgie

Sie war damals ca. 18 – 19 Jahre alt und hatte schon einiges an Erfahrung gesammelt, was es angeht, Schwänze zu blasen, zu wixen oder wild her zureiten. Trotzdem bekam sie nie genug. Wollte immer mehr und war offen für alles Neue. Vor allem für neue Schwänze, die sie in sich versenken lassen konnte. Es war einfach faszinierend, wie viele unterschiedliche Dinger es doch gab. Sie musste alle ausprobieren. Lange, Kurze, Dicke, Dünne, Gerade und Krumme. Jede Form hatte seine Vor – und Nachteile. Ebenso interessant war es, die verschieden Träger kommen zu sehen. Manche zogen wirklich ulkige Grimassen oder gaben komische Laute von sich.

Es war auf alle Fälle ein Samstagabend, an dem sie sich eine Show der Erotik Tanzgruppe die Sexy Boys gönnte. Die Karte hatte sie von ihrem Freund zum Geburtstag bekommen. Ein Platz in der ersten Reihe. Der Traum eines jeden jungen Mädchens.

Viele Wilde Fantasien wurden da geweckt, wenn man sich nur die Plakate betrachtete. Natürlich zog sie sich für dieses Highlight extrem knapp und sexy an. Auch die Schminke musste passend verrucht dazu sein. Schließlich saß man ja als Blickfang in der ersten Reihe.

Die Show war super und die 11 Jungs mit ihren mega durchtrainierten Körpern liesen einigen Mösensaft, auch bei Heike zusammenlaufen. In ihren engen knappen Hosen zeichneten sich riesige Schwänze und Säcke ab. Die Halle tobte und es gab keine Frau mehr, die nicht feucht im Schritt geworden war und alles dafür gegeben hätte einen von den Jungs in die Finger zu bekommen. Einige, die nur kurze Röcke trugen, begannen sogar, es sich selbst zu machen und besorgten es sich auf ihren Plätzen. Auch Heike spielte, total verschollen im Unterbewusstsein an sich selbst herum und hatte die dreckigsten Gedanken. Einer von den Jungs, redete sie sich ein, hätte ein Auge auf sie geschmissen und lachte die ganze Zeit zu ihr herüber.

Sie müsste sich schon sehr täuschen, wenn es ein Zufall war, dass dieser Kerl mit seinem schweißtropfenden Körper genau vor ihr tanzte und sich von ihr angrapschen ließ. Dabei zwinkerte er ihr jedesmal zu. Die Show ging zu Ende und es gab auch bestimmt eine Menge Orgasmen in diesen Raum, die ebenfalls zu Ende gingen. Auch Heike war vor Geilheit ausgelaufen. Ihr vollkommen feuchtes Höschen klebte fest an ihrer ebenso feuchten Pussy. Die Menge strömte nach draußen und Heike in der ersten Reihe wartete, bis es ruhiger wurde.

Auf einmal kam der besagte Tänzer hinter dem Vorhang hervor und winkte ihr zu.

„Do you want to come behind the curtain and get an autogramm?" fragte er sie und streckte ihr die Hand entgegen. Da gab es nichts mehr zu überlegen. Sofort sprang sie auf, griff nach seiner Hand und ging mit ihm hinter die Bühne. Dort angekommen glaubte sie im Paradies gelandet zu sein und konnte ihren Augen nicht trauen. Alle Tänzer waren gerade nackt und auf den Weg in oder aus der Dusche. Alle umringten nun Heike und unterschrieben auf ihrer Eintrittskarte sowie auf der Autorammkarte, die sie ihr in die Hand drückten. „Can we do something more for you?" fragte sie der Tänzer, der sie holte und streichte sanft ihren Rücken auf und ab. Erwartungsvoll streichte er ihr durchs Haar und schaute sie verführerisch an. „Fuck me" flüsterte Heike heraus. „Please fuck me. Once on once. One after another." Heike war blind vor Geilheit. Der Traum jeder Frau wurde bei ihr war. Sie war nur noch auf die 11 Jungs mit ihren Körpern und den großen, schönen Schwänzen sowie den prallen Säcken fixiert. „Your wish will become reality ". We give you what you want, Baby. Are you ready to fuck!" bekam sie von der Truppe zur Antwort. Und schon spürte sie die vielen Hände an ihren Körper, die sie erforschten, berührten und auszogen. Sie spürte die vielen verschiedenen Lippen, die ihren Körper küssten und die harten Kolben, welche die Jungs an sie pressten.

Einer nach dem anderen begann nun, sich einen Gummi über sein steifes, in die Höhe ragendes Prachtstück zu ziehen.

Als sie die 11 stehenden harten Schwänze mit den Kondomen drüber sah, wusste sie, es geht gleich los. Sie war die Auserwählte, die an diesem Abend ein einzigartiges Erlebnis bekam. 11 riesige, traumhafte Schwänze würden ihr es nun gleich kräftig besorgen.

Sie bis zur Besinnungslosigkeit ficken. Wenn das ihr Freund wüsste, welche Freude er ihr mit dieser Karte schenkte.

Heike wusste nicht, welchen Schwanz sie zuerst wixen und welchen zuerst blasen sollte. Sie versuchte also möglichst abwechselnd viele zu bekommen. Dann drang der erste Kolben in sie ein.

Von diesem Moment an waren alle Erinnerungen weg. Alles spielte sich wie ein Film vor ihren Augen ab. Sie wurde von Schwanz zu Schwanz blitzschnell rumgereicht und wurde in jeder Stellung, die es wohl gab, genommen.

Sie lag auf der Seite, sie lag auf den Bauch, sie lag auf den Rücken, kniete vor ihnen auf allen vieren und ritt in sämtlichen Variationen die Ruten her. Aber es war nicht einer nach dem anderen. Nein, alle zusammen nahmen sie gleichzeitig her. Wie ein Rudel ausgehungerter Löwen fielen sie über sie her. Sie wurde nicht mal mehr gefragt, ob sie es als angenehm entfand oder überhaupt wollte.

Unter großen Schmerzen rammten sie ihre Schwänze in Heikes kleines Arschloch und dehnten es rücksichtslos auf. Die Pimmel wurden ihr bis zum Rachengrund in den Mund gestopft, dass diese am Gaumen aufschlugen und Heike glaubte, daran zu ersticken. Trotz Würgereiz wurden sie ihr weiter ins Maul gepresst. Sie hatte alle Löcher und Hände voller Schwänze. Teils hatte sie drei Stück gleichzeitig in ihr. Zwei in ihrem Arsch und einen in ihrer Fotze oder umgekehrt.

Und alle stießen so erbarmungslos und rücksichtslos zu, dass es ihr zu viel wurde und sie Angst bekam. Panik breitete sich in ihr aus. Das hatte nichts mehr mit lustvollen Sex in beidseitigen Einverständnis zu tun, sondern glich eher einer brutalen Massenvergewaltigung. Sowas hatte sie noch nie erlebt und auch nicht mit sowas gerechnet, als sie sagte: „Please fuck me all." Ein Traum wurde zum Alptraum.

Sie wusste gar nicht mehr, wer ihr was wo reinschob oder wessen Schwanz sie gerade im Mund bzw. in ihren Händen hatte.

Die Jungs wechselten so schnell durch, genau wie die Positionen, die sie mit ihnen machen musste.

Andauern schoben sich die harten Stangen in ihre Muschi und sie hatte das Gefühl, dass diese bereits am Glühen war und genug gefickt worden war. Jeder Stoß brannte höllisch und war schmerzhaft.

Noch schlimmer waren aber die Schmerzen, die sie verspürte, als ihre Rosette auseinander gerissen würde und sich die Kolben ihren Weg in ihr enges, kleines Arschloch bahnten.

Sie ignorierten die mit Tränen in den Augen, vor Schmerz schreiende Heike und pressten ihr teilweise, ohne Rücksicht zwei fette Stängel in den Arsch. Sie hatte noch nie zuvor in ihrem Leben Analverkehr gehabt. Dieses Kapitel wollte sie auch nicht unbedingt erleben. Jetzt aber war es soweit. Und es war schlimmer, als sie sich es immer vorgestellt hatte. Aber auch ihre Pussy blieb nicht verschont. Ihr sonst so enges Möschen wurde zu einem weiten Loch gedehnt, als immer mehr der Jungs das Bedürfnis hatten, gleichzeitig ihre Schwänze in ihrer Ritze zu versenken. Aus Lust wurde Schmerz und Verzweiflung. Sie wollte schreien, konnte es aber nicht, da sich auch in ihren Mund immer ein Schwanz befand. Mit ihren kräftigen Händen hielten sie ihren Kopf einfach fest und zwängten ihre Glieder in sie hinein.

So tief, dass sie nicht mal mehr daran lutschen konnte, sondern eher das Gefühl hatte, daran zu ersticken. Schließlich füllten die riesigen, aufgepumpten Kolben ihren ganzen Mund aus.

Sie war nur ein Fickspielzeug der Jungs, das nach Belieben rumgereicht und richtig eingeritten wurde. „Oh Gott" dachte sie, „bitte lass das bald aufhören.

Ich hab genug, ich kann nicht mehr, will nur noch hier weg. Bitte lass sie abspritzen". Sie wusste nicht wie viel Zeit verging, sie wusste nicht wie lange es andauerte. Sie ließ es nur noch über sich ergehen. „Hilfe…bitte, bitte aufhören", winselte sie unter Tränen vor sich hin. Doch niemand beachtete sie…

Die gefühlte Ewigkeit, in der sie von den Jungs unter lauten Gegröle rücksichtslos zusammen geschoben wurde, wollte kein Ende nehmen. Immer wieder feuerten sie sich gegenseitig an, es der „Bitch" zu besorgen. „Fuck her…, fuck this Bitch…finish this fucking Pussy" Diese Sätze und Bilder würden sie noch wochenlang in ihren Träumen verfolgen.

Endlich war es dann soweit. Einer nach den anderen zog seinen Schwanz aus ihr heraus und streichte sich den Gummi ab. Sie wixten stöhnend ihre pumpenden Dinger und spritzen ihre Ladungen gezielt auf Heike ab. Klatsch, schon bekam sie die erste Ladung mitten ins Gesicht. Entsetzt wollte sie noch schützend ihre Hände hoch reißen und sich das warme klebrige Zeug aus dem Gesicht wischen, da schlugen schon die nächsten Ladungen auf ihr ein. Sie sah kaum mehr aus den Augen heraus und es brannte fürchterlich.

Überall war sie voller Sperma. Es klebte in ihren Haaren, lief ihr aus den Ohren und der Nase. Ihr ganzer Körper tropfte nur so von dem Zeug.

Ihre Brüste, ihr Arsch, ihr Bauch, einfach alles war voller warmer, klebriger, langsam an ihrem Körper heruntergleitender stinkender Masse.

Es war so viel, dass sie sogar etliche Mengen in ihren Mund bekam und es unter Brechreiz herunter schlucken musste.

Manche rissen ihr den Mund auf, damit die Kollegen besser in ihr Maul hinein spritzen konnten. So sehr sie sich auch bemühte, ihren Mund geschlossen zu halten, es half nichts. Die Männer waren ihr einfach körperlich überlegen. Ausspucken konnte sie das für sich so widerlich empfindende Zeug auch nicht.

Die Jungs warteten nur darauf. Und sobald sie den Mund öffnete, hatte sie schon die nächste Ladung im Gesicht. Sie legten es förmlich darauf an, ihr in den Mund zu spritzen und lachten sie aus, als es wieder begann sie zu würgen und sie unter Brechreiz die Ladung herunter würgte. Ängstlich zusammen gekauert lag sie auf den Boden. Die Jungs über ihr und machten ihre Schwänze leer. Wie unter einem Wasserfall liegend, ergoss sich ein Schwall von Sperma immer und immer wieder über ihr. In ihren Arsch, in ihre Möse, zwischen den Titten, überall glitt ihr der Saft inzwischen hinein und sammelte sich zu einem ekligen Wixe-See. Gezielt hatten sie auf ihre Ritze und ihr Arschloch abgespritzt. Und immer wieder zielten sie auf ihren Kopf, ihr Gesicht.

Heike war nur froh, dass sie ihre Schwänze nicht auch noch ohne Gummi in sie schoben, oder in ihr kamen.

Endlich war es dann vorbei. Die Jungs hatten ihre Eier leer gemacht. Die Schwänze alles verschossen, was in ihnen war.

Zusammengekauert lag Heike schluchzend, zitternd und verstört am Boden.

Ihr ganzer, mit Wixe übersäter Körper schmerzte und ihre Intimteile brannten furchtbar, waren teils blutig gescheuert von dem gewaltsamen Eindringen. „Wow, what a greate fuck" hörte sie um sich herum. „The Bitch is finished" tönte ein anderer. Andere machten sich sogar über sie lustig. „Was this more than you can get? What a stupid german Pussy." „Your Pussy get al lot of digs. Beautiful to fuck. But you a boring".

Unter Gelächter schob ihr ein anderer verächtlich ihre Klamotten zu. Auch diese waren komplett vollgewixt und widerlich feucht und kalt.

„You have to go now…if you can. Your private Party is over" hörte sie die Aufforderung der Sexy Boys. „Don´t forget your autogramm". Während Heike am Boden kriechend versuchte mit den noch letzten trockenen Stellen ihrer Kleidung sich das eklige, stinkende, klebende Zeug vom Körper zu wischen, verschwanden die Jungs einfach und liesen sie achtlos liegen.

Einige machten sich nicht mal die Mühe, an ihr vorbei zu gehen, sondern stiegen einfach, wie über ein Stück Vieh über sie drüber.

Ängstlich, verwirrt und in sich zusammengekauert versuchte sie, sich die klatschnassen, voll Sperma triefenden Klamotten anzuziehen. Sie war so panisch, dass sie sich selbst nicht mehr riechen und anfassen konnte. Sie wollte nur noch sauber sein, nichts mehr von all dem an ihren Körper haben. Sie wünschte sich zum ersten Mal, rein und unberührt zu sein. Hektisch, schreiend, unter Tränen und einem Nervenzusammenbruch nahe, versuchte sie alles abzuwischen. Doch sie verschmierte alles nur noch mehr. Ihr Arsch und ihre Möse brannten wie Feuer. Das Sperma hatte sich zwischenzeitlich leicht rot eingefärbt. Durch das brutale Eindringen blutetet sie aus ihren Öffnungen. Außer sich vor Verzweiflung stich sie sich ihre Hand in Arsch und Möse und versuchte das in sie hineinlaufende Zeug herauszubekommen. Dabei verletzte sie sich selbst noch mehr.

Irgendwann machte ihr Kreislauf schlapp und sie sackte zusammen. Keine Ahnung wie lange sie weg war. Nachdem sie wieder zu sich gekommen und Orientierungsfähig war, robbte sie sich Richtung Ausgang und torkelte nach Hause.

Gedemütigt, geschunden, ängstlich und psychisch gebrochen, war sie froh als sie zu Hause angekommen war. Stundenlang lag sie in der Badewanne und schruppte panisch ihren Körper ab.

Es dauerte lange, bis sie sich körperlich, psychisch und seelisch von diesem Event erholte.

Von diesen Tag an schwör sich Heike, sich von niemanden mehr in den Arsch ficken zu lassen. Ebenso wenig wollte sie jemals wieder Sperma in ihren Mund haben, geschweige denn das Zeug schlucken zu müssen.

Aber sie wollte auch vorbereitet sein. Niemals mehr im Leben sollte ihr so etwas nochmal wiederfahren. Eine Demütigung und Vergewaltigung. Sie musste als etwas unternehmen, um ihr Ego wiederaufzubauen und sich von der Schande und Schmach zu erholen. Aus welchen Grund auch immer sie noch mal in eine solche Situation kommen sollte, sie werde vorbereitet sein und dagegenhalten. Es kostete sie viel Selbstüberwindung den Schritt ihres Planes umzusetzen und sie konfrontierte sich mit den Dingen, die sie so abgrundtief ablehnte.

Sie suchte im Internet nach Orgien – Events und Gruppen Gang Bang Partys und bot sich dort an. Egal ob billig perverse Veranstaltung oder im gehobenes Ambiente. Sie nahm alles an.

Es war genau so widerlich, eklig und schmerzhaft wie damals. Trotzdem wollte sie noch einmal alles durchleben. Sie ließ alles mit sich machen und gab sich ohne Tabus her. Sie war wie in einem Wahn. Wollte sich von etwas befreien oder etwas was sie extrem belastet ablegen und loswerden.

Sie trieb es immer weiter. Der Schmerz und der Ekel wurden ausgeblendet. Sie schien sich vollkommen zu verlieren. Bis zu dem Tag, als sie sich im Bad mal längere Zeit vor dem Spiegel betrachtete.

„Der Mensch da drin bin nicht ich. Was ist nur aus mir geworden? Was haben die aus mir gemacht? Wer bin ich, oder was ist von mir noch übrig? Wo bin ich, …Heike???

Nein!!! Jetzt ist es genug. Niemand mehr, auch nicht ich selbst, werde jemals mehr Dinge mit meinem Körper anstellen die ich nicht will! Mein Arsch bleibt für alle Zeit verschlossen und schlucken werde ich nie wieder mehr was." Aus welchen Grund auch immer sie aufgewacht war und aus dieser unrealen Welt entfliehen konnte. Sie war dankbar darüber und schaute hoch zum Himmel. „Danke." Ganz egal wer da oben sein mag. Sie war Heike und sie war zurück im Leben. Von niemanden mehr würde sie sich ihr Leben nehmen oder so beeinflussen lassen.

„Hallo Leben, ich bin zurück!" rief sie aus dem Fenster in die stille dunkle Nacht hinaus.

„…ja, meine erste Orgie" erinnerte sich Heike immer wieder schmerzlich daran zurück. Selbst wieder mit ihren Gedanken in der Gegenwart, riefen diese Erinnerungen doch immer wieder eine unglaubliche Wut in ihr wach. Selbst nach all den Jahren, war es nicht einfach, diese Bilder aus ihren Kopf zu bringen.

Sie war damals einfach zu jung und zu unerfahren für eine solche Herausforderung. Sie ging bei dem Versuch, die alles fickende Bitch zu spielen, sang und klanglos unter. Sie spielte mit dem Feuer und verbrannte.

Die Wunden waren heute noch zu spüren. Heute aber, nach all den Jahren, würde sie die Jungs gerne noch mal treffen.

Sie würde sie in Grund und Boden ficken. Sie würde sie alle, mit ihren ausgepressten und leergefickten Schwänzen einfach liegen lassen. Genau so wie sie damals. Unter Höllenqualen würde sie ihnen jeden Tropfen heraus wixen, saugen und ficken, bis nur noch 11 Schlappe, vor Erschöpfung und Schmerz zusammengezogene kleine Pimmel übrig blieben. Sie wollte es hören: "Oh, Baby…what a fuck. Stop it now. Please. It´s enough, we quit. You are the fucking Queen. "

Erst dann würde sie von Ihnen ablassen. „Oh lieber Gott", betete Heike zum Himmel, „gib mir noch einmal die Gelegenheit die alle zu ficken". Noch in Gebetshaltung, hörte sie plötzlich eine Stimme. Es war aber nicht die Stimme Gottes, sondern die ihres Mannes, den sie gar nicht hatte kommen hören. „Was machst du denn so lange? Bist du fertig?"

Verwundert stand er nackt in der Tür und wunderte sich, warum seine Frau, ebenfalls nackt in flehender Gebetshaltung im Bad stand.

„Ich hab ihn ganz sauber rasiert, für dich heut Abend" fuhr er fort und präsentierte ihr stolz sein mächtiges, frisch aufpoliertes Teil.

„Ich bin auch fertig" fügte sie an.

Dazu legte sie sich mit weit gespreizten Beinen auf den Rücken, stützte sich an der Badewanne ab und zeigte ebenfalls stolz auf ihre rasierte Scham mit den dünnen feinen Streifen, wie gewünscht. „Ich denke, sie finden den Weg jetzt ganz bestimmt rein," hauchte sie ihm erotisch zu.

Im Bad (2)

„Wollen wir eine kurze Nummer schieben, so zur Vorbereitung oder als Testlauf für heute Abend?" fragte er sie und angeheizt von der Schönheit und Nacktheit seiner Frau begann sich sein großer Pendel langsam aufzurichten. „Nein, ich habe jetzt keine Lust" konterte sie ihn aus und hatte noch die Bilder ihrer Orgie im Kopf. Ihr war jetzt wirklich nicht nach bumsen zu mute. „Du kannst mich heut Abend so oft und so lange knallen wie du willst, ok?" „Bitte" flehte er sie an. „Wenn ich dich mit deiner rasierten Muschi so sehe, dann muss ich dich jetzt einfach schnell ficken. Nur ein kurzer Quicki". „Nein" fauchte sie barsch zurück. „Fahr deine Latte ruhig wieder ein". „Nur ein paar Stöße. Lass ihn mir dir nur kurz reinstecken, um zu sehen ob er noch passt". Sichtlich geknickt und deprimiert von ihrer Ablehnung stand er nun da und blickte sie jämmerlich an. Als sie das Häufchen Elend mit aufgestellten Rohr so vor sich stehen sah, bekam sie doch Mitleid mit ihm.

„Ok, meinetwegen" gab sie genervt nach. „Steck ihn kurz rein". „Aber eigentlich will ich gar nicht"…wollte sie noch anfügen. Brachte ihre Worte aber nicht mehr heraus, da ihr Mann, kaum die Erlaubnis sie zu vögeln vernommen, sie sofort packte und nach vorne beugte.

Ehe sie sich versah, merkte sie schön, wie er in ungewohnt harter Weise, seinen erregten Schwanz in ihre Spalte von hinten hinein gleiten ließ. Übers Waschbecken gebeugt begann er sie zu nageln. „Ich…ahh…will…ahhh…eigelich…ahhhhhh…gar nicht…ah" stammelte Heike vor sich hin und wollte ihren Unmut kundtun. Ihren Satz musste sie aber mehrmals durch kurze Stöhn Intervalle unterbrechen. So hart rammte er ihr seinen Schwanz hinein. Er zog sie ganz nah an sich heran und seine Hände pressten sich auf ihre Pobacken, die er mit festen Griff zusammen drückte. So ungewohnt hart und rücksichtslos war sie noch nie von ihm genommen worden. Normalerweise führte er ihn immer mit Bedacht ein. Langsam und behutsam. Lies ihrer Möse Zeit, sich seinem Schwanz anzupassen und stieß dann, sanft beginnend immer fester und tiefer zu.

Oft ließ er ihn auch einfach nur stecken und machte ein paar kreisende Bewegungen mit seinem Becken. Dabei spürte sie so richtig wie er sie ausfüllte. Erst dann kam er richtig auf Touren und legte los. Unterschielich tief, unterschiedlich fest, unterschiedlich schnell. Er war ein Meister im Umgang mit seinem „Zauberstab" und brachte sie jedesmal garantiert zum Höhepunkt. Sein finaler Stoß bevor er abspritzte war der gewaltigste. Ein Gefühl, als ob man von einem LKW überrollt wurde.

Jetzt aber hämmerte er ihn einfach gerade und ohne Feingefühl in sie hinein.

Mit einer solchen Wucht, dass ihr bei jedem Schub ein lauter Stöhner aus dem Leib gepresst wurde und sein Körper auf ihren Arsch klatschend aufschlug. Dabei bumste er hektisch mit einer unglaublichen Geschwindigkeit in sie hinein.

So ungestüm fickten sie sonst nur die jungen Boys, die sie gelegentlich abschleppte, wenn sie Lust auf „Frischfleisch" bekam. Diese wollten der reifen Frau natürlich beweisen wie toll sie sind, was sie alles drauf haben und legten dementsprechend stürmisch los. Dass das Pulver bald verschossen war, war leider eine andere Geschichte.

Auch die betuchteren Herren über 50 fickten noch so. Dieser Personenkreis gab vollen Einsatz und holte das letzte aus sich heraus. Sie wollten natürlich beweisen, dass sie immer noch in der Lage waren junge Dinger durch zu ficken. Gelegentlich schnappte sich Heike gerne mal so ein älteres Semester. Eine nette Abwechslung für zwischendurch.

Diese Beiden Generationen hatten sich wohl ihr hasenähnliches Gerammel aus schlechten Filmen abgeschaut und wollten es sofort in der Praxis umsetzen, wenn sich ihnen die Gelegenheit dazu bot.

Nach dem Motto: „Hart das gute Stück in die Bitch gejagt und im Eiltempo durchgelassen. Möglichst hart und tief." Und genau so vögelte sie gerade ihr Mann.

Dass Problem dabei war nur, dass im Gegensatz zu den jungen wilden und den älteren Herren, die nach ein paar Minuten das Ganze zu Ende brachten, ihr Mann meilenweit davon entfernt war zu kommen und sie wie eine Maschine durchknallte.

„Was ist los mit dir?" stöhnte sie unter seinen Stößen. „Ich bin so verrückt nach deiner Pussy. Dieser geile Fickschlitz macht mich noch wahnsinnig! Wie kann man nur so eine schwanzgeile, durchgefickte Möse haben" keuchte er hinter ihr. „Ich will dich jetzt einfach nur nehmen!"

„Was ging nur vor in seinem Kopf?" grübelte sie. „Warum nimmt er mich so? Ist er so aufgegeilt und aufgeregt wegen später? Denkt er vielleicht schon an eine andere während er es mir hier besorgt? Oder will er mir einfach nur beweisen, dass ich heut Abend keinen anderen brauche?" „Bitte Schatz" sagte sie „Mach jetzt fertig. Ich ließ dich extra ran. Nun übertreibe es nicht schon wieder. Mach fertig und spritz ab. Schließlich muss ich mich für heut Abend schonen". „Soll ich es dir nicht ordentlich machen? Willst du keinen Orgasmus? fragte er verwundert nach. „Nein Schatz, bitte heut Abend erst. Mach jetzt einfach bitte schnell fertig."

Sie konnte ihm ja schlecht sagen, dass sie auf Grund ihrer Orgie, die sie gerade in ihren Gedanken verfolgte überhaupt nicht auf Touren kam.

Und das obwohl ihre Muschi durchaus feucht wurde als ihr Mann in sie eindrang.

Auch konnte sie ihm nicht sagen, dass so wie er sie gerade vögelte, sie das überhaupt nicht antörnte und sie dieses Gerammel an die 18 – 23-jährigen Bubis erinnerte die sie oft vernaschte. Oder noch schlimmer ihm zu sagen, er bumse sie wie die alten Männer, die jede Sekunde ausnutzten um noch einmal in eine feuchte, enge Grotte zu fahren, so lange der alte Stock noch Standfähigkeit bewies. Nein, dieses Reingehämmere hatte nichts mit dem zu tun, was ihr Mann sonst im Stande war ihr zu bieten.

„Wenn du jetzt nicht bald kommst, ziehe ich ihn dir raus und gehe", meinet Heike ärgerlich. „Gleich" stöhnte ihr Mann. „Gleich Baby" und seine Stöße wurden noch fester und wilder. Aber zunehmend angenehmer und intensiver. „Jaaa.. gut" dachte sich Heike erfreut „Das ist der gewohnte Endspurt meines Mannes. Nur noch ein bisschen, dann ist es vorbei." Und recht hatte sie.

In dem Moment rief ihr er: „Mir kommt's Baby, mir kommt's. Darf ich dir rein spritzen?" „Nein!!" schrie sie entsetzt. „Spritz mir blos nicht rein.

Ich will sauber sein da unten heut Abend. Du weißt genau, wie lange dein Zeug noch aus mir heraus rinnt." Unter einem kräftigen Stöhnen richtete sich ihr Mann auf. Es war wohl der entscheidende Moment gekommen.

Gleich würde eine Ladung aus ihm herausspritzen. Leider steckte sein Schwanz immer noch tief in ihrer Möse.

„Zieh deinen Schwanz raus" zischte sie wütend. Sie wollte weg, runter von dem pulsierenden Ding. Aber das war nicht möglich. Vor ihr das Waschbecken und hinter ihr presste sich ihr Mann fest an sie. Der kurz vorm Erguss stehende Pimmel war fest in ihr. Sie war so in eine Position gepresst, dass es ihr sogar unmöglich war, mit den Händen seinen Schwanz zu greifen zu bekommen, um in sich aus der Fotze zu ziehen. „Wage es nicht mir rein zu spritzen!" schrie sie stocksauer. „Tu ihn raus!!" brüllte sie ihn an. Ihr Mann fragte sie immer bevor er kam, ob er in sie kommen durfte und hielt sich auch jedesmal an ihre Anweisungen. Sie schätzte dieses Verhalten sehr an ihm und konnte es überhaupt nicht ertragen, wenn ihr jemand ohne Erlaubnis in die Spalte spritzte.

Da wurde sie richtig zur Furie. Alle die sie abschleppte und das Privileg hatten, sie ohne Gummi zu ficken, gab sie zuvor deutlich zu verstehen, dass bevor sie abspritzten, sie ihr das früh genug mitzuteilen hatten. Je nach Tagesform, Lust und Laune entschied sie dann, ob sie den warmen Saft in sich haben wollte oder nicht. Abhängig davon, wie brav und gut ihr auserwählte sie bis dahin bumste. Sie sah es als große Ehre und Belohnung an, jemanden die Erlaubnis zu erteilen in ihr zu kommen.

So waren es nur wenige Auserlesenen, deren Leistung es wirklich wert war, ihren Saft in ihr zu vergießen.

Na gut, sie musste es sich eingestehen, wenn ein paar Scheinchen dabei heraus sprangen, machte sie auch gerne mal eine Ausnahme und lies sich entspannt, mit den Dollarzeichen in den Augen eine Ladung in die Fotze pressen. Entspannt und ebenfalls in aller Ruhe ließ sie dann auch den Saft beim Zählen der Scheine aus sich heraus laufen.

Heike hatte in all den Jahren der Eskapaden und Sexexzesse schon viele Techniken erfunden und Erfahrung gesammelt. Es gab wohl keinen Ort, in dem sie nicht schon mal eine Stellung praktizierte.

Sie war beweglich, gelenkig und einfallsreich. Auf noch so engsten oder öffentlichen Raum fand sie eine Möglichkeit, sich unbemerkt bumsen zu lassen. Oft war sie mit Freundinnen unterwegs und schaffte es tatsächlich immer wieder, sich ein schnelles Vergnügen zu gönnen, ohne dass ihre Begleitung das mitbekam.

Sie war dann nur kurz frisch machen auf der Toilette, holte etwas aus dem Auto, probierte ein Kleid in der Umkleide oder…die Ideen gingen ihr für eine schnelle unbemerkte Nummer nie aus.

Ihre lüsternden, gierigen Blicke sprachen Bände. Der Auserwählte wusste eigentlich sofort was sie wollte.

Schnell machte sie dann alles klar. Durch ein kurzes, schnelles „ in 5 Minuten auf den Parkplatz" zugeflüstert beim vorbei gehen oder einen Zettel in die Hand gedrückt mit präzisen, knappen aber unmissverständlichen Anweisungen…

Stets bereit – Die Joes Zeit

Meistens wurde sie in fremden Autos genagelt oder auf Festivals. Ziemlich oft auch in gewissen Etablissement in denen sie sich etwas dazu verdiente, aber nur sehr selten in Hotels oder bei anderen zu Hause. Gerne dafür auch unter freien Himmel oder an öffentlichen Orten. Da war der Kick, erwischt zu werden das Besondere daran.

Sie arbeite damals bei Joes Whiskys im Promoten Team welches zu Musikevents, Rockfestivals, Biker Treffen, US-Car Treffen, etc…reiste und für gute Stimmung und Umsatz sorgte. Sie war damals das Promo-Girl hinter der Bar und war für den Ausschank der Getränke, zum Anheizen der Stimmung als auch der Animation zu trinken zuständig. Klar das hier gebaggert und geflirtet wurde und der Alkohol viele Hemmschwellen fallen ließ. Zahlreiche unmoralische, aber auch reizende Angebote wurden hier gemacht. Das Klientel lag genau in ihren Beuteschema. Ein Paradies für eine junge verfickte Frau wie sie.

Es ließ sich aus den vollen Schöpfen und sie nahm gern so manches Angebot an. Entweder weil der Preis stimmte oder der oder die so unwiderstehlich für sie waren. Ab 500€ machte sie auf alle Fälle gerne die Beine breit. Da spielte das Aussehen fast keine Rolle mehr.

Für geringere Dienste, die ihr ebenfalls Spaß machten, lag die Preisgrenze nicht so hoch. Für 50€ aufwärts lutschte sie Schwänze und leckte Mösen. Hier legte sie allerdings schon noch Wert auf das Äußere.

Auch ihr Ex arbeite für das Promo Team. Immer wenn sie zusammen am selben Event tätig waren, war es für Heike selbstverständlich, dass sie es miteinander trieben. Ein schlechtes Gewissen hatte sie hierbei fast nie. Schließlich hatte der Ex sie ja auch schon vor ihren Mann gevögelt. Was war also schlimm daran, wenn er sie jetzt auch noch ab und an fickte? Es war ein vertrauter guter Sex mit ihm. Das war alles. Von Gefühlen oder Liebe keine Spur mehr. Er wusste wie sie es wollte und umgekehrt. Sie hatte ihre Stecher eben gut erzogen.

Noch immer hatte er es voll drauf und schenkte ihr oft mehrere traumhafte Orgasmen. Nach wie vor durfte er sie, wenn kein Gummi zur Hand war auch ohne vögeln. Und es war auch ok und normal, wenn er in sie kam. Oft blieb sie dann auch die ganze Nacht bei ihm. Und es war klar, dass sie nicht nur redeten. Den guten alten Zeiten halber trieben sie es oft die ganze Nacht durch. Nicht selten kam sie in diesen Nächten 3-4x zum Höhepunkt.

Es hatte einfach einen besonderen Reiz für sie, den Ex zu vögeln. Diese Vertrautheit und jetzt doch diese Fremde.

Selbst ein paar Jahre danach, als eigentlich alles abgehakt war, trafen sie sich noch mal auf die eine oder andere Nummer. Bis es Heike endgültig beendete. Vorerst. Man weiß nie, was die Zeit noch bringt. Bis jetzt hatte sie auf alle Fälle keine Ambitionen mehr ihn zu sehen oder zu ficken. Sie trieb es oft mit ihm, bis sie merkte, dass sie sich zu ihrem Mann, den sie vor noch nicht allzu langer Zeit geheiratet hatte, doch mehr hingezogen fühlte als zu ihren Ex. In gewohnter Weise beendete sie die Fickdates und bald darauf auch ihre Tätigkeit bei Joes Whiskys Promotion.

Das hatte aber auch noch einen anderen entscheidenden Grund. Wie schon erwähnt, wurde an der Bar vieles „klar" gemacht. So war ihr Ex oft nicht der einzige, den sie in dieser Nacht vernaschte. Nach dem sie mit ihm fertig war, verschwand sie meistens direkt darauf im nächsten Zelt, Wohnmobil oder Bus. Mal ein Mann, mal eine Frau oder wenn sie es ganz geschickt anstellte, und das tat sie an der Bar indem sie ihre Reize, von denen sie reichlich hatte voll zur Geltung brachte, mit ihren Sexappeal und ihren Charme punktete, schaffte sie es sogar sich einen Dreier oder mehr zu angeln. Dabei war es ihr egal, ob ihre Sexgespielen aus zwei bis drei Männern, Frauen oder aus einem bis zwei Pärchen bestanden. Alles hatte schließlich seine gewissen Reize. Laut hörte man sie in der Nacht stöhnen und vor Lust schreien. Sie war die Königin auf den Platz.

Als sie mit ihren Gespielinnen und Gespielen alles klar gemacht hatte und man sich erfolgreich zum späteren Ficktreff gedatet hatte, sah man die Freude aller Beteiligten in deren Augen.

Sie hatten das heiße Promogirl, das Bar-Flitchen klar gemacht und würden es ihr heut Nacht so richtig besorgen. Zudem Heike schon immer ziemlich angetrunken war als sie solche zusagen gab und stock geil und besoffen nach Dienstende zum vereinbarten Fick auftauchte. Sie schien eine einfache, geile Nummer zu sein, die am nächsten Tag von eh nichts mehr wusste. Doch dem war nicht so. Schnell bekamen die Fickpartner das auch zu spüren und aus Freude in den Augen wurde Entsetzen. Das besoffene Luder fickte sie in Grund und Boden.

Die armen wussten gar nicht was mit ihnen geschah. Trotz hoher Promillegrenze vergaß Heike diese Perplexen und überforderten Gesichtsausdrücke nicht und konnte noch tagelang darüber lachen. Mit ihren geschickten Händen und ihren Mund hatte sie die Situation schon unter Kontrolle und ihre Partner oder besser gesagt Opfer, hatten dem nichts entgegen zu setzen. Heike dominierte das Geschehen nach Belieben. Gab das Vorspiel, die Stellung, die Geschwindigkeit und die Länge des Aktes vor. Was die anderen wollten, interessierte sie hierbei nicht die Bohne.

Sie zog ihr Sex Ding durch, während die anderen verzweifelt versuchten, mit ihr mit zu halten.

Wenn sie keinen Bock mehr hatte beendete sie das ganze einfach, indem sie, dank ihres enormen Talents, die Männer einfach zum abspritzen brachte und den Ladys ebenfalls einen ordentlichen Orgasmus bescherte. Unabhängig davon, ob diese schon „kommen" wollten oder nicht. Wo Heike hinlangt, wird gekommen. Egal wie sehr man sich dagegen stemmt und es hinauszögern möchte. Es bestand einfach keine Chance. Lächelnd schaute sie zu wie ihre Lover und Loverinnen zum ungewollten, vorzeitigen Höhepunkt kamen.

Es war das Gefühl von Dominanz schlechthin. Und genau das brauchte sie bei knapp 3 Promille.

Heike war aber so fair, sollte sie mehrere vernascht haben, ihnen zu gewähren, dass sie zeitgleich kommen durften. Fast sekundengleich schaffte sie es, zwei Kolben zum abspritzen zu bringen. Den einen in der Linken, den anderen in der rechten Hand. Alternativ, aber auch zeitgleich, erledigte sie es mit Mund und Fötzchen. Egal welchen Körperteil sie anwendete. Das Ergebnis war dasselbe.

Und mit zwei Händen, kann man auch prima zwei Möschen zeitgleich zum Sprudeln bringen und in einen laufenden Bach verwandeln.

Nur etwas Mitgefühl hatte sie mit den Damen, wenn sie ein Pärchen abschleppte. Diese konnten es nicht glauben was Heike mit ihren Männern anstellte und beobachteten das Treiben mit entsetzten Blicken.

Sowas waren sie noch nie im Stande gewesen ihren Männern zu bieten. Klar, dass hier Frustration und Neid aufkam.

Vorgeführt von einer alkoholisierten, billigen Bar–Schlampe. Selbst wenn sie aktiv ins Geschehen miteingriffen, wurden sie von Heike einfach abgefertigt. Nachdem Heike ihre Nummer beendet hatte, torkelte sie aus dem Zelt, oder wo immer sie gerade tätig war hinaus. Der Raum stank nach Sperma, Mösensaft und unglaublich viel Whisky oder anderen Alkohol. Heike war froh, dass sie es noch, ohne sich zu übergeben an die frische Luft schaffte. Überheblich fügte sie noch an: „Was habt ihr eigentlich all die Jahre gemacht? Blümchen Sex? War eine ziemlich schwache Vorstellung eben.

Bitte fickt und übt bevor ihr mich das nächste Mal ansprecht. Ich such mir jetzt was zu ficken und zu saufen. Macht es gut. Wir sehen uns morgen. Und nicht traurig sein. Üben!" Dabei stand sie mit gehobenen Zeigefinger vor ihnen.

Das schlimme für die anderen Beteiligten war, dass Heike am nächsten Morgen top fit war, sich an alles Erinnerte und nichts mehr an ihren Vollrausch vor ein paar Stunden hindeutete.

Fröhlich winkte sie ihnen schon entgegen, rief sie laut beim Namen und schrie:" Geile Nummer gestern. Nur ziemlich kurz. Habt ihr noch mal geübt? Wollen wir heut nochmal?"

Natürlich war das alles voller Sarkasmus. Ihr ging es halt voll gegen ihr Gemüt, dass sie als Freiwild abgestempelt wurde, nur weil sie besoffen war. Komischerweise schienen ihr am nächsten Tag dann alle auszuweichen. Keine suchte mehr ihre Nähe oder das Gespräch. Auch ein Folgedate wurde einfach abgelehnt. War es ihnen etwa peinlich so bloßgestellt worden zu sein? War ihr Plan wohl ein anderer gewesen? Wollte man die kleine Besoffene abschleppen, durchpimmpern und am nächsten Tag dann bloßstellen und niedermachen? Sehen wie sie sich verhält?

Ob sie überhaupt noch was weiß was letzte Nacht war und wer sie bumste. Arme kleine betrunkene Bar -Schlampe. Tja, dieser Plan ging nicht auf. Sorry.

Bei einem Festival, das über mehrere Tage ging, wussten bald alle Bescheid, wer hier jede Nacht bis zum Ultimo gevögelt wurde. Das hatte durchaus seine Vorteile. Es sprach sich schnell herum, dass die heiße Schnecke hinter der Bar gerne für Cash die Beine breit macht.

So klingelte die Kasse und Heike kam oft mit ein paar tausend Euros nach Hause. Geld das sie gerne für sich und ihren geliebten Mann wieder ausgab.

Ein romantisches Wochenende, ein Kurzurlaub oder eine schöne Anschaffung für das Haus. Das leicht verdiente Geld machte vieles einfacher.

Und das kleine, manchmal aufkommende schlechte Gewissen ihren Mann gegenüber war schnell wieder vergessen.

Es gab aber auch hier einen Wendepunkt, neben ihren Ex, der wie schon angesprochen, hauptsächlich für ihr Ausscheiden aus der Promo Gruppe verantwortlich war.

Heike trank einfach gerne an der Bar. Sie liebte es leicht beschwipst zu sein. Anders konnte man das angetrunkene Klientel sowieso nicht über mehrere Tage ertragen. Aus dem Schwips wurde aber zunehmend öfters ein großer Rausch und ein sinnloses Besäufnis. Nicht das sie was dagegen hätte, oder das nicht weggesteckt hätte, so sank doch mit steigenden Alkoholspiegel immer mehr ihre sexuelle Hemmschwelle. Sie kam zu den Punkt, wo selbst sie, ihre Ausschweifungen nicht mehr vom Gewissen her ihren Mann gegenüber rechtfertigen konnte. Es wurde einfach zu extrem. Sie war wieder dabei, zu dem Wesen abzudriften, dass sie nach den Sexy Boys Erlebnis war. Soweit durfte es auf keinen Fall kommen. In einer Situation wurde sie sich dessen bewusst und zog die Notbremse.

Es war wieder ein lustiger, heißer Event Tag und der Alkohol floss bis in die späten Abendstunden in Strömen. Heike war mit den letzten harten Jungs an der Bar versammelt. Immer mehr wurde getrunken, immer hemmungsloser wurden die Gespräche.

Schließlich auch über Sex und Geld und wie viel sie verlangen würde, wenn sie sich jetzt von allen hier auf den Tresen bumsen ließ.

Dass sie käuflich, vor allem unter Alkoholeinfluss war, hatte sich herumgesprochen und war mittlerweile jeden bekannt. Es wurde von Event zu Event weitergegeben. Heike, stockbesoffen, hatte die Dollarzeichen in den Augen und nannte eine utopische Summe. Doch die Jungs kratzten alle ihre Kröten zusammen und legten einen Emensen Packen Scheine auf den Tisch. „Na Gut" sagte sie, „Deal ist Deal. Dann fangen wir mal an. Sie zog sich aus und legte sich bequem auf den Tisch. Eine Hand spielte mit ihrer Möse, die andere führte sich noch ein Gläschen Whisky zu.

„Ach was solls", dachte sie sich und stellte sich eine volle Flasche in Reichweite. „Werde ich wohl brauchen bei dem Ansturm." Sie hatte recht. Schon schob der erste ihr seinen Schwanz in die Spalte.

„Lasst bloß meinen Arsch in Ruhe und spritzt mir nicht ins Maul. Wer keine Gummis hat, besorgt sich erst welche. Ohne wird hier heute nichts weggesteckt", fauchte sie noch und kippte sich den nächsten großen Schluck aus der Flasche hinter.

"Wenigstens hab ich was zum nachspülen" dachtet sie sich, „falls mir doch wieder irgendwer ins Maul wixt. Kann also gar nicht so schlimm werden. Prost." Und schon setzte sie die Flasche wieder an.

Der Alkohol machte das ganze Szenario einfach erträglicher und bei jedem Schluck kam sie mehr auf Touren. Sie sah zu, wie einer nach den anderen sie brav fickte.

Sie fand es amüsant zu sehen, wie gierig alle in sie stopften. Hintereinander standen sie brav in Rei und Glied und warteten bis sie dran waren. In einer inzwischen doch beachtlich gewordenen Schlange warteten sie geduldig bis der Vorgänger fertig war um dann selbst ins Loch der Begierde, für das ja auch schließlich bezahlt wurde, einfahren zu dürfen. Nur wenige standen um sie herum und beobachtet das ganze wohlwollend. „Sind wohl die ohne Gummi", dachte sich Heike. Dabei machte sie Schlückchen Weise ihre Flasche leer. Gut das an der Bar, auf der sie lag, mehr als genug in Reichweite stand. Fand ein Wechsel zwischen ihren Schenkeln statt, nutze sie sie die Zeit und setzte zu einem großen Zug an, der fast eine halbe Flasche leerte. "Wartet mal Jungs", lallte sie dazwischen. „So lange ich mich noch etwas auf den Beinen halten kann, möchte ich, dass ihr mich von hinten nagelt, bis ich zusammenbreche." Beim Umdrehen glaubte sie, dass sich ihr Magen gleich mitdrehen würde und sie merkte wie Voll sie war.

Alles drehte sich und sie hatte nur noch einen verschwommenen Tunnelblick. Fast wäre sie auch von der Bar gefallen. Aber es ging gut. Kaum auf allen vieren wieder standfest, hätte sie auch schon den nächsten drin.

„Nur nicht drängeln" plapperte sie vor sich hin. „Ihr kommt alle dran. Wer bezahlt hat darf auch ficken. Von mir aus die ganze Nacht durch. Ihr werden euch schon einig werden da hinten. Ich lauf euch heut nicht mehr weg.

Ich bin nur noch zum bumsen heute da. Aber jetzt brauch ich erst mal eine Kippe."

Eine nach der anderen zog sie sich rein und auch der Schnaps floss noch ohne Probleme. Genau so schnell fand der Wechsel ihrer Stecher hinter ihr statt. Heike war inzwischen so blau, dass sie weder Zeitgefühl hatte noch registrierte, wer oder wie viele schon über sie drüber waren, bzw. noch anstanden.

Aber der Zeitpunkt war nun gekommen, wo sie sich nicht mehr auf den Beinen halten konnte. Sie rollte sich zurück auf den Rücken und lies ihre Beine so weit wie möglich auseinanderfallen. Muskelspannung hatte sie in ihrem Zustand sowieso nicht mehr. „Die Jungs machen das schon" dachte sie zuversichtlich. Die bringen ihn schon irgendwie rein. Sollen sie sich austoben." Es tat gut nur noch auf den Rücken zu liegen und gefickt zu werden. So konnte sie direkt neue Kräfte sammeln und die Männer waren sehr bemüht ihre Arme und Beine zu stützen.

Auch wenn sie als Haltestangen nur ihre Latten zu Verfügung stellten, in denen sich Heike fest einkrallte und ganz vom Unterbewusstsein her gesteuert, begann diese zu wixen. Was hätte sie auch sonst damit machen sollen.

Laut grölend im Vollsuff feuerte sie die Männer an. „Jaaa, fickt mich richtig durch. Fickt mich bis ich nicht mehr gehen kann. Rammt mir die Fötze richtig her. Ich will eure Schwänze spüren!"

Den Jungs gefiel das und sie wollten Heike selbstverständlich diesen Wunsch erfüllen und legten sich mächtig ins Zeug. Der Nachteil von Heikes Geschrei mitten in der Nacht war nur, dass immer mehr Leute auf die Sexpartie aufmerksam wurden und sich immer mehr weibliche und männliche Spielpartner dazugesellten. Heike, die eh schon Seestörungen hatte, konnte es gar nicht glauben, wie viele Leute plötzlich um sie versammelt waren. Oder sah sie etwa schon alles doppelt? Es war ihr aber auch schon egal. Sollten diese sie halt auch noch poppen. Ob 10, 20, oder 50 spielte heute schon keine Rolle mehr.

„Erst die Knete auf den Tisch" befahl sie. „Hier wird nicht umsonst gefickt. Dann zeiht euch nen Gummi drüber und ihr dürft rein so lang ihr könnt". Heike war inzwischen umringt von Zuschauern und Aktiven. Sie wusste auch nicht mehr ab es am Alkohol lag, oder ob wirklich so viele Schwänze um sie rumhingen, bzw. standen. Zwischen ihren Schenkeln wurde unermüdlich weiter gearbeitet. Sie kam sich so richtig durchgeklopft vor.

Im Sekundentakt hörte sie es zwischen ihren Beinen klatschen. Unverkennbar das Geräusch, wenn sich ein Schwanz voller Schwung in eine vor Geilheit auslaufende Fotze rammte. Oder sollten etwa Gummis gerissen sein und sie hatte die Dose voller Saft? So schnell der Gedanke auch kam, ließ ihn der Alkohol auch wieder vergessen. Sie musste jetzt wirklich angreifen. So viele steckten ihr noch Scheine zu und erwarteten ihre Gegenleistung.

Also leerte sie die Flasche Joes, die sie noch in der Hand hielt mit einem Ansatz aus und schmiss auch ihre Kippe weg. Es konnte losgehen. Sie wixte und blies was sie erwischte. „So eine Massenabfertigung" dachte sie. „Die müssen doch einmal weniger werden." Und es kam dann auch soweit. Aus allen Richtungen her spritzten die Schwänze ab. Von allen Seiten brach ein Spermaregen über sie herein. Die warme, klebrige Soße klatschte ihr auf den Bauch, die Brüste, ins Gesicht und auf die Fotze.

„Pfui Teufel" kam es Heike hoch. „Nur schnell weg mit dem Zeug." Sie griff zur nächsten Whisky Flasche und schüttete sich diese drüber." Jemand von den Mädels Bock auf Wixe mit Whisky Geschmack" schrie sie in die Runde. „Könnt ihr frisch von mir runter schlecken." Sie fasste es nicht. Ihrer Aufforderung wurde sofort nachgegangen.

Zahlreiche Mädels wollten das Gemisch von Heikes Körper schlecken. Es wurde richtig eng auf ihren Körper und die gierigen Zungen kamen sich fast in die Quere.

Ihr Körper fühlte sich wieder blitzblank an. Der Nachschub aber ließ nicht lange auf sich warten. Schon spritzen die nächsten Glieder in hohen Bogen ab.

Und wieder gab Heike eine Runde Sperma – Joes aus. „Wollt ihr auch Mösensaft mit Whisky Geschmack" förderte sie die Menge zur Antwort auf.

Ein lautes „Ja, lass laufen du Bitch" bekam sie zurück. Eilig schüttete sie sich die nächste Flasche über ihre Pussy und lies den Whisky in ihre Spalte laufen. Wie die Tiere fielen Männer und Frauen nun über ihre Fotze her und schleckten ihren Spalt aus. Fleißig goss Heike weiter nach. Obwohl sie voll war und alles eigentlich nur noch an ihr vorbeizog, könnte sie sich plötzlich nicht mehr zurückhalten und erlebte einen Wahnsinns Höhepunkt. Keine Ahnung, wer oder wie viele sie dazu brachten. Überall diese gierigen Zungen, die ihren Körper auf – und abführen, auf der Suche nach immer mehr Sperma – Whisky und Mösen-Whisky, dann wieder die wilden Schwänze, die unaufhörlich in sie rein klopften. Und das alles mit Gefühlten 10 Promille. Vollgetrunken kippte Heike noch eifrig nach und kam tatsächlich später noch mal zum Orgasmus. Dann war es soweit. Filmriss. Aus und vorbei. Der letzte Schluck war zu viel und sie beförderte sich damit ins Nirvana.

Von dem Moment an wusste sie nichts mehr und bekam auch nichts mehr mit.

Keine Ahnung wie lange die Party noch ging oder wer sie vögelte, bzw. was mit ihr angestellt wurde…

Es war schon hell als sie aufwachte oder besser ausgedrückt wieder zu sich kam. Noch besser: Aus dem Delirium erwachte. Die Sonnenstrahlen taten weh und ihr Kopf brummte fürchterlich. Sie lag splitternackt auf der Bar, auf der sie sich gestern zur Verfügung gestellt hatte.

Sie lag in Asche, Joes Whiskys, Dreck, Sperma, Geldscheinen und irgendwelchen Sachen, wo sie besser gar nicht wissen wollte was es war oder aus welchen Körperöffnungen es gekommen war. Sie hoffte nur, dass es wenigstens von ihr war. Überall um sie herum ein Meer von leeren Flaschen. Teilweise ganz, teilweise in Scherben. Es stank und roch furchtbar um sie herum.

Nicht nur um sie herum. Sehr schnell merkte sie, dass sie selbst am meisten stank. Genau zu definieren nach was, war unmöglich. Es war aber einfach nur widerlich. Zudem klebte alles an ihr. Es war dasselbe Zeug, in dem sie lag. Asche, Sperma, Alkohol und selbst Geldscheine hängen ihr vom Körper herab.

Sie versuchte ihren Kopf zu drehen, um ihre Klamotten zu suchen. Jede Bewegung war mit Schmerz und Schwindel verbunden.

Umso erfreuter war sie, als sie ihre Kleidung, fein säuberlich zusammengelegt auf einen etwas abseits stehenden Stuhl liegen sah.

Darunter massenweise dicke Geldbündel. „Ja", dachte sie sich. „Joes Trinker sind Ehrenmänner. Die halten sich an ihre Versprechen und haben alle brav bezahlt. "Oh, Versprechen." Da war doch noch was. Vorsichtig hob sie ihren Hintern an. Er brannte nicht, tat nicht weh und es war auch nicht erkennbar, dass jemand dort eingedrungen wäre.

Erleichtert schnaufte sie auf und versuchte einen Geschmack in ihren Mund zu bekommen. Hatte ihr jemand ins Maul gespritzt oder nicht? Sie konnte es nicht zuordnen. Den einzigen Geschmack, den sie spürte, war der von Joes Whiskys. „Nein, alles gut" sagte sie sich. Die haben sich an die Abmachung gehalten. Ehrenmänner eben." Jetzt galt es nur noch die Spalte zu kontrollieren. Mit ihren Fingern wischte sie sich die Ritze entlang und fuhr leicht in sie rein. „Oh Mist, Bähhh und Pfui. Wie ekelhaft". Sie fasste sofort in kalte klebrige Pampe. „Da hat mich wohl einer ohne Gummi gefickt. Und mir auch noch die ganze Ladung mitten rein gefeuert. Obwohl der Menge nach, könnten es auch mehrere gewesen sein." Na ja, jetzt war es schon zu spät, um sich darüber aufzuregen. Und sie hätte auch nicht die Kraft und Lust dazu. Allmählich wurde der Kopf klarer, die Erinnerungen kamen zurück und ihr wurde das Ausmaß von letzter Nacht bewusst.

„Oh nein, was habe ich nur getan. Mich hat wohl das halbe Camp hier heut Nacht gebumst. "Sie hatte sich öffentlich als die Bar – Schlampe präsentiert, für die sie gehalten wurde.

Sie hatte alles offengelegt. Es war auch keine Schutzmauer mehr da. Alle würden heute auf sie zeigen und über sie sprechen. Sie hatte sich total bloß gestellt. Sie war nicht mehr die Königin auf den Platz. Sie war eine besoffene Schlampe, die sich vögeln ließ und auf einer Bar aufwachte.

Zudem wurden ihr Augen immer offener für das Chaos um sie herum. Zudem kamen auch schon wieder die ersten Leute aus ihren Zelten gekrochen.

Dann der schrecklichste Gedanke. Was wenn Fotos und Filme von all dem gemacht wurden und das plötzlich im Netz auftaucht? Was wenn ihr Mann davon was mitbekommt?

Ihr Mann, was hatte sie ihm nur angetan. Das durfte er niemals erfahren. Das war selbst für ihre Verhältnisse nun ein Schritt zu weit. Sie liebte ihn so sehr und es tat ihr so weh, ihm das gestern angetan zu haben. Er, wo so fest an ihre Treue glaubte. Und dann sie, wo es mit dem ganzen Festival trieb.

Tränen flossen ihr über das Gesicht und verwischten den Rest der noch vorhandenen Schminke. Sie fühlte sich furchtbar und schaute auch wohl so aus.

„Kann ich ihnen was helfen? Ist ihnen etwas zugestoßen? Hörte sie plötzlich hinter sich.

Die ersten Gäste waren eingetroffen und waren entsetzt von dem, was sie vorfanden. „Nein…" schluchzte Heike. „Ich muss nur noch hier weg."

Sie sprang auf, schnappte sich ihre Klamotten und das Geld und rannte hinaus Richtung Parkplatz zu ihrem Auto. Es war ihr auch egal, dass sie nackt an den Leuten vorbei lief. Sollten sie sie ruhig sehen. Gestern konnten sie sie ja auch bumsen. Es spielte eh keine Rolle mehr. Als sie heulend lief kam ihr ein Mann entgegen. Es war ihr Mann!

„Es tut mir so leid" schrie sie ihn an, während sie weiter auf ihn zulief. „Es tut mir so furchtbar leid. Bitte geh nicht weg von mir. Ich liebe dich!" Erst als sie kurz vor ihm Stand, merkte sie, dass ihre Augen ihr einen Streich gespielt hatten. Sie schlug einen Haken und verschwand auf den Parkplatz während ihr der fremde Mann verwundert nachschaute. Sie war heilfroh, dass er es nicht war. Und wie schon mal schaute sie wieder hoch zum Himmel und betet auf ein gutes Ende.

An diesen Tag noch beschloss sie nie mehr für Joes Whiskys tätig zu sein. Der Preis wäre zu hoch. Heike hatte wieder Glück gehabt. Ihr Mann erfuhr nie etwas von dieser Nacht. Auch tauchten nie Beweismittel auf, die sie in Bedrängnis hätten bringen können. Was auf einen Event passiert, bleibt auf den Event. Joes Whiskys Trinker sind Ehrenmänner.

Das eingesammelte Geld jedoch entschädigte im Nachhinein betrachtet jedenfalls vieles.

Es war sogar noch deutlich mehr, als die utopische Summe, die sie vor Beginn des Fick – Marathons forderte.

Von dem Geld gönnte sie sich mit ihren Mann eine 3-wöchige all inklusiv Reise in der Karibik… und etwas Erholungszeit für ihre durchgearbeitete Muschi.

Denn ausgenommen von dem Einheimischen, der sie am Strand nehmen durfte, war es nur ihr Mann, der sie in diesem Traumurlaub vernaschen durfte…

Ganz anders als zu Hause. Da wurde die Nummer am Strand durch die Nummer im Auto ersetzt. Das Auto, der Ort an dem sie unzählige Male gevögelt worden war…

Car Fuck – A, B oder C?

Der schnellste, einfachste und ortsunabhängige Platz, um es sich besorgen zu lassen ist das Auto. Wo sonst kann schnell die Lust abgebaut und den Trieben nachgegeben werden? Ob drinnen oder draußen, ob Sommer oder Winter, ob Tag oder Nacht, ein Auto ist der ideale Ort für die schnelle Nummer zwischendurch. Aber nicht alle Stecher hatten, wie bereits erwähnt, dieselben Privilegien. Dieser Abschnitt widmet sich nun einer detaillierten Betrachtungsweise…

Im Auto gefickt zu werden, war wieder etwas ganz Anderes. Ein prickelndes Erlebnis mit besonderen Charakter. Aber besser ausgedrückt: Sie wurde nicht gefickt in den Autos, sondern sie vögelte in fremden Autos. Sie war die Bestimmerin und wollte das Geschehen dominieren. Ihre Lieblingsstellung war das Reiten. Es gab wohl keine Reit-Variante, die sie nicht in einem Auto beherrschte oder umsetzen konnte. Und es gab auch kein Auto, egal ob groß oder klein, in dem sie noch keine Nummer geschoben hatte. Die großen waren natürlich praktischer.

Da konnte sie ihre langen Beine richtig schön spreizen und ihren Kandidaten einen optimalen Eintritt gewähren. Aber auch die kleinen hatten was. Hier setzte sich halt dann im Reverse Cowgirl Style und eng zusammengepressten Beinen auf die gierig wartenden Stängel.

Ihr eh schon enges Möschen wurde dadurch noch enger und verursachte bei dem harten Glied, das sich gerade mühselig in sie hineindrängte eine zusätzliche Erregung. Meistens war es dadurch schon vorbei, bevor sie überhaupt die richtige Position darauf gefunden hatte und loslegen wollte. Große Autos hatten da dann doch ihre Vorteile und liesen Stellungen zu, in denen der erregte Pimmel nicht gleich zum Erguss kam, wenn sie ihn sich einführte. Eine Reit – Variation war immer Heikes Start-Stellung. In den meisten Fällen auch die letzte und einzigste.

Selten kam es noch zum Stellungswechsel. Sie brachte die Jungs einfach zu schnell zum Abschuss. Dabei erlebte sie beim Reiten immer dieses Gefühl der Dominanz, dass sie so sehr liebte und sich immer wieder aufs Neue herbeisehnte. Die Kontrolle beim gefühllosen Liebesakt, der nur dazu diente Geilheit und Neugierde zu befriedigen. Sie fickte in dieser Stellung die Männer und besorgte es ihnen und nicht umgekehrt. Sie bestimmte das Tempo, die Bewegung und wie tief die Stange in sie eindringen durfte. Gerne blickte sie verächtlich und triumphierend auf die Typen herunter, während sie sich heftig ihre Schwänze bis zum Anschlag in die nimmersatte Ritze jagte. Wie hilflos keuchend und stöhnend sie doch unter ihr lagen und vergeblich versuchten ihren Höhepunkt hinauszuzögern.

Wie sie versuchten, Kontrolle über sie zu bekommen und mit ihren Becken kräftig nach oben zuckten.

Heike aber presste sich kräftig nach unten und lies jeden Versuch der Übernahme kläglich scheitern. Sie bestimmte den Ritt! Es war teils ein erbärmlicher, aber auch zutiefst befriedigender Anblick wie ausgeliefert erwachsene Männer in einer Abhängigkeit unter ihr lagen. Von einer feuchten, alles verzehrenden Fickspalte total kontrolliert. Angeber, Machos und Sprücheklopfer, ganz kleinlaut, von einer triebhaft gesteuerten Hure in die Knie gezwungen und zu Marionetten gemacht. Denn sie war der Puppenspieler, der die Fäden in der Hand hatte und das Geschehen kontrollierte. Und noch ein weiteres Argument sprach sich sehr für die Reiter Stellung aus. Sie konnte jederzeit von dem harten Rohr heruntersteigen.

Wichtig war ihr nur, dass sich alles in fremden Autos oder Räumlichkeiten abspielte. Ihr gewohntes Umfeld galt als absolutes Tabu. Sie empfand es als sehr eklig, den Spermageruch und die Spermaflecken von anderen Männern in den Bereichen zu haben, die sie mit ihrem Mann teilte. Das Privileg, die Privatsphäre voll zu sauen hatte nur ihr Mann. Heike wusste mittlerweile genau, wie sie sich selbst vor wild herumspritzenden Schwänzen und sich explosionsartig entladenden Kolben, denen sie es gerade noch mit der Hand besorgte schützen konnte. In sicheren Abstand wixte sie die pochenden Glieder leer.

Sie quetschte sie aus, bis kein pulsierendes zucken mehr in ihrer Hand zu spüren war.

Wie die Zitzen am Euter einer Kuh molk sie die Dinger leer, bis selbst unter kräftigen auf – und ab Bewegungen kein Tropfen mehr aus den Ständern heraus zu holen war. Die Gefahr vollgespritzt zu werden war vorbei. Als sie das Glied losließ, sackte dieses erschöpft zusammen und hinterließ ein schrumpeliges Würstchen. Das einzige was sie voll Sperma hatte, war ihre Hand, an der die warme Wixe herunter tropfte. Das stellte aber kein Problem dar. Es ließ sich alle gut und schnell mit einem Tempo wegwischen und die Hände waren zu Hause schnell gewaschen. Ärgerlich fand sie es nur, wenn ihr Ehering, der sich auf ihrer Wix-Hand befand richtig vollgesaut wurde. Sie war nämlich eine perfektionierte Rechts-Wixerin. „Ach Schatz" dachte sie sich immer, wenn sie auf den mit fremden Sperma zugesauten goldenen Ring blickte „Du hast wieder alles abbekommen. Aber ich mach dich zu Hause wieder schön sauber. Wird nichts an dir kleben bleiben." Abnehmen wollte sie ihn aber nicht bei ihren außerehelichen Eskapaden. Warum auch.

Sie stand zu ihrem Mann, liebte ihn über alles und konnte sich keinen anderen Partner vorstellen. Ihn zu verlieren war ihre größte Angst, die sie immer wieder bei ihren Seitensprüngen verfolgte.

Der Ring am Finger bedeute für sie „er ist immer bei mir". „Ich vögle also nie ohne sein Wissen" dachte sie schelmisch.

Oder redete sie sich das als Entschuldigung ein? Auch zeigte der Ring ganz deutlich „ich bin bereits vergeben, ich gehöre zu jemanden.

Das hier ist nur ein Spiel. Ein Fick ohne Leidenschaft, Gefühle, Emotionen oder gar Liebe." Sex fand Heike einfach nur geil und konnte nicht genug davon bekommen. Sie war süchtig danach, ohne es sich selbst einzugestehen. Sich wild durchs Leben zu bumsen war für sie das normalste auf der Welt. Und doch waren da immer wieder diese Momente, wo sie ihre Einstellung in Frage stellte, sie sogar als moralisch schlecht empfand.

Nur Sex mit Liebe, wie sie ihn mit ihrem Mann erlebte, toppte alles. Stellte alles andere in den Schatten und vermittelte ihr das schönste und beste befriedigendste Glücksgefühl auf der Welt.

Die anderen waren ihr vollkommen egal. Genau so egal wie vollgespritzt das Auto, die Klamotten oder die Bezüge des Fickgespielen waren.

Mussten sie sich doch gegenüber ihren Frauen, Freundinnen oder wem auch immer rechtfertigen woher der Geruch oder die Flecken kamen.

Da war es halt im Sommer praktisch. Ohne Probleme konnte man sich außerhalb des Autos knallen lassen. Und bewusst hatte sie an heißen Tagen extrem wenig an, so dass sie sich dabei nicht mal ausziehen musste. Der kurze Rock war gleich hoch und das Höschen zur Seite geschoben. Vorausgesetzt, sie hatte überhaupt eines an.

Schon war der Weg frei und ihr Döschen stand einsatzbereit zur Verfügung.

Warum lange ausziehen also. Es war halt auch mal schön, sich in der Missionar Stellung auf der Motorhaube rannehmen zu lassen. Die gespreizten Beine einfach mal baumeln lassen, …sie relaxt in die Armen der Männer abzulegen….oder den Stechern abstützend gegen die Schultern gepresst…

Einfach mal nur entspannt daliegen und das ganze genießen. Diese Stellung hatte durchaus ihre Vorteile und war nach einem harten Tag genau das richtige. Frau muss schließlich beim Sex nicht immer arbeiten.

Toll war es auch, sich mit dem Oberkörper und den Brüsten auf die Motorhaube zu legen und sich dann von hinten kräftig durchrammeln zu lassen.

Heike hatte nach all der Zeit ihre Rituale und Vorgehensweisen entwickelt und auch ihre Lover kategorisiert. Kandidat A waren die Herren, die sie ohne Gummi von Anfang an ficken durften. Dort kam nach dem Öffnen der Hose ein Prachtexemplar von Penis hervor, dass man auf keinen Fall mit einem Gummi verunstalten wollte. So etwas musste man pur und unverfälscht spüren. Hinzu kam noch, dass er beim wixen gut in der Hand lag, eine erstaunliche Standfestigkeit bewies und sich die Tendenz auf einen langen Ritt abzeichnete.

Zumindest waren die Chance dafür gegeben.

Trotz alle dem bestand sie darauf, von ihrem Fickpartner darüber informiert zu werden, wenn dieser kurz vor dem Abschuss stand.

Ihm die Erlaubnis zu erteilen in sie zu kommen, gab ihr noch mal einen richtigen kick und brachte sie auch schon das eine oder andere Mal beinahe zum Orgasmus.

„Ja mach" stöhnte sie wild und verlangend. Intensiv spürte sie, wie sich der Saft in ihr ausbreitete. Er war angenehm und warm. Sie liebte den Moment, in dem das doch meist zähe Zeug mit hoher Geschwindigkeit in sie reingepresst wurde. Auch kribbelte es hinterher so schön, wenn es wieder langsam aus ihr heraus zu laufen begann.

Leider kam es auch mal vor, dass der Ritt nicht das versprach, was man sich am Anfang erhoffte und sich der wilde Hengst dann doch als müder Ackergaul entpuppte. Gelangweilt gähnend mit emotionsloser Mimik und Stimme erteilte sie die Erlaubnis den Dreck in ihr los zu werden. „Jaaaa…maaach…" dabei blieb sie ruhig auf den abspritzenden Zipfel sitzen und war froh, dass das Trauerspiel ein Ende nahm.

War der Lover aber so schlecht, dass er sich als reine Enttäuschung herausstellte und es pure Zeitverschwendung war für ihn die Beine breit gemacht zu haben, war sie sogar so dreist, dass sie sich unter dem Ritt gemütlich eine Zigarette anzünde, diese genüsslich rauchte oder begann zu telefonieren.

Noch dreister war ihr Verhalten, als sie vom Kolben einfach herab stieg, den Typen überhaupt nicht mehr ernst nahm oder beachtete und es sich einfach gelangweilt von hinten ficken ließ. „Dieses Trauerspiel kann ich mir nicht mehr mitansehen" patzte sie ihren Stecher ins Gesicht. „Mach von hinten jetzt fertig. Du stiehlst meine Zeit."

Meistens rief sie eine Freundin an und laberte mit ihr über Gott und die Welt. Dabei qualmte sie eine nach der anderen. Ihre Frustration war grenzenlos. Der Typ unter oder hinter ihr, der in sie reinackerte und doch nichts zu Stande brachte, war für sie Luft. Existierte nicht mal mehr. Nur noch Mittel zum Zweck. Sie registrierte nicht mal mehr, dass er sie fickte. Auch ihre Freundin am Telefon hatte nicht die geringste Ahnung was Heike gerade machte. Das Gespräch war so lustig und neutral, dass davon auszugehen war, dass Heike gerade entspannt zu Hause auf den Sofa lag. Nie wäre jemand drauf gekommen, dass sie gerade mitten im Geschlechts-verkehr steckte. Ebenso wenig interessierte es auch ihre Stecher. Ihnen war egal was Heike tat. Sie fickten einfach weiter in sie hinein.

Nur darauf bedacht, ihre Pimmel endlich zu entleeren, um ihren aufgebauten Druck los zu werden.

Ein Adrenalinstoß hingegen durchfuhr sie, wenn sie ihren Mann anrief.

Das hatte was. Während sie mit einem anderen vögelte, telefonierte sie mit ihrem Mann und erzählte ihm, dass es etwas später werde. Sie steckte im Stau oder war noch beim Einkaufen. Das war Nervenkitzel pur und peppte das sonst so erbärmliche Geschehen wieder auf.

Sie wusste, dass es Risiko pur war. Aber diesen Kick, den sie dabei erfuhr, blendete jeden Verstand aus. Auf keinen Fall durfte er etwas mitbekommen. Ihr größter Wunsch in dieser Situation wäre es, ihm einfach sagen zu können, dass sie im Moment gerade noch gefickt wird und dann nach Hause kommt. Schon der Gedanke daran brachte sie auf Hochtouren und ließ ihr den Saft in der gefickten Grotte zusammen laufen. Oft hatte sie auch die Fantasie, ihm per Videoanruf zu zeigen, wie sie gerade beim Liebesakt tätig war. Es waren schmutzige Gedanken. Aber sie machten sie so scharf und sie brachte sie einfach nicht aus ihren Vorstellungen. Kopfkino erzeugt von Trieben und Geilheit! Gerne hätte sie ihm auch mitgeteilt, wie schlecht der Typ unter ihr gerade ist und sie froh ist, wenn sie zu Hause von ihm gevögelt wird.

Leider aber hielt ihr Mann wenig von so offenen Beziehungen und hätte sicherlich wenig Verständnis für ihre Belange. Aber allein schon seine Stimme zu hören tat ihr unwahrscheinlich gut. So aufgeputscht, konnte sie das langweilige Szenario mit dem männlichen Sexspielzeug auch überstehen. Leider war dieses Spielzeug ohne Rückgabe und vom Umtausch ausgeschlossen. Und sie konnte eh nicht ablassen, wenn sie mal angefangen hatte. Das Verlangen war einfach zu groß. Sich dagegen zu wehren war zwecklos. Sie musste es einfach beenden. Musste den Pimmel abspritzen sehen und ihn in ihrer Pussy gehabt haben. Nur gut, dass jeder Mann mal zu Ende kommt…

Nachdem sie nun das flüssige, klebrige Zeug in ihrer Muschi hatte und merkte, dass nichts mehr nach kam, der Schwanz sein Pulver verschossen hatte und sie langsam begann auszulaufen, glitt sie von dem Glied herunter und führte reflexartig ihre Hand unter die tropfende Muschi. „Flatsch" machte es und mit dem herausgleitenden, nur noch halbharten Pimmel klatschte ihr die Pampe auf die Handfläche.

Mit Zeige-und Mittelfinger popelte sie sich die klebrigen Reste, die in ihrer Vagina oder an den Schamlippen hingen heraus.

Das gröbste war nun weg. Kurz noch mit dem Tempo nachgewischt und fertig. Die Endreinigung erfolgte dann zu Hause bzw. dort kam erst mal zur „Desinfizierung" die nächste Ladung von ihrem Schatz in sie rein.

Kandidat B durfte sie ebenfalls ohne Gummi vögeln, hatte aber nicht die Berechtigung in sie zu kommen. Dieser war eigentlich ein A Kandidat, rutschte aber dann während des Liebesspiels auf eine B ab. Die Gründe waren vielseitig. Die erwartete Leistung floppte, der harte Stängel verlor auf Grund der Aufregung seines Trägers an Härte, der Schwanz passte plötzlich nicht mehr, es fühlte sich nicht mehr toll an oder der Typ nervte einfach. Auf alle Fälle wollte sie nicht, dass dieser Kerl ihr das Loch vollmachte oder ihre Ritze besudelte. Er durfte sie halt anstandshalber fertig ficken.

Mit einem aggressiven, Dominaten und klaren „NEIN!!" fachte sie die Typen an, die ihr gerade brav, wie Anfangs ausgemacht mitteilten, dass sie kurz davor waren und nun nach Erlaubnis bettelten in sie schießen zu dürfen. Dabei stieg sie sofort von der Latte herab und brachte es mit der Hand im spritzsicheren Bereich zu Ende. Sie krallte sich das bereits pumpende Ding, umgriff es mit einem dermaßen festen Griff, dass es für den Besitzer fast schon schmerzlich wurde und wixte jeden Tropfen aus den nun abspritzenden Kolben heraus. Sie rüttelte dabei so wild, dass sich die herausspritzende Soße überall im Auto verteilte. Außer in ihre Richtung. Gekonnt ist gekonnt. „Viel Spaß beim sauber machen" waren ihre Worte als sie das beste Stück endlich losließ. Dabei kringelte sie sich innerlich vor Lachen. Immer das Bild vor Augen, wie die treuen Männer das Auto schrubbten, um alle Spuren zu verwischen.

Wenn sich Heike mit etwas auskannte, dann mit männlichen Teilen. Sie wusste, wie sie die Dinger bearbeiten musste, um das Finale hinauszuzögern oder herbeizuführen. Sie wusste genau was sie tat. Was unangenehm oder schmerzhaft war. Luststeigernd oder ausbremsend. Sie hatte ein glückliches Händchen für männliche Genitalien und gab das Kommando nicht aus der Hand.

Sie wusste also ganz genau, wann es soweit war oder wie weit derjenige noch entfernt von einem Abschuß war. Klar konnte sie es auch an dem lauter und schneller werdenden Stöhnen, der intensiveren und schnelleren Stoßfrequenz oder an den vor Lust und Druck verzehrten Gesichtern der unter ihr liegenden Personen erkennen. Doch hatte sie es eigentlich gar nicht mehr nötig, sich auf solche Anzeichen zu konzentrieren. Sie hatte so viele Teile in ihrem Döschen und alle verhielten sich doch zum Schluss ziemlich gleich. Schon fast routinemäßig spürte sie es in ihrem Fötzchen, dass der Pimmel gleich so weit war. Die Stängel füllten sich dabei noch mal richtig mit Blut und nahmen deutlich an Umfang zu. Man spürte das Blut in dem Schwellkörper pulsieren und das zucken des Pimmels, wenn das Sperma aus den Hoden nach oben gepumpt wurde.

Wenn sie das verspürte, wusste sie, dass das harte in ihr steckende Kanonenrohr gleich sein ganzes Pulver abschießen würde. Durch ihre sehr enge Möse spürte sie die im Endspurt stehenden Geschosse sehr intensiv.

Fickte sie ohne Gummi, galt es sich nun zu entscheiden. Runter von dem abspritzenden Rohr, um den Rest per Hand Job zu erledigen, oder sich den Dreck ins Schächtlein jagen lassen. Egal welche Entscheidung sie traf, sie wollte aber immer die bettelnde Frage „Darf ich in dich kommen?" hören.

Das war Musik in ihren Ohren. Drum blieb sie immer bis zum letzten Moment drauf sitzen und ging erst runter, als sie genervt merkte, das Ding spritzt ab und der sie fickende Trottel hat sein Maul nicht aufgemacht. Bei solchen Regelverstößen war bei Heike der Ofen aus. Sie stieg herab, ohne sich für das pochende Ding weiter zu interessieren. Geschweige denn, es noch mal anzufassen oder es zu Ende zu bringen. Sollte diesen Idioten doch der Schwanz platzen oder sollten sie sich selbst zu Ende befriedigen. Ihr war es egal.

Sie zog sich wortlos an, schaute ihn noch mal verächtlich an und stieg mit den Worten: „Du musst noch viel üben. Wir ficken erst wieder, wenn du es besser draufhast" kopfschüttelnd und provokant aus.

Aber auch den besten passieren mal Missgeschicke.

Meistens dann, wenn sie beim Reiten gerade gedanklich wieder bei ihrem Mann war, oder sich bis zur Beendigung des Trauerspiels eine Zigarette anzündete, genüsslich daran zog und geistig weit weg vom Geschehen war.

Die auserwählten Lustopfer bissen ihre Lippen zusammen, sagten kein Wort und sie war gedanklich so weit weg, dass sie nicht merkte, dass sie gerade kurz davorstand, eine unkontrollierte, ungewollte volle Ladung reingespritzt zu bekommen. Erst als sie die warme Soße spürte, realisierte sie, was gerade passiert war.

Ein ungewollter Einschuss in ihre Möse. Dann aber brach ein Donnerwetter los. Und Heike konnte brüllen. Und das nicht nur vor Lust, wenn sie kam. Eine solch aufbrausende Furie, die eine solche Szene losließ, wünscht sich niemand im Auto. Gerne hätten die Männer auf den Fick verzichtet, hätten sie gewusst welches Szenario folgt und welche Konsequenzen dieser Fehlschuss in die Fotze hatte.

Wutentbrannt sprang sie herunter und fischte sich in professioneller Art und Weise die klebrige, warme Soße heraus. Möglichst viel versuchte sie in die Hand zu bekommen. Bei großen Mengen war es einfach. Da lief die Pampe nur so aus ihr heraus und tropfte im warmen Schwall auf die Hand.

Schreiend klatschte sie ihren unverschämten Stechern ihr eigenes Zeug mit einer kräftigen Watschen ins Gesicht. „Glaubst Du etwa das ist angenehm?!!" fauchte sie giftig. Es rumste gewaltig, wenn Heike zulangte. Ihr Handabdruck war in den Gesichtern deutlich zu erkennen. Zeitgleich verteilte sich die Pampe in der Fressen der schockierten Typen.

Danach zog sie ihre Schamlippen auseinander und ließ alles aus ihrer Muschi tropfen. Sie presste alles heraus und versuchte dabei möglichst viel voll zu sauen. Genüsslich wischte sie das stinkende Sperma breitflächig auf den Polstersitzen ab und massierte es tief in die Sitzflächen ein.

Jeder der dieses Auto in der nächsten Zeit betrat, würde genau wissen, was hier stattgefunden hat. Und eine Ehefrau oder Freundin hat ein sehr empfindliches Näschen für so was…

Unter weiteren ordinären Beschimpfungen wie „Schnellspritzender Penner" zog sie sich an, stieg polternd aus und verkratzte „aus Versehen" mit ihrem Schlüssel das Auto. „Ohh, habe ich jetzt gar nicht mitbekommen" fügte sie als Kommentar dann noch hinzu.

Immer wenn sie die Ritze voll bekam, sei es nun gewollt oder ungewollt, wollte sie nur noch schnell nach Hause. Dort angekommen schlüpfte sie sofort aus ihrer Hose und Slip und lies beides unbemerkt im Wäschekorb verschwinden. Dann schnappte sie sich ohne weitere Worte den Schwanz ihres Mannes. Blies ihn und bearbeitete ihn gleichzeitig mit den Händen. Er sollte einfach nur schnell abspritzen.

Zu beachten gab es hier nur, dass er nicht anfing zwischen ihren Beinen zu fummeln und mit seinen Fingern an und in ihrer Muschi zu spielen.

Er hätte dann mit Sicherheit das „Malheur" entdeckt, was sein Vorgänger hinterlassen hatte. Und dann wäre selbst Heike in Erklärungsnot gekommen.

Als ihr Mann kurz davor stand zu kommen, setzte sie sich schnell auf ihn.

Erleichtert spürte sie, wie er glücklich in sie kam. Zufrieden dachte sie sich: „Schön hat er abgespritzt. Und alles tief mittenrein. Gott sei Dank, alles gut gegangen."

Mit dieser Aktion verfolgte Heike zwei Ziele. Zum einen befriedigte sie ihr anschleichendes schlechtes Gewissen und zum anderen wollte sie damit auf Nummer sichergehen und ihren Fremdfick mit Einschuss in ihre Fotze vertuschen. Ihr Mann dachte mit Sicherheit, so die Schlussfolgerung von Heike, dass das ganze Sperma, das nun aus ihr herausquollte und vermutlich auch noch Stunden später aus ihr rinnen würde, sowie etwaige Spermaflecken auf der Haut und der Kleidung von ihm sind. Er würde keinen Verdacht schöpfen.

Er konnte ja nicht wissen, dass eine Mange an Sperma, welches noch in seiner Frau steckte und auf ihrer Haut klebte, von einem anderen Mann war, der seine geliebte Frau vor vielleicht grad mal 30 Minuten gevögelt hatte.

Absolut glücklich kuschelte sie sich nach dem Liebes – und Vertuschungsakt an ihn. Und es gab sogar noch ein Küsschen auf die Schwanzspitze.

Kurz lutschte sie noch mit der Zunge über sein „bestes Stück".

Entspannt, gut durchgefickt und mit erleichterten Gewissen, sowie der Sicherheit das er nichts merkte legte sie ihren Kopf auf seine Brust und schlief in seinen starken Armen ein. „Ich liebe ihn", waren ihre letzten Gedanken.

Die C Kandidaten sind nur noch kurz zu erwähnen. Es waren die Herren, die nur mit Gummi ran durften. Teilweise gute Ficker, aber absolut unhygienisch, ungepflegt oder optisch überhaupt nicht ihr Fall. Das waren die Typen, von denen man hörte, wie gut und wie lange sie können oder die Süßen, die einen plötzlich zufällig über den Weg liefen und die man einfach „mitnehmen" musste. Natürlich konnte Heike bei solch vorauseilenden Lobären von der Männerwelt und akuten Situationen nicht wiederstehen und musste sich von der Bestückung, Standfestigkeit und Leistung überzeugen. Viele davon waren wirklich widerlich, stanken, waren unrasiert und ungewaschen.

Auch ihr Schwanz war optisch nicht schön, aber sie musste ihn unbedingt haben. Viele davon waren auch Trucker, die sie an LKW- Parkplätzen aufgriff. Von sämtlichen Nationalitäten wurde sie schon in den Fahrerhäusern in den Schlafkabinen gefickt. Selbstverständlich durften diese nur mit Gummi ran. LKW Rastplätze besuchte sie aus zwei Gründen. Leicht verdientes schnelles Geld und die Garantie, dass niemand davon etwas erfährt.

Sie ging einfach zwischen den parkenden LKWs durch und fragte, wer gegen Bares Bock hätte, sie zu nageln. Für eine Nummer hatten Trucker immer Geld zur Verfügung und der Preis war ihnen eigentlich egal.

Der Verdienst war aber nur Nebensache in diesen Fall und absolut zweitrangig. Es reizten sie die verschiedenen Nationalitäten. Vorerst jedenfalls…

Truck – Stopp

Angefangen hatte dies alles vor langer Zeit. Es war eine Zeit, die sie emotional sehr erschütterte, aber auch Anlass gab, über sich selbst nachzudenken. Schmerz und Freude, Gewinn und Verlust prägten maßgeblich diese Epoche ihres Lebens.

Sie war damals um die 19 Jahre und war Teil einer Clique aus Jungs und Mädchen, alle etwa im selben Alter. Keiner war mit jemanden fest zusammen und ein jeder trieb es bunt mit jedem. Alle waren jung, wild, neugierig, auf sexueller Entdeckungsreise und Erfahrungssuche.

Sie wollten alles haben. Party, Urlaub, den Führerschein, Autos, Motorrad, die eigene Wohnung und viele Wünsche mehr. Sie machten die Nacht zum Tag und dachten die Welt liegt ihnen zu Füßen. Leider waren sie schnell zurück in der Realität, als ihnen das Geld ausging und die Träume zerplatzten wie Seifenblasen. Für all das was sie wollten und ihren ausschweifenden Lebensstiel langte es hinten und vorne nicht und alle aus der Clique waren am Monatsanfang schon wieder blank.

Als sie wieder einmal pleite zusammensaßen und eigentlich viel lieber auf Partytour unterwegs gewesen wären, brachte einer der Jungs einen interessanten Vorschlag in die Runde ein.

„Ich habe gehört, dass unten am LKW Parkplatz beim Gewerbegebiet kurz vor der Stadt ein Hobby – Strich sein soll. Das heißt, da kann man für Kohle anschaffen gehen. Hättet ihr Mädels nicht Bock, hier auf die schnelle das fette Geld für uns zu machen? Ihr macht blos mal kurz die Bine breit und die alten Böcke schieben euch die Knete rüber. Was meint ihr? Einfacher und schneller kommen wir nicht an Geld und wir könnten uns alles Leisten was wir wollen." Die Jungs waren natürlich sofort einstimmig für den Vorschlag, während die Mädchen sich gegenseitig anschauten und auf eine Reaktion der anderen wartete. „Hey," fuhr der Wortführer fort: „Wir gehen alle mitrunter und passen auf euch auf. Es kann nichts passieren und die Kohle kassieren wir im Vorfeld ab. Ihr braucht wirklich keine Angst haben. Und ficken lasst ihr euch nur mit Gummi.

Die zahlen locker 100 Flocken für eure 19-jährigen jungen Möschen. Und für euch bringt es doch auch viele Vorteile. Ihr könnt jede Menge Erfahrung sammeln. Die haben bestimmt schon etliche gefickt und ihr könnt viel lernen. Da können wir nicht mithalten. Würd euch das nicht reizen? Vor allem sind hier sämtliche Nationen vertreten. Ihr könnt euch durch alle Länder ficken. Wusstet ihr, dass die Franzosen die besten Liebhaber sein sollen? Oder dass die Italiener stundenlange Amore machen können? Russen sollen hart, kräftig und gefühlslos ficken.

Spanier hingegen, feurig, leidenschaftlich und wild.

Rumänen sollen wunderschöne große Pimmel haben und Ungar, Tschechen und Polen sollen das ganze Kamasutra beherrschen.

Mädels, ihr musst das unbedingt alles testen und erzählen ob es stimmt. Und wenn es weibliche Trucker Fahrer gibt, packen wir natürlich auch mit an. Was los? Höre ich jetzt ein Ja?"

Noch immer herrschte nachdenkliches schweigen in der Mädchenrunde. Bei Heike spielte sich Kopfkino ab. Alles was der Junge gesagt hatte, hatte sie gerade in Bildern vor Augen. Ein reifer, erfahrener Ficker, rammelte sie im Führerhaus des Trucks durch. Sie merkte, wie sie feucht im Schritt wurde. „Ich bin dabei" rief sie laut in die Runde. „Wir lassen uns die Mösen richtig durchrattern und sahnen kräftig ab dabei."

Der Startschuss für das Vorhaben war gefallen. Laut grölend schlossen sich die anderen Mädels Heikes Meinung an. Noch heute sollte es losgehen. Sie waren eh alle aufgestylt, weil ja eigentlich Party angedacht war. So wurden noch ein paar Bier zum Mut machen getrunken und die Clique machte sich auf den Weg zum Parkplatz.

Alles lief perfekt nach Plan. Die Trucker fragten nicht lange nach, zahlten den Preis an die Jungs und nahmen die Mädels mit in die Kabinen. Draußen hörten die Jungs, wie ihre Mädels in den Kabinen genagelt wurden.

Sie keuchten, schrien, stöhnten und quickten. Den Geräuschen nach, mussten die Mädels richtig durchgefickt werden. Aufgegeilt von der akustischen Darbietung konnten sie es nicht erwarten, bis die Mädchen fertig waren. Es war vorhersehbar, dass es nach dem Parkplatzdienst, noch zu einer riesigen Orgie in der Clique kam. Jeder der Jungs wollte seinen prallen Stängel noch in eine frisch gefickte Möse versenken und war gespannt, ob die Mädchen wirklich etwas dazugelernt hatten.

Und das hatten sie in der Tat. Sie konnten es kaum erwarten, sich nach dem Fick mit ihren Freundinnen auszutauschen. Jede erzählte aufgeregt wie es war. Was sie erlebt hatte und in welchen Stellungen sie gefickt wurden. Wie sie gefingert wurden, wie sie die Schlögel wixten, wie sie die strammen Dinger bliesen oder wie ihre Fotzen geschleckt wurden. Jedes intimste Detail wurde ausführlich berichtet. Die Mädels waren sich einig. Es musste unbedingt jedes „Land" und jede „Nation" einmal gefickt werden.

Am besten aber öfters und mit verschiedenen Partnern, um den direkten Vergleich zu haben. Der Gesprächsstoff heizte alle Beteiligte noch mal richtig auf. Oft hielten sie es nicht mehr aus bis nach Hause und liesen sich von den Jungs noch am Parkplatz vernaschen.

Viele Mädels, gingen auch noch mal ein Fahrerhaus weiter und liesen sich dann erst, ganz entspannt, von den Jungs der Clique das „fleißiges Arbeitsgerät" besamen.

Diese durften sie dann sehr wohl ohne Gummi nageln, und der Druck, den die Jungs aufgebaut hatten, ergoss sich wohlwollend wie eine Fontäne in die vor Lust glühenden und frisch gebumsten Dosen der Mädchen. Angeturnt und unter Alkohol, vielen alle Hemmungen. Wie in Ektase vielen sie übereinander her. Es gab keine Tabus und Grenzen mehr und die Mädchen begannen sich gegenseitig die vollbesamten Muschis auszuschlecken.

Es war ein Erlebnis für alle. Alle waren voller Begeisterung dabei und die Kasse klingelte. Die Clique führte ein Leben in Saus und Braus. Das war das Leben, dass sie sich vorgestellt hatten. Über Monate ging das ganze weiter.

Am Anfang nur am Wochenende vor oder nach der Disco. Dann auch unter der Woche. Bis sie schließlich fast jeden Tag, bei Einbruch der Dunkelheit auf den Parkplatz vertreten waren und ihre Dienste anboten. Das mussten sie auch. Denn die Nachfrage war groß. Es sprach sich in den Trucker Kreisen herum, dass auf besagten Parkplatz junge Mädchen standen, die sich für Bares ficken liesen. Zunehmend voller und voller wurde der Rastplatz.

Auch viele Autofahrer und Pendler hatten Wind davon bekommen und nahmen die Dienste der willigen jungen Luder begeistert und gerne an. Die Mädchen wurden gebumst ohne Ende und sie hatten Spaß dabei. Sie waren Nutten geworden, ohne dies zu realisieren.

Es schien so, als hätte ein Dämon von ihnen Besitz ergriffen und lies sie die Realität um sie herum total vergessen. Habgier und Wollust trieben sie an. Sie wollten immer mehr. Ihre Gier nach Geld und Befriedigung konnte nicht mehr gestillt werden. Für einige stand das Geld im Vordergrund und sie gingen immer weiter um noch mehr Geld von ihren „Kunden" zu verlangen. Lexi, die feurige, vollbusige Rothaarige, tat sich hierbei besonders hervor. Ihr Luxusleben war extrem geworden und musste schließlich auch finanziert werden. Für einen hefigen finanziellen Aufschlag ließ sie sich in den Arsch ficken, sich in die Fresse oder auf die Brüste spritzen, schluckte brav die warme Soße runter oder trieb es sogar ohne Gummi. Je nachdem wie es der „Kunde" wünschte. Ihr war alles egal. Hauptsache der Preis stimmte. Während sie genagelt wurde, kreisten ihre Gedanken nur um materielle Werte und sie überlegte sich schon, wie sie das heute verdiente Geld wieder ausgeben konnte. Man konnte förmlich das Dollarzeichen in ihren Augen funkeln sehen, als sie mit den „Kunden" im Führerhaus verschwand.

Bei Juli, Heikes bester Freundin stand hin dessen das soziale Arrangement für Tiere im Fokus.

Sie war überzeugte Tierschützerin aus Leidenschaft und war in vielen Tierschutzorganisationen tätig. Tatkräftig unterstützte sie bei Projekten und der medizinischen Versorgung von Hunden in Not auf der ganzen Welt.

Ehrenamtlich reiste sie in Hundeauffangstationen und half mit, das Leid der Tiere zu lindern. Urlaub kannte sie nicht. Ihr Urlaub oder besser gesagt, ihr ganzes Leben hatte sie den Vierbeinern gewidmet und nutzte jede Zeit, um für sie einzustehen.

Sie fühlte sich zu Tieren mehr hingezogen als zu Menschen. Darum wohnte sie auch mit einer Dackel Dame namens Schnatterrinchen zusammen. Diese war mehr breit als lang und hoch. Wenn sie sich aufregte oder freute, überschlug sich ihr Gebell und es hörte sich an, als ob eine Gans hysterisch schnattern würde. Daher bekam sie auch ihren Namen. „Suchst du einen wahren, treuen Freund, dann nimm dir einen Hund" waren ihre Worte immer.

Für sie waren die Einnahmen, die sie mit den Parkplatz Fickereien verdiente nur dazu da, um wieder Hunden in Not zu helfen und ihnen die Chance auf eine lebenswerte Zukunft geben zu können. Die Kasse klingelte und sie konnte zahlreiche Projekte realisieren, die zuvor als unmöglich erschienen. Für ihre Hunde ließ sie sich gerne durchbumsen. Hauptsache es waren viele am Abend. Die Menge machte das Geld.

Dabei war es ihr ziemlich egal, wer sich an ihr verging. Für ihre Hunde war sie nicht wählerisch.

Meistens bekam sie es eh nicht mit, knipste ihren Verstand und ihre Gefühle aus und lies das ganze über sich ergehen. Sie wusste auch nie, wie lange der Akt dauerte. So abwesend war sie.

Juli machte die Stellungen, die von ihr gefordert wurden und war erst wieder anwesend, als der Freier laut grunzend zum Höhepunkt kam und dabei noch mal fest in ihre junge enge Fotze einstach. Natürlich war das nicht bei jedem so. Oft waren auch sehr ansehnliche Männer dabei, bei denen es ihr richtig Spaß machte. Sie war wie Heike, ein verficktes geiles junges Luder. Nur eben mit einer sehr sozialen Ader für Tiere, insbesondere für Hunde.

Heike und Juli verband mehr als nur eine innige tiefgründige Freundschaft. Sie waren auch leidenschaftlich sehr miteinander verbunden und fühlten sich sexuell sehr angezogen. Zudem war Ficken das Lieblings Hobby der beiden. Sie verbrachten fast jede freie Minute miteinander und hatten keinerlei Geheimnisse voreinander.

Sie waren beste Freundinnen für alle Zeit und immer füreinander da. Auch was das sexuelle anging. Oft lagen sie stundenlange eng umschlungen im Bett und fingerten sich die feuchten Spalten. Mit heißen küssen liebkosten sie sich und schleckten sich gegenseitig die Spalten bis zum Orgasmus.

Es verging kein Tag, an dem sie sich sahen, wo sie nicht in irgendeiner Weise intim miteinander wurden und Zärtlichkeiten austauschten.

Juli hatte eine fetzige, freche Kurzhaarfrisur und pechschwarze Haare. Ihre Brüste waren Apfelgroß und steinhart mit sinnlichen spitz wegstehenden Nippeln, die Heike stundenlag liebkoste und an ihnen knabberte.

Sie war sexy schlank mit langen Beinen und hatte einen kleinen runden knackigen Po, in den Heike so gerne hineinbiss und ihn mit Küssen verwöhnte. An den Abschluss-Orgien eines erfolgreichen Abends, die regelmäßig in der Clique stattfanden, liesen sich die Freundinnen immer im Doggy – Style von hinten nehmen. Dabei waren sie sich mit den Gesichtern zugedreht, schauten sich verliebt in die Augen und tauschten leidenschaftliche Zungenküsse aus. Hielten verliebt Händchen und streichelten sich gegenseitig. Diese Vorstellung veranlasste die Jungs natürlich dazu, die beiden Mädchen richtig hart durchzuficken. Hart und tief jagten sie ihre Schwänze in die durchgebumsten Fotzen und tauschten auch untereinander oft durch. Die Freundinnen waren so sehr mit sich selbst beschäftigt, dass sie gar nicht mitbekamen, wer von den Jungs gerade am Werk war oder wie oft sie durchgetauscht wurden. Als die Jungs dann ihre Mösen besamten und sie vollgepumpt mit Sperma waren, kam Julis Lieblingsszene.

Leidenschaftlich, genüsslich und voller Zärtlichkeit, schleckte sie jeden Tropfen aus Heikes Ritze heraus. Juli leibte Sperma. Im Gegensatz zu Heike.

Sie schlürfte, saugte und nuckelte jeden Tropfen aus Heike raus, bis diese blitzblank sauber war, so als wäre nie ein Einschuss gewesen. Ihrer Zunge entging wirklich nichts. Heike hasste Sperma im Mund. Sie schluckte auch nicht. So oft sie es probierte war es widerlich und sie hatte mit Brechreiz zu kämpfen. Für Juli zuliebe aber überwand sie sich. Aber nur für Juli. Heike konnte Muschis prima schlecken und sie liebte es auch, aber eine vollgespermte Fotze war nicht so das ihre. Die Ausnahme war ihre Juli. Denn Juli genoss ihre Zunge in ihren Spalt. Fest drückte sie Heikes Kopf zwischen ihre Beine und fuhr ihr wild durchs Haar. Heike hinterließ Juli genau so sauber wie Juli sie. Und Juli wusste es sehr zu schätzen, was Heike für sie tat. Sie wusste genau wie sehr es ihr eigentlich wiederstrebte. Aber Liebe macht eben vieles möglich. Die Liebe, die alles überwindende Kraft.

Heike konnte die Liebe, die Juli zu den Tieren empfand nicht so ganz nachvollziehen. Sie liebte Tiere auch über alles, aber das was Juli machte war überhaupt nichts für sie. Die Hundehaare, der Schlabber, die Verantwortung. Mit all dem konnte sie sich nicht arrangieren.

Sie schaute sie gerne an, schwärmte von ihnen, wie süß sie waren und damit war es auch für sie erledigt.

Damals ahnte sie noch nicht, dass sich ihre Einstellung dazu auch mal ändern würde.

Auf die Frage, warum sie sich für die Tiere ficken lassen würde, antwortete ihr Juli:" Weil wir alle nur Geschöpfe sind und ein jedes ein Recht auf Leben hat. Das Leben sämtlicher Geschöpfe steht für mich an erster Stelle. Und wenn ich meinen Körper dazu einsetzen kann, um Leben zu retten, dann werde ich das tun. Warum wäre er mir sonst gegeben worden? Und auch meine Einstellung dazu? Und warum wäre ich sonst so furchtbar verdammt geil immer?

Es hat alle seinen Sinn. Jeder ist so gemacht worden wie er ist. Mit seinen Fähigkeiten und seinen Körper, um eine Aufgabe auf dieser Welt zu erfüllen. Außerdem bin ich Single und brauche mich niemanden gegenüber für mein Tun rechtfertigen. Es würde wahrscheinlich sowieso keiner verstehen. Und sollte ich mal meine große Liebe finden, dann wäre ich auch bereit dafür aufzuhören. Sofern mich mein Partner anderweitig unterstützen würde."

Diese Aussage geisterte Heike immer wieder durch den Kopf. Was war ihre Aufgabe im Leben? Sie war noch um vieles Sexbesessener als Juli. Sie ließ sich vögeln, weil sie irgendetwas inneres dazu drängte. Weil der Sex die einzige Art war sich wertvoll und stark zu fühlen. Überlegen und unverletzlich. Dieses ständig auftauchende Gefühl der Leere und Hoffnungslosigkeit verschwinden zu lassen.

Andererseits vermittelet er ihr aber auch eine Art von Liebe, die sie insgeheim begehrte.

Die Liebe zu Juli war eine ganz andere und damit nicht zu vergleichen. Es war oft wie eine Droge, der sie sich nicht entziehen konnte. Eine Abhängigkeit, die immer mehr und mehr brauchte um befriedigt zu werden. Aber war das eine Fähigkeit, worauf sie stolz sein konnte oder wo irgendwo ein Sinn oder eine Aufgabe zu erkennen war?

Sie machte es nicht des Geldes wegen, so wie Lexi. Auch nicht wegen eines guten Zweckes wie ihre beste Freundin und Liebe Juli.

Auch nicht um ein Studium zu finanzieren, wie es andere aus der Clique taten.

Bei Heike stand primär die Befriedigung ihrer unstillbaren sexuellen Lust im Vordergrund. Das finanzielle war angenehm und nützlich, aber zweitrangig. Sie war immer notgeil. Hatte immer den Drang und das Verlangen nach Befriedigung. Ständig war sie feucht im Schlitz und konnte es nicht erwarten etwas in ihre Fotze zu bekommen. Sie war unausgelastet, fühlte sich leer und hatte immer das Gefühl, etwas fehlte in ihren Leben.

Auch Stress und Wut erregten sie unwahrscheinlich. Hilfe und Befriedigung sowie ein gutes Gefühl der Ausgeglichenheit und Sorgenlosigkeit erlangte sie nur, wenn sie die Beine breit machte und spürte, wie sich etwas hartes in ihre Möse schob.

Befriedigung und Sättigung dieses Drangs musste nicht mal ein Orgasmus sein. Den erlangte sie eh nur in den wenigsten Fällen.

Es genügte einfach schon die Tatsache, dass sie gebumst wurde. Den Kick bekam sie sofort, als sie einen Pimmel in der Hand hielt und merkte, wie dieser anschwoll und hart wurde. Genau so das Gefühl, wenn sie begann einen Schwanz zu blasen. Sobald jemand in sie Eindrang erlebte sie endlich diesen inneren Frieden, nach dem sie sich so sehr sehnte. Um dieses Gefühl der Unbeschwertheit zu erlangen und diesen Zustand bei zuhalten, war es fast unumgänglich, als sich täglich jemanden hinzugeben.

Ihr war es dabei egal wie er aussah oder wer es war. Hauptsache das Verlangen und die Gier konnte gestillt werden. Nachdem der ganze Akt vorbei war, fühlte sie sich oft schlecht und es widerte sie mehrmals an, mit wem sie es wieder getrieben hatte. Es ekelte ihr vor sich selbst und dem gegenüber. Diese Gedanken flossen aber innerhalb weniger Minuten des Nachdenkens wieder völlig aus ihren Kopf. Vielmehr stand wieder dieser Drang im Vordergrund, wann und wo und mit wem die nächste Nummer geschoben werden konnte, um das gute Gefühl aufrecht zu erhalten.

Oft stellte sie sich die Frage, ob sie vielleicht schizophren oder nymphomanisch veranlagt wäre, verneinte aber dann diesen Gedankenzug eindeutig.

Es war für sie auch unvorstellbar mit den sexuellen Ausschweifungen aufzuhören, selbst wenn sie sich verlieben würde und die wahre Liebe, falls es sowas überhaupt gibt, finden würde. Nur noch Sex mit einem Mann? Welch schrecklich langweilige Vorstellung. Sie brauchte Abwechslung. Man isst ja auch nicht jeden Tag dasselbe oder zieht dieselben Sachen an. Da war sie einer ganz anderen Meinung wie Juli. Liebe und Sex gehörten getrennt. Man kann doch nicht der Liebe wegen auf Sex verzichten. Liebe ist für das Herz und Sex für das körperliche Verlangen. Sie war sich aber auch bewusst, dass ihr Verhalten kein Mann tolerieren würde. Das war Wunschdenken. Einen Partner zu finden, der ihr Herz mit Liebe füllt und es gleichzeitig akzeptiert, dass sie sich mehreren hingibt.

Darum blieb sie allein und es war gut so wie es ist.

So wurde es für sie, aber auch für die anderen Mädchen, je nach innerlichen Beweggrund schon fast Routine, sich nach Feierabend noch mal für eine schnelle Nummer aus dem Haus zu machen und sich anschließend noch in der Clique zur Verfügung zu stellen. Die Mädchen lernten die Jungs richtig an und gaben gerne weiter, was ihnen die erfahrenen reifen Männer beigebracht hatten.

Begeistert stießen die Jungs die Muschis ihrer Mädchen durch und waren verblüfft, welche Stellungen und Taktiken die Mädchen drauf hatten.

Sie waren innerhalb weniger Monate erfahrene professionelle Schlampen geworden, die wie Maschinen ihre Aufgabe erfüllten. Die Jungs konnten es selbst nicht glauben, von wie vielen Männern ihre Mädchen wöchentlich gefickt wurden.

Es war für sie jedesmal wieder ein Erlebnis der Extraklasse, die so zahlreich durchgebumsten Fotzen ihrer Girls zu ficken. Je mehr Männer zuvor „drüber" waren umso geiler wurden sie. Die vorgevögelten weiten Fotzen und die aufgeheizten Mädchen mussten sie unbedingt haben. Sie waren stolz darauf, das Privileg zu haben, ihren Nutten, die Spalten mit ihren Sperma füllen zu dürfen.

Bald stellte sich das Gefühl ein, als wären sie die großen coolen Zuhälter. Aber auch die Mädchen hielten sich zunehmend für eiskalte Edelhuren, die sich alles erlauben konnten. Sie waren, ohne es zu wissen, in einen Strudel aus Geld, Macht und Sex gekommen. Sie standen über alles, konnten sich alles leisten und brauchten niemanden mehr außer sich selbst und die Clique. Unabhängig von allen Regeln, Zwängen, finanziellen Sorgen und jeglicher Moral waren sie sich sicher und einig, das erreicht zu haben was sie immer wollten und worüber all die anderen sie beneideten.

Dann aber kam der Abend, der alles verändern sollte. Ein Horror Tag, der für alle neue Weichen stellte. Alles im Leben hat seinen Preis.

Und an diesem Tag mussten sie ihn zahlen. Er war nur höher, als sie es in ihren schlimmsten Alpträumen erwartet hätten. Der Hochmut forderte seinen Tribut.

Es war ein dunkler, nebliger Abend als die Clique sich auf den Weg zum Rastplatz machte, um ihre Dienste zu verrichten.

Krähen kreisten um sie und gaben ein unheimliches, bedrohliches gekrächzte von sich. Fast so, als wollten sie ihnen zurufen. „Krähen sind Todesvögel" meine Juli. „Sie bringen Unglück und bedeuten nichts Gutes. Es ist beängstigend, sie heute in solch großer Anzahl vorzufinden. Wir sollten vorsichtig sein. Ich hab kein gutes Gefühl heute." Ihre Sorge und Bedenken fand aber keinen Anklang bei dem Rest der Truppe.

„Es wird wie immer" munterte sie Heike auf. „Alles wird gut. Wir lassen es uns schnell besorgen, verwöhnen die Jungs noch kurz und schon bist du wieder zu Hause bei Schnatterrinchen." Dabei nahm sie liebevoll Julis Hand und drückte sie zuversichtlich. Es schien wirklich alles so zu laufen wie immer. Es gab keine Anzeichen, sich Sorgen zu machen. Die Jungs gingen mit den Mädchen durch die geparkten Reihen der LKW, wo die Fahrer schon vor ihren Fahrzeugen standen und auf sie warteten.

Eifrig kassierten sie ab und die Mädchen verschwanden mit den Truckern in den Kabinen.

Was sie aber nicht ahnen konnten, war, dass irgendjemand sie bei der Polizei wegen illegaler Prostitution und Zuhälterei angezeigt hatte und der ganze Parkplatz bereits mit Einsatzkräften besetzt war, die nur auf ihren Befehl zum Zugriff warteten. Die Lichter gingen aus in den Kabinen und man hörte die Mädchen laut stöhnen. Alle waren voll bei der „Sache" und wurden heftig gebumst, dass die Fahrerkabinen nur so wackelten, während die Jungs sich auf einer Bank versammelten und warteten, bis alle fertig waren. In dieser Zeit machten sie immer aus, wer mit wem anschließend noch vögelte und sie machten den ersten Kassensturz.

Einige der Mädchen waren nach der ersten Nummer auch noch mal für eine zweite oder dritte „Schicht" bereit. Es dauerte als, bis die Endabrechnung gemacht werden konnte.

Doch dazu sollte es diesmal nicht kommen. Alles verlief vorerst nach Plan und nach Routine. Obwohl die Nacht dunkel und neblig war und der Rastplatz etwas unheimlich wirke, schien alles nach einen normalen „Arbeitstag" aus.

Plötzlich aber änderte sich die Situation schlagartig. Überall gingen Scheinwerfer an und der Parkplatz war bis auf ein paar dunkle Ecken, taghell erleuchtet.

Polizeiautos mit Blaulicht und Sirene kamen aus den parkenden Reihen hervorgebraust. Zahlreiche Polizisten stürmten schwerbewaffnet das Gelände.

„Hier spricht die Polizei" ertönte es aus einem Lautsprecher. „Der Parkplatz ist abgeriegelt. Niemand verlässt das Gelände. Leisten sie keinen Widerstand und verlassen sie die Fahrzeuge!"

Panik brach bei allen aus. Jeder versuchte zu flüchten.

Die Mädchen sprangen halbnackt aus den Kabinen und liefen wie aufgeschreckte Hühner kreischend und planlos zwischen den parkenden Fahrzeugen hin und her. Einige der Trucker starteten die Motoren und traten kräftig aufs Gaspedal. Immer wieder schossen die Trucks aus den Parklücken heraus. Es herrschte absolutes Chaos und durcheinander und die Einsatzkräfte hatten große Mühe Kontrolle über das Geschehen zu erlangen.

Dass die Zuhälter und Nutten versuchten zu fliehen, war klar gewesen. Aber mit einer so panischen Fluchtreaktion der Trucker hatte niemand gerechnet. Mit Getöse durchbrachen die tonnenschweren LKWs die Absperrungen der Polizei und brausten auf die angrenzende Autobahn. Etliche Beamte nahmen die Verfolgung auf.

Das Spektakel verstummte als plötzlich ein lauter, gellender Todesschrei durch die Nacht ging. Ein herzzerreißender, verzweifelter Schrei, der einen das Blut in den Adern gefrieren ließ. Gefolgt von einem dumpfen Aufprall.

Blech und Metall prallte mit voller Wucht auf einen menschlichen Körper. Alle erstarrten. Niemand bewegte sich mehr und die Zeit schien still zu stehen. Heike stockte der Atem als sie sah, wie sich ein großer Schwarm Krähen krächzend in die Lüfte bewegte. „Krähen sind Todesvögel" schossen ihr Julis Worte in den Kopf. Sie hatte ein ganz mieses Gefühl und eine furchtbare Vorahnung.

„Nein…nein…nein" schrei sie vor sich her als sie Richtung des Geschehens lief, um das sich schon eine große Menschenmenge versammelt hatte.

Eins der Mädchen wurde bei ihrer Flucht von einen heranrasenden LKW übersehen und frontal gerammt. Sie musste ihren Tot direkt ins Auge gesehen haben. Der Kühler des LKW war blutverschmiert. Wenige Meter davor ein lebloser, deformierter Körper in einer Pfütze aus Blut. Das Mädchen hatte nicht den Hauch einer Chance.

Beim Aufprall wurde ihr das Genick, die Wirbelsäule und die Schädeldecke gebrochen. Auch war davon auszugehen, dass die Wucht des Aufschlags sämtliche inneren Organe zerfetzte. Das Mädchen war sofort tot.

Von weiten schon erkannte sie den leblos am Boden liegenden Körper. Es war Juli! Ihre schrecklichste Befürchtung war eingetroffen.

„Nein…nein…nein… bitte nicht!" schrie sie verzweifelt mit Tränen in den Augen.

Es fühlte sich wie eine Ewigkeit an, bis sie endlich am Unfallsort war. Heulend und voller Verzweiflung schreiend stürzte sich auf den toten Körper und umklammerte ihn panisch. „Du darfst nicht tot sein" stammelte sie vor sich hin. „Steh auf…bitte..bitte steh auf. Du musst heim zu Schnatterrinchen. Du darfst nicht tot sein." Dabei küsste und streichelte sie ihr über das Gesicht. Aus Verzweiflung wurde Wut. „Steh endlich auf! schrie Heike sie an. „Bitte wach auf! Steh auf!!!!!"

Kräftig rüttelte sie an ihr und versuchte den toten Körper hochzubekommen. „Komm wir gehen Juli. Wir müssen weg von hier. Nach Hause zu Schnatterrinchen." Heike tickte vollkommen aus.

Sie brachte Juli nicht hoch und sie reagierte auch nicht, egal wie laut Heike sie anschrie. „Du bist nicht tot? Oder? Du bist nicht tot? Du kannst und darfst nicht tot sein!" brüllte sie aus heiserer Kehle heraus.

Aber zunehmend realisierte sie die Tatsache, dass Juli tot war. Sie kniete sich neben Juli und umklammerte sie so fest sie nur konnte. Ihre Wut, ihre Verzweiflung und ihren Schmerz brüllte sie unter Tränen heraus und obwohl ihr Hals schon keinen Ton mehr herausbekam schrie sie weiter in die Nacht hinein. Schließlich zogen Rettungskräfte und Beamte sie unter heftiger Gegenwehr von Juli weg und setzten sie mit Medikamenten ruhig.

Ihre Zeit als Zuhälter und Edelhuren war zu Ende. Der Polizeieinsatz war zu Ende. Die Nacht neigte sich dem Ende.

Und auch ein junges Leben war zu Ende gegangen…

„Vermutlich brauchte Gott einen Hundepfleger im Himmel"

(Gedanken an Juli)

Die Zeit danach...

Die Zeit nach dem katastrophalen Ereignis war für alle Mitglieder der Clique eine Reise durch die Hölle. Die meisten der Jungs saßen in Untersuchungshaft. Heike war in ein Krankenhaus gebracht worden und wechselte von dort direkt in eine geschlossene Anstalt wo sie psychologisch betreut wurde, um das Geschehene zu verarbeiten. Sie durfte nur zu den zahlreichen Gerichtsverfahren heraus, die gegen sie liefen. Sie wurden in allen Anklagepunken der Zuhälterei und der Prostitution schuldig gesprochen und auf Bewährung verurteilt. Das Finanzamt saß ihnen ebenfalls im Nacken und forderte Steuernachzahlungen für die illegalen Einkünfte. Vom Luxusleben blieb nichts mehr übrig. Es wurden Pfändungen gegen sie eröffnet und vieles von ihren Besitz im Zuge des Verfahrens beschlagnahmt. Alle verloren sie ihre Jobs. In den Medien galten sie als die „Parkplatz Huren", die ein Menschenleben auf den Gewissen hatten.

Es verging kein Tag, an dem nicht im Radio oder in den Zeitungen über sie berichtet wurde. Ganz zu schweigen von den Hetzkampanien im Internet. Aufgehetzt und manipuliert von der Presse wurden sie von den Bewohnern ihres Dorfes, beleidigt, beschimpft, bespuckt und verbal attackiert. Auch die Androhung von körperlicher Gewalt blieb nicht aus.

Auch Julis Eltern machten sie für den Tod ihrer Tochter verantwortlich.

Allen voran Heike als ihre beste Freundin. Nur wegen Heike habe sie das gemacht. Wäre sie in diesen Sumpf der Prostitution hineingeraten. Heike und der Rest der Clique hätten Juli dazu gezwungen und somit in den Tod getrieben. Ihre Tochter hätte nie so etwas getan. Sie war anständig und setzte sich für das wohl der anderen, insbesondere der Tiere ein. Es wurde ihnen sogar verwehrt auf die Beerdigung zu kommen. Von weiten erteilten sie Juli die letzte Ehre und nahmen Abschied von ihr. Heike musste miterleben, wie Schnatterrinchen ins Tierheim gesteckt wurde. Mitleidig winselte Schnatterrinchen und schaute sie mit ihren dunklen Kugelaugen an, als sie ins Auto gepackt und abtransportiert wurde. Heike konnte ihr nicht helfen. Sie konnte sich selbst nicht mehr helfen. Sie war leer. Fühlte gar nichts mehr. Es war so, als ob sie mit Juli gestorben war und nur noch ihr Körper existierte. Eine leere Hülle. Sonst nichts mehr. Sie war innerlich tot, zog sich zurück und lies niemanden an sich heran. Sie war nur noch müde kam den ganzen Tag nicht mehr aus dem Bett. Sie hatte nicht mal mehr das Verlangen nach Sex, keinen Drang mehr. Nicht mal einen Gedanken verlor sie daran.

Wie die anderen aus der Clique zog sie auf Grund des andauernden Mobbings, der Verachtung und der Schuldzuweisung aus dem Dorf weg.

Sie fand eine kleine Wohnung in ca. 100 km Richtung Norden.

Dort verschanzte sie sich ebenfalls und verlies nur zur Toilette oder zum kurzen Gang in die Küche das Bett. Hier lag sie stundenlange regungslos und gefühlslos und starrte an die Decke, bis sie wieder einschlief. Über Monate hielt dieser Zustand an, bis sie ein Schreiben von der Agentur für Arbeit etwas zurück ins Leben schubste. Ihr wurde eine Arbeit zugewiesen. Ansonsten würde ihre Zahlung von Harz vier eingestellt.

Somit quälte sie sich gezwungenermaßen in den vorgegebenen Job. Als Verkäuferin in einer Butike am anderen Ende der Stadt. Eine Schnellstraße führte in wenigen Minuten dort hin. Zu ihren Entsetzen, befand sich an dieser Straße ein kleiner LKW Parkplatz der zahlreiche Erinnerungen in ihr hoch rief. Sie verfiel schon fast jedesmal in Panikattacken, wenn sie an ihm vorbeifuhr. Der Job kotzte sie an. Sie hasste es Menschen zu bedienen und ihnen freundlich lächelnd in den Arsch zu kriechen, nur damit diese etwas kauften und die Geschäftsinhaber noch reicher wurden, während sie für einen Hungerlohn buckeln musste.

Aus ihrer inneren Leere und Gefühlslosigkeit wurde Frustration. Sie spürte wieder etwas in sich.

Die Frustration aber schwenkte über in Wut und Verachtung dem gegenüber was sie tun musste.

Das Gefühl der Verachtung der Stelle und den anderen Menschen gegenüber verwandelte sich in Verachtung gegen sich selbst. Je stärker es würde, umso mehr kam das Verlangen, dieses Gefühl mit sexueller Befriedigung auszuschalten. Immer öfter krippelte es ihr wieder im Schritt und sie merkte wie sie feucht zwischen den Beinen wurde. Sexuelle Befriedigung war der einzige Weg, um wieder ein ausgeglichenes Gefühlsleben zu bekommen. Mehrmals täglich masturbierte sie. Nach dem Aufstehen, um überhaupt in den Tag starten zu könne. Am Abend um entspannt einschlafen zu können. Mehrmals verschwand sie auf Arbeit in der Toilette und machte es sich selbst. Sie streichelte ihren Kitzler, schob sich die Finger in die Spalte und besorgte es sich bis zum Orgasmus. Anders hätte sie den Tag nicht durchgestanden. Schließlich machte sie es sich sogar unter der Autofahrt. Automatisch wanderte ihre Hand zwischen ihre Beine, öffnete die Hose, schob den String zur Seite und sie versenkte erleichternd aufstöhnend ihre Finger tief in der feucht gewordenen Fotze.

Zunehmend wenn sie abends an dem Parkplatz vorbeifuhr, hatte sie das Gefühl eine Stimme in ihren Kopf zu hören. "Warum machst du es dir selbst? Warum arbeitest du für so wenig Geld? Bieg einfach in den Parkplatz ein und mach es wie früher. Lass dich ficken für gutes Geld."

Sie versuchte sich von diesen Gedanken zu distanzieren, aber sie wurden stärker und stärker.

Es war ein innerliches Ringen um die Vorherrschaft ihrer Gedanken. Sie war auf Bewährung und musste auch immer wieder an Juli denken. Es wäre falsch abzubiegen, aber es wäre auch sehr reizvoll, es noch einmal zu probieren. Eines Abends war es dann soweit. Sie fingerte sich gerade bei der Heimfahrt und war kurz davor zu kommen, als sie am Parkplatz vorbei fuhr. Wie fremdgesteuert setzte sie den Blinker und bog auf den Parkplatz ein. Sie stellte ihr Auto ab und schlenderte durch die Reihen. „Kann ich ihnen helfen?" fragte sie schließlich einer der Fahrer, der schon längere Zeit auf sie aufmerksam wurde. Heike schaute ihn schweigend an. „Ist alles gut bei Ihnen?" fuhr der Mann fort. „Ja" hauchte sie verführerisch heraus. „Sie können mir helfen." Dabei bewegte sie sich sexy auf ihn zu. Bei dem Mann angekommen, fasste sie ihn mit einer Hand an den Schritt, mit der anderen umarmte sie ihn. „Meine Muschi ist feucht und heiß und sie braucht unbedingt ficken. Über den Preis werden wir uns sicher einig." Dann verschwand sie mit ihm in der Fahrerkabine.

Hinterher widerte sie das ganze an. Es ekelte ihr vor sich selbst und sie hasste sich für ihre Rückfälligkeit. Trotzdem konnte sie nicht anders. Es zog sie immer wieder auf den Platz zurück. Innerlich kämpfte sie mit sich. Vernunft gegen Verlangen. Sogar als sie im Führerhaus war, wusste sie noch, dass es falsch war was sie tat.

Die Triebe knipsten ihr den Verstand und jegliches Moralgefühl aus. Oft stellte sie sich die Frage: „Kontrolliere ich meine Triebe, oder kontrollieren sie mich?"

Sie war wie eine Alkoholikerin. Sie fickte vor lauter Drang, weil sie den Entzug nicht aushielt. Und nichts hielt sie davon ab. Genau wie der Alkoholiker noch die Reste aus einer Flasche im Mülleimer trank, weil er jetzt einfach den Geschmack brauchte und sein Körper und Geist danach verlangte, so fickte sie darauf los. Sie brauchte es jetzt und sofort. Und es wurde genommen was da war.

Ich – die Schlampe

Heike war zurück und sie war wieder ganz die alte. Sie schmiss den Job in der Butike und ging am Parkplatz anschaffen. Aber sie war sich dem Risiko, das sie einging bewusst. Also musste eine andere Möglichkeit her, um an Geld zu kommen und zugleich Befriedigung für Körper und Seele zu erfahren. Warum sollte sie es wieder illegal tun? Nein, diesmal mache sie es professionell. Sie bewarb sich bei Porno Castings, in Bordellen sowie in Sauna – und Swingerclubs. In den Bordellen und in den Clubs war es nichts Besonderes. Sie kam dort hin, wurde vom Inhaber oder Geschäftsführer „Probe gebumst" und hatte den Job. In einen kleinen angemieteten Zimmer in den Etablissements ging sie ihren Geschäften eifrig nach. Es war nichts anderes wie auf den Parkplatz. Nur eben legal. Täglich wurde sie wieder mehrmals flachgelegt und erlangte tiefe innere Befriedigung.

Ihre Enttäuschung vom Leben, ließ sie sich buchstäblich wegficken.

Ganz anders war dies bei den Porno Castings. Sie war direkt etwas aufgeregt als sie den ersten Termin zum kennen lernen bekam. Sie richtete sich extra heiß her, schminkte sich verführerisch, zog die hohen Pumps an und rasierte sich die Muschi kahl.

Der Regisseur empfing sie nett und freundlich, war charmant und zuvorkommend und sah auch nicht schlecht aus.

In einem großen Raum war ein riesiges Bockspringbett um das zahlreiche Kameras und Scheinwerfer standen. „Hier auf dieser Spielwiese würdest du im Anschluss an unser Gespräch noch gefickt werden. Um zu sehen wie du so bist und wie du dich vor der Kamera verhältst." erklärte ihr der Regisseur. Dann begann er zu erzählen und erzählen, bis Heike in schroff unterbrach.

„Ich bin nicht hierhergekommen, um zu reden. Ich möchte gefickt werden." „Ok", erwiderte dieser. „Du kannst es wohl nicht erwarten." Schnell rief er nach drei Darstellern. Es wären drei junge knackige Männer. Gepflegt, gutaussehend mit Klasse und Style. Ihr Verhalten Gentleman like. Heike lief das Wasser nicht nur im Mund zusammen. Sie war feucht und stierig und konnte es kaum erwarten von ihnen genagelt zu werden. „Wer darf der nette Herr sein, der dich jetzt glücklich macht? fragte sie der Regisseur. „Heike schaute ihn an:" Ich vögle sie alle drei, zeitgleich und jetzt." „Wie du meinst" erwiderte er ihr. Dann lasst uns loslegen. Film ab."

Sie zogen sich aus und Heike war begeistert von dem was sie sah. Tolle Körper, sauber und gepflegt, jung und trainiert. Auch die Bestückung erfüllte alle Erwartungen. Groß, gerade, dick und rasiert. Heike ließ sich rückwärts aufs Bett fallen und spreizte ihre Beine.

Eine Hand wanderte sofort auf ihre Muschi und sie begann sich ihre Fickspalte zu massieren. Tief bohrte sie ihre Finger in ihr Löchlein und stöhnte dabei laut und lustvoll.

Mit der freien Hand winkte sie ihre zukünftigen Kollegen her und forderte sie auf loszulegen. „Nicht so vorlaut junges Ding" sagte einer der Männer lächelnd. Nicht das du uns dann schlapp machst. Einer kniete zwischen ihren Beinen und spielte mit seinem harten Schwanz an ihrer Fotze herum. Leicht drang er in sie ein und fuhr ihren Schlitz auf und ab. Dann massierte er ihren Kitzler mit seinen Schwanz. Die anderen Beiden knieten auf Kopfhöhe jeweils links und rechts von Heike und streckten ihr die harten Lümmel entgegen. Die Scheinwerfer gingen an und die Kamera begann mit der Aufzeichnung. In diesem Moment stieß ihr der Mann zwischen ihren Beinen seinen Schwanz bis zum Anschlag in die Fotze. „Wow, entwich es Heike. „Du bist aber stürmisch eingefahren." Sie bekam aber nur ein lächeln zurück und der Darsteller begann sie durchzubumsen. Er fickte genau so gut, wie sich sein Schwanz anfühlte, als er in sie einfuhr. Die anderen Beiden begannen sie zu küssen, knapperten an ihren Brustwarzen und massierten ihre Brüste. Wild tauschte Heike mit beiden Zungenküsse aus und begann ihre Schwänze zu bearbeiten. Hat sie mal keine Zunge im Mund, blies sie fleißig abwechselnd die dicken Pimmel. Heike war von Haus aus eine Granate im Bett. Aber diesmal legte sie noch was oben drauf.

Sie bot eine erstklassige Performance und setzte sich perfekt in Szene. Nachdem sie heftig und lange in der Missionar Stellung gefickt wurde, begannen die Männer die Positionen zu wechseln.

Immer wieder war es ein anderer der sie in einer neuen Position rannahm. Sie ritt in allen Variationen auf den harten Stängeln, bekam sie von hinten in die Möse gerammt, wurde zur Seite in die Löffelchen Position gedreht, im Knien und im Stehen genommen. Die Jungs bewiesen richtig Ausdauer und man merkte, dass es professionelle waren. Schon über eine Stunde wurde sie durchgehend gefickt. Anscheinend war erst Schluss, wenn alle drei sie in allen Stellungen genommen hatten. Alle waren von ihr Begeistert und überhäuften sie mit Komplimenten. „Deine Fotze ist traumhaft zu ficken", „Du bewegst dich sexy und professionell." „Der Kamerakontakt ist super." „Du fickst ausnahmslos geil und hast alle Stellungen voll drauf." Alle vier waren sie durchgeschwitzt als es zum Höhepunkt kam. Der erste besamte sie in der Missionar Stellung. Der zweite drehte sie um und besamte sie von hinten. Ihre gefüllte Fotze presste sie auf den noch übrigen Schwanz und ritt ihn her, bis sie merkte, wie die warme Soße in sie hineinge-pumpt wurde. Als der Schwanz abgespritzt hatte und aufhörte in sie hineinzuarbeiten und ihr Sexpartner erschöpft unter ihr lag, stieg Heike von ihm herunter. Ihre „Dose" war randvoll und es floss und tropfte aus ihr nur so heraus.

Entspannte legte sie sich zurück und begann sich die zugesaute Möse sauber zu machen. „Und ?..hab ich den Job" fragte Heike provokant und schmutzig grinsend. „Auf alle Fälle. Du warst Klasse. Ich freu mich schon auf den nächsten Dreh mit dir", rief ihr der Regisseur begeistert entgegen.

Heike glaubte ihr Leben wieder gefunden zu haben. Sie war begehrt bei allen Kollegen und der Regisseur vermittelte sie an zahlreiche Filmprojekte weiter. Alles waren super Arbeitskollegen und jeder machte einen erstklassigen Job. Sie wurde an den schönsten Plätzen der Welt gebumst und reiste viel umher. In etlichen Filmen spielte sie mit und bekam sogar öfters die Hauptrolle. Sie hatte endlich alles was sie wollte. Sie hatte Erfolg, hatte Geld, war Angesehen, wurde respektvoll behandelt, hatte Spaß an der Arbeit und hatte tiefe innere Befriedigung. Sie war total entspannt, ausgeglichen und gut drauf. Sie fühlte sich wie neu geboren. Sie bekam so viel Sex und Orgasmen wie sie wollte. Das Gefühl der Leere und Nutzlosigkeit sowie die Traurigkeit kamen nicht mehr durch. Jeden Tag wurde sie mehrmals von verschiedenen gefickt. Sie wollte es so, aus Angst, dass sich andere Gefühlszustände wieder einschleichen konnten.

Sie wollte dieses Glücksgefühl und diesen inneren Frieden nicht mehr vermissen. Durch diese ständige Befriedigung konnte sie ein entspanntes Leben führen. Frei von Druck und Zwängen. Und ihre Partner waren hübsch und gutaussehend.

Hygienisch und sauber. Kein Vergleich zu dem, für was sie sich in der Vergangenheit schon hergab. Sie hatte schon mit den ekligsten, widerlichsten und ungepflegtesten Geschlechtsverkehr.

Es war phantastisch , nun nur noch von „Prinzen" vernascht zu werden. War der Drang da oder stellte sich das Gefühl ein, sie müsse jetzt gebumst werden, um nicht in ein Loch zu fallen, so waren jetzt immer hübsche Menschen um sie herum, die ihr gerne behilflich waren. Sie musste nicht mehr den nächstbesten nehmen, der sie womöglich auch noch anwiderte, um Befriedigung zu erfahren. So brachte sie die Woche um. In ihr Loch durften alle hinein, die zum Set gehörten oder dafür bezahlten. An den Drehfreien Tagen, ging sie im Bordell oder in den Clubs anschaffen. Oftmals auch beides. Bei dem einem am Tag bei dem anderen am Abend.

Viele ihrer Stammkunden bot sie auch an zu ihr nach Hause zu kommen. Sie war zwischenzeitlich in eine große Wohnung gezogen und hatte sich ein „Arbeitszimmer" eingerichtet. So sparte sie sich die Fahrerei und die Miete für die Zimmer in den Clubs oder Bordellen.

Ihre „Heimarbeit" war vielversprechend. Die Kunden nahmen das Angebot gerne an und empfahlen sie auch fleißig weiter. Viele brachten auch ihre Freunde oder Kollegen mit, wenn sie bei ihr einen Termin hatten.

Oft klingelte es noch spät in der Nacht mit der Nachfrage ob sie noch Zeit für eine Nummer hätte. Jeder, der bei ihr vor der Tür stand und bezahlte durfte sie auch ficken und wurde freundlich hereingebeten. Der Kunde war schließlich König.

Da sie nur auserwählten das Angebot machte, konnte sie auch sicher sein, dass niemand unerwartet vor der Türe stand. Sie arbeitete professionell auf Abruf und Termin.

Sie war eine richtige Schlampe und Pornostar geworden. Nicht nur Regisseure rannten ihr die Tür ein, auch privat wurde das Geschäft immer mehr. Firmen fragten an, ob sie nicht Lust hätte auf „Firmenfeiern" teilzuhaben oder an einer „Weihnachtsfeier" beiwohnen wollte. Natürlich waren das Orgien, Sexparties oder Gang Bang Veranstaltungen der gehobenen Klasse.

Aber sie sagte gerne zu allen ja und war mit vollen Körpereinsatz dabei. Auch als Escort Girl wurde sie gebucht. Sie begleitete Manager und sonstiges wohlhabendes Klientel zum Essen, Meetings, ins Theater oder zu sonstigen Veranstaltungen. Überall dorthin, wo man mit einer jungen Schönheit gerne gesehen werden will. Anschließend ging es noch ins Hotel und sie stellte ihre Spalte zur Verfügung. Viagra war bei den Herren meistens dabei. Sie wollten schließlich auch was haben für ihr Geld.

So wurde sie oft bis zum Morgengrauen heftig durchgefickt, ihre junge Möse erbarmungslos zusammengebumst und mit Wixe gefüllt.

Sie war knapp 23 zu diesen Zeitpunkt und ihr Ruf eilte ihr voraus. Die junge Schlampe wo man für Geld mieten kann und die alles mitmachte was vorher vereinbart wurde. Super sexy, intelligent, witzig, charmant und diskret. Die beste Begleitung für einen Abend. Und die beste Fotze, die man derzeit für Geld kriegen konnte.

Sie wollte nie als Schlampe bezeichnet werden und wehrte sich auch immer gegen diese Bezeichnung. Sie selbst sah sich als Model und Erotik Darstellerin und verkaufte sich auch so ihren Kunden gegenüber. Aber letzten Endes musste sie es sich selbst eingestehen. Sie war eine Schlampe geworden. Eine käufliche Nutte und Hure der Extraklasse.

Eine verdammt teure und exklusive Schlampe. Eine Bitch der Luxusklasse. Im Gegensatz zu Früher, war sie aber nun stolz auf sich. Sie setzte ihre Fähigkeiten und ihr Talent ein, so wie es Juli immer gesagt hatte. Und ihre Aufgabe war es, für Geld die Beine breit zu machen und Filme zu drehen. Es war doch auch irgendwie eine Art der Nächstenliebe was sie betrieb. Jeder verließ sie glücklich, zufrieden und befriedigt. Sie hatte ihre Erfüllung und ihren Platz im Leben gefunden. Genau wie es Juli immer prophezeite. Warum sonst wäre sie so sexy erschaffen worden? Warum sonst hatte sie eine nimmersatte Fotze, von der jeder begeistert ist?

Warum sonst war sie immer geil und konnte stundenlang ficken? Warum sonst, war sie vor der Kamera ein Naturtalent? Warum sonst bezahlten ihr die Männer ein Vermögen, nur um sie zu vögeln? Es hat alles im Leben einen Sinn. Und endlich hatte sie ihren kapiert. Juli wäre sicherlich stolz auf sie gewesen…

Doch das Leben hatte andere Pläne mit ihr und das Schicksal stellte erneut seine Weichen.

Aufgewacht

Heike hatte sich bereit gemacht für den Job. Geduscht, gestylt, geschminkt und in heiße Dessus geworfen, als sie plötzlich bei der Suche nach ihrer Handtasche auf ein altes Fotoalbum stieß. Sie hatte es vor langer Zeit auf Grund quälender Erinnerungen aus der Vergangenheit in die Ecke geschleudert und seitdem nicht mehr beachtet. Nun aber hielt sie es in der Hand und begann es erneut zu öffnen. Diesmal war es aber kein Schmerz, der sich in ihr ausbreitete, sondern es war ein vertrautes Gefühl, so als ab man eine Liebe, oder einen guten Freund nach langer Zeit wieder trifft. Sie setzte sich und starrte Foto für Foto an. Es war sie, zusammen mit Juli und Schnatterrinchen. Glücklich, freundlich lächelnd, Arm in Arm, Händchenhalten, eng Umschlungen in vielen Situationen ihres Lebens. Im Urlaub, beim campen, in der Disco, beim Fernsehabend oder beim geselligen Zusammensein mit anderen Freunden. Unbeschwert, frei und zufrieden wirkten sie auf allen Fotos.

Heike erinnerte sich an jede Geschichte, die mit dem Foto verbunden war. Sie schmunzelte und lächelte, dann kicherte sie laut vor sich hin. Alle diese Erinnerungen waren so nah da, als ob es erst kürzlich gewesen wären.

Sie schloss die Augen und ließ die Bilder, die sie vor sich sah auf sich wirken.

Dabei stand sie auf und drehte sich verträumt im Kreis, fast so als würde sie mit jemanden ein Tänzchen machen. Die Bilder verschwammen immer mehr und wurden für sie zur Realität. Sie fühlte sich mittendrin, als ob es gerade im hier und jetzt passierte. Sie spürte die Sonnenstrahlen, hörte die Vögel singen, spürte die Berührungen auf ihrer Haut und lauschte den Stimmen ihrer Freunde. Dazu schnatterte Schnatterrinchen und sie konnte Julis Nähe förmlich riechen. Alles um sie herum schmeckte nach Juli. Mit einem tiefen Atemzug saugte sie die Luft um sie herum ein. Zum ersten Mal seit langer Zeit, fühlte sie sich wieder lebendig und nahm aktiv an einem Gefühlsgeschehen teil. Ein verschwundener menschlicher Teil an ihr begann wieder zu erwachen.

Als sie ihr ihre verträumte Tanzeinlage beendete und ihre Augen wieder öffnete, stand sie direkt vor ihren riesigen Spiegel und blickte sich an. Wie schon damals erschrak sie, als sie die Person im Spiegel mit sich selbst identifizierte. Mulmige Gefühle und abstoßende Erinnerungen an ihren Absturz von einst kamen hoch. Es war sie und doch war sie es nicht. Die Person im Spiegel hatte überhaupt keine Ähnlichkeit mit der Person aus den Fotoalbum. Beide waren zwar Heike und sahen äußerlich gleich aus doch wirkte sie im Album wie ein emotionales menschliches Wesen und im Spiegel wie eine künstlich geschaffene Figur ohne Regungen. Eine Schaufensterpuppe, die zum Leben erweckt wurde. Nur eine wandelnde Hülle ohne Innenleben.

Heiß wie das Feuer und doch kälter als das Eis. Heike wurde sehr nachdenklich.

Immer wieder blickte sie auf die Fotos und sah ein unbeschwertes junges Mädchen, das ihr Leben in vollen Zügen genoss, an allen Spaß hatte und immer lächelte. Dann im Spiegel, ein emotionsloses Gesicht, welches Spaß und Freunde schon längst vergessen hatte. Heike versuchte sich zu erinnern, wann sie das letzte Mal herzhaft gelacht hatte, wann sie in den Spiegel schaute und mit sich zufrieden war. Wann sie das letzte Mal von jemand in den Arm genommen wurde. Und dabei meinte sie eine zärtliche, liebevolle Umarmung und nicht das umklammern ihrer Arschbacken, wenn sie von hinten genommen wurde oder beim Reiten nach unten auf den Schwanz gepresst wurde. Wann führte sie das letzte Mal ein vernünftiges Gespräch? Wem hatte sie sich anvertraut bei Kummer, Sorgen, Ängsten? War überhaupt jemand in ihren Leben, der sich für sie interessierte? Hatte jemand Interesse an Heike dem Menschen? Oder wollten sie alle nur Heike den Körper und Heike die Nutte? Wann war sie das letzte Mal aus gegangen? Ins Kino, Essen mit Freunden oder sonst irgendeiner Freizeitaktivität nachgegangen? Hatte sie überhaupt Freunde? Oder bestand ihr Umfeld aus Freier und Arbeitskollegen? Wann war sie das letzte Mal außer Haus gegangen, um sich was Gutes zu tun? Ein Tag am See in der Sonne oder ein Besuch im Zoo oder der Eisdiele.

Wann hatte das letzte Mal überhaupt jemand nach ihr gefragt? Wüssten die Leute überhaupt, dass sie existierte?

Oder war sie einfach nur schön anzusehen und käuflich? Wann hatte sie zum letzten Mal das Gefühl gespürt, dass sie eben bei geschlossenen Augen hatte? Diese Lebenskraft und positive Energie die sie durchflutete. Wann hatte sie mit jemanden gekuschelt und Küsse ausgetauscht?

Und zwar aus Leidenschaft heraus, aus einem tiefen Gefühl des Verlangens heraus und nicht, weil sie dafür bezahlt wurde oder es im Drehbuch stand oder der erschöpfte Freier vor lauter bumsen nicht mehr aus dem Bett kam und erschöpft neben ihr lag. Wann hatte sie das letzte Mal den Drang oder das Gefühl gehabt, jemanden sagen zu müssen: „Schön das es dich gibt", „Danke für deine Freundschaft", „Ich hab dich lieb" oder gar „Ich liebe dich." Ganz abgesehen davon, wann sie solche wohltuenden Worte zuletzt gehört hatte.

So lange und intensiv sie auch darüber nachdachte, das Ergebnis war dasselbe. Es war nichts mehr von alledem in ihren Leben, seit dem Juli tot war. Nicht nur Juli war gestorben, sondern auch sie. Wenn auch nicht körperlich, aber seelisch, psychisch und moralisch. Ihr Gefühlsleben lag mit Juli metertief unter der Erde begraben und war genauso zertrümmert wie Julis Körper. Sie war ein lebender Toter.

Früher liebte sie das Leben und den Sex. Er gehörte für sie einfach zum Leben dazu. Wie essen und trinken und atmen.

Jetzt aber hatte sie kein Leben mehr. Sie hatte nur noch den Sex. Der eine Ersatzdroge darstellte für ein Leben, mit dem sie nicht mehr klar kam, seitdem Juli gestorben war. Damals vögelte sie aus Neugierde, am Spaß und aus Leidenschaft oder auch weil sie etwas verliebt war. Es gab viele Gründe, doch alle waren sie mit Gefühlen verbunden. Jetzt spürte sie nicht mal mehr beim Sex was. Natürlich bemerkte sie die zahlreichen erregten Glieder, die jeden Tag in sie einfuhren aber eben nichts emotionales mehr. Sie tat einfach ihren Job oder das wozu sie bezahlt wurde, ohne darüber nachzudenken oder zu fühlen. Sie war wie eine Maschine, die am Fließband in Perfektion arbeitete. Das einzige was Gefühle in ihr weckte, war der Geschlechtsverkehr und der Orgasmus. Dies war der Ausgleich zu all den anderen verdrängten Gefühlen. Dies war der kurze Moment, in dem es ihr gut ging und von dem Erlebnis sie eine zeitlang zerren konnte. Aber die Abstände, in denen es anhielt wurden immer geringer. Ihr Lebensinhalt war abhängig von sexueller Befriedung und Verlangen geworden.

„Ich will das aber alles nicht" tobte sie plötzlich los. Ihre Stimme wirkte weinerlich und ängstlich. „Ich habe auch ein Recht darauf geliebt zu werden! Und ich will mich endlich wieder spüren! Ich habe auch ein Herz" schrie sie die Person im Spiegel an.

Und sah dann zu wie sie sich jämmerlich zusammen-kauerte und in ein Kissen weinte. Heike war bewusst geworden, was sie verloren hatte. Ihr Herz, ihre Wärme, ihre Gefühle und ihre Liebe.

Ihre Liebe. Die Liebe, von der Juli ihr immer so vorschwärmte. Von dem schönsten und stärksten Gefühl auf Erden. „Es gibt so viele Arten von Liebe und alle sind sie doch letztendlich dieselbe Energie. Die Liebe für die Natur, die Liebe zu einem Freund, die Liebe zu den Eltern und Geschwistern, die Liebe zu den Tieren, die Liebe zwischen uns und die wahre Liebe für den Menschen, mit dem man den Rest seines Lebens verbringen möchte. Die Liebe merkt man immer, wenn man sie in sich trägt und besonders dann, wenn der Partner vor dir steht, der für dich bestimmt ist. Wenn aus zwei Wegen einer wird und zwei verschiedene Herzen plötzlich wie eins schlagen.“

Heike konnte mit Julis Weisheiten über die Liebe nichts anfangen und spottete immer zurück. „ Zwei Herzen…bla..bla..bla…mach lieber aus einen Schwanz zwei. Bei einem Herz bin ich noch nie gekommen.“ Das war ihr alles viel zu so viel Sentimental. Damit hatte sie nichts am Hut.

Jetzt war aber der Moment der Erkenntnis gekommen. Juli hatte mit allen über die Liebe recht. Leider merkte sie es aber erst jetzt, wo sie weg war. Nichts ist selbstverständlich vorhanden. Diese schmerzliche Erfahrung musste Heike jetzt machen.

Es war für Heike wie ein Aufwachen. Als ob sich ein steinerner Panzer um ihr Herz löst, langsam abbröckelt und die darunter begrabene Liebe wieder die Welt erblickt.

Sie musste was ändern und würde sofort damit anfangen. Für die nächsten zwei Wochen, sagte sie alle Termine ab und nahm sich fest vor, in dieser Zeit auszugehen um jemanden kennen zu lernen. Sie wollte einen Partner an ihrer Seite haben, einen festen Freund, einen Fels in der Brandung der zu ihr steht. Sie beschützt und auffängt, sie stützt und wieder aufrichtet. Der mit ihr lacht und weint und durch dick und dünn geht. Ein neuer Lebensabschnitt sollte beginnen.

An Dates mangelte es ihr nicht. Sie bekam zahlreiche Einladungen und hatte etliche romantische Rendezvous. Sie lernte viele interessante und nette Menschen kennen, aber leider war bei keinem das gewisse Gefühl dabei, auf das sie so sehr hoffte. Es waren nette Abende und man blieb in Kontakt. Tiefe Freundschaft oder gar Liebe wurde es nicht. Das hatte wohl auch immer mit Heikes Antwort zu tun, auf die Frage, was sie beruflich machte. Heike wollte ehrlich sein und spielte mit offenen Karten: „Ich gehe Anschaffen und drehe Pornofilme." Diese Aussage bedeutete meistens dann auch das aus für ihr Date. Keiner hatte Interesse, sich öffentlich mit einer Nutte zu zeigen und sie als seine Freundin zu outen.

War doch die Wahrscheinlichkeit sehr groß, das seine Freundin schon von vielen anderen vor ihm gevögelt worden war. Und er nicht mal wusste wer es war. Ihn nur die Leute dreckig auf offener Straße angrinsten und auf ihn zeigen würden. Nein, das ließ kein Männerstolz zu. Eine Beziehung unter diesen Umständen ging gar nicht.

Großes Interesse bestand aber dafür, Heike ins Bett zu bekommen. Eine Pornoschlampe und Nutte wollte jeder gerne ficken. Und Heike erfüllte ihnen alle ihre Wünsche. Gewohnte Muster legt man eben schwer ab.

Viele wollten mit ihr in Kontakt bleiben und besuchten sie auch regelmäßig. Es endete aber immer gleich enttäuschend. Sie kamen nur um sie durchzubumsen und waren dann schnell wieder verschwunden. Kein Gespräch oder ein „wie geht's dir?". Nur ein kurzer smal talk, ein „ich hab wenig Zeit" und ein „wollen wir kurz ins Schlafzimmer gehen".

Heike brauchte immer etwas länger, bis sie die Wahrheit durchschaute, beendete dann aber diese „Freundschaften".

Es gab aber auch andere, die bereit waren, es mit ihr und ihren Job zu probieren. Nach der ersten großen Freude darüber, stellte sich aber auch hier die Enttäuschung ein.

Heike nahm ihre Lebenspartner überall mit hin und am Anfang machte es ihren Freund, wohl auch unter Einfluss des ausgeschütteten Testosterons und der neuen Situation schon Freude, zu sehen wie ihre Freundin von anderen geschleckt und gevögelt wurde oder wie sich mit einer anderen Frau vergnügte. Nach kurzer Zeit aber wurde es ihnen zu viel. Oft verliesen sie während den Dreharbeiten das Set und meldeten sich nicht wieder.

Durchgeschwitzt, durchgebumst, vollgespritzt, nach Sperma stinkend und die Wixe der Drehkollegen aus der Ritze tropfend schaute sie sich traurig suchend nach ihren Freund nach Drehschluss um. Doch da war niemand mehr. Mit viel Glück noch eine Nachricht auf den Handy: „Sorry Babe, geht doch nicht."

Ähnlich war es in den Clubs. Nachdem sie wieder aus dem Zimmer kam und ihre Dienste am Kunden verrichtet hatte, war niemand mehr da. Kolleginnen sagten ihr, er habe noch kurz an der Tür gelauscht und sei dann wortlos gegangen. Wieder blieb die frisch geknallte Nutte einsam und allein zurück. Heike hätte alles für ihren Freund gemacht. Er hätte sie jederzeit im Club her nageln können. Davor oder nach dem Freier oder mit dem Kunden zusammen. Sie wäre für alles offen gewesen.

Besonders schlimm war es, wenn sie von zu Hause aus „arbeitete" und auch ihr Freund zu Hause war.

Er musste mitansehen, wie teilweise sehr eklig wirkende Typen mit seiner Freundin im Zimmer verschwanden und das laute heraustönende Gestöhne und Geschrei erahnen ließ, wie sie gerade gefickt wurde. Grinsend und achtlos gingen sie an ihm vorbei und verliesen die Wohnung, während Heike, die benutzten Gummis wegräumte, das Bett frisch überzog oder sich die vollgesamte Fotze noch auswischte. „Willst du auch drüber Schatz?" fragte sie ihn liebevoll. „gleich oder soll ich erst duschen? Wir haben jetzt ca. zwei Stunden für uns, dann kommt noch mal ein Kunde. Ich kann auch alternativ was kochen, oder wir kuscheln einfach nur. Was immer du willst mein Schatz."

Eine Antwort bekam sie meistens nie. Viele gingen einfach wortlos oder machten eine Szene oder waren schon verschwunden als sie fertig war. Wieder stand sie als einsame Nutte da. Gefickt, besamt und stehen gelassen. Benutzt, weggeworfen und vergessen.

Frustration, leere und Traurigkeit breiteten sich erneut aus. Ihr neu entdecktes Herz, das so sehr nach Liebe und Geborgenheit, Wärme und Nähe verlangte, drohte sich wieder in einen Eisklumpen zu verwandeln. Sie zog sich immer mehr zurück, verzweifelte an sich selbst und zog Suizidgedanken in Erwägung. Nach all der Zurückweisung wäre sie sogar jetzt dazu bereit gewesen, in Ihren Job deutlich kürzer zu treten, obwohl sie gar nicht wusste, ob sie diesen Sexentzug durchhalten würde.

Sie würde alles geben, um endlich Anerkennung und Liebe zu erfahren. Immer mehr stürzte Heike ab und brach in sich zusammen.

Sie lag nur noch im Bett, betrank sich, rauchte eine nach der anderen, schaute Pornos und Liebesfilme, masturbierte mehrmals und ritzte sich selbst mit einem Messer auf, um sich für ihr Versagen im Leben und ihrer Unfähigkeit jemanden zu Lieben zu bestrafen.

Den Tiefpunkt, der ihr aber zugleich noch mal neuen Aufschwung gab erfuhr sie, als die neuen Nachbarn sich vorstellten. Ein Bildhübsches junges Paar stand frisch verliebt und eng umschlungen mit einem kleinen Hund, der sie sofort an Schnatterrinchen erinnerte vor ihrer Tür. Sie blickte auf das was sie immer wollte und der Hund brachte alle Erinnerungen, die sie in sich wieder verdrängen wollte erneut hervor. Das Pärchen war so uneingenommen und trat ihr offen und freundlich gegenüber. Sie luden sie sogar zu sich ein und Heike hatte nach langer Zeit endlich mal wieder einen Abend, wo sie sich wertgeschätzt fühlte. Als sie zuhause war legte sie sich in die Badewanne und ihr Kopf begann erneut zu rattern. Sie brauchte dringend Hilfe. Sie brauchte Beistand in irgendeiner Form. Da erinnerte sie sich wieder an ein Gebets Gedicht von Juli, dass sie ihr immer sagte, wenn die Lage wieder aussichtslos schien.

„Wenn das Leben dich erdrückt und Not und Laster dich erstickt, wende dich an Gott den Herrn, er wird dir neue Kraft gewähren. Er führt auch in der schlimmsten Zeit hindurch bis in die Herrlichkeit."

„Gott" spottete Heike vor sich hin. „Wo war er als dich der LKW überfahren hat? Ich habe es dir immer gesagt. Ich glaube nur an das, was ich auch ficken kann!"

Andererseits hate Juli in vielen Fällen schon recht behalten. Und sie kam sich gerade vom Leben richtig gefickt vor. Sollte sie sich etwa doch mal auf ein Gespräch mir Gott oder einem seiner irdischen Vertreter einlassen?

Die Hure und der Priester.

Ein Dialog mit Gott.

Sie hatte alles Mögliche irdische probiert, um sich und ihr verhalten in den Griff zu bekommen. Sich selbst wieder zu finden. Heike beschloss also, Julis Ratschläge umzusetzen und das Gespräch mit Gott zu suchen um von ihm, Hilfe, Gnade und Erbarmen zu erlangen, wie es Juli immer gesagt hatte. Sie hatte ja eh nichts mehr zu verlieren. "Dann Versuch ich halt mal mit dem Gespenst in den Wolken zu sprechen" dachte sie sich und machte sich fertig, um los zu fahren. In die großen Kirchen in der Stadt wollte sie nicht. Da saßen bestimmt nur ein Haufen alter Leute, die vor sich hin jammerten oder beteten. Dieses heuchlerische, verlogene falsche Volk, wie Heike sie gerne bezeichnete, wollte sie nicht um sich haben. Ihre musternden Blicke und die in den Köpfen der Leute entstehenden Vorurteile gegen sie, wollte sie sich ersparen. Sie kannte nur allzu viele, die in der Kirche saßen und auf Heilig machten. Es waren dieselben, die nach der Messe dann zu ihr fuhren und sie gegen Bares vögelten. Daheim kochte derweil die Frau das Mittagessen und versorgte die Kinder. Andersrum war es nicht anders.

Sie kannte viele, die ihre Ehemänner regelmäßig betrogen und die Plätze für Affären und schnelle Nummern waren Heike ja bestens bekannt. Meistens waren es dieselben Gesichter, do man dort antraf. Menschen, zutiefst frustriert von ihren Leben und Partnerschaft oder angetrieben von dem Reiz auf was „Neues".

Sie hatte niemanden den sie betrog oder verletzte. Aber sie war in den Augen der anderen die Hure. Das billige Flittchen, dem böse Worte und Blicke galten. Aber die anderen waren ja die braven heiligen. Diese Falschheit und Verlogengenheit kotzte sie an. Auch wollte sie keine Menschen um sich haben. Sie wollte alleine sein, wenn sie versuchte, das Gespräch mit Gott zu suchen. Bei Juli sah das immer so einfach aus. Andächtig kniete sie oder faltete sitzend oder liegend im Bett die Hände, schloss ihre Augen und redete, mal laut, mal leise, oder nur in Gedanken zu Gott. Heike hatte sie oft dabei beobachtet. Konnte sich aber nie dazu überreden, mitzubeten, obwohl Juli, sie jedes Mal dazu eingeladen hatte. Für Juli war es das erste und das letzte, was sie jeden Tag machte.

Das Morgen und das Nachtgebet. "Man muss Gott jeden Tag aufs Neue für alles Danken. Für seinen Schutz, Beistand und Führung durch den Tag" sagte Juli immer. Heike bewunderte sie teilweise dafür.

Eben noch liesen sie sich von fremden Männern bumsen und besamen, oder feierten eine Orgie in der Clique, wo jeder seinen Schwanz in die Fotze rein rammte, die er nur kriegen konnte und wenig später dann, lag sie unschuldig und friedlich, wie ein Engel wirkend im Bett und betete.

Heike war ebenfalls christlich erzogen und aufgewachsen. Religionsunterricht in der Schule, die Pflichtbesuche am Sonntag in der Kirche, weil es die Oma befahl und natürlich die nervigen Pflichtfeste Kommunion und Firmung. Es war halt so. Es gab Gott und deshalb ist das alles so. Niemand erzählte ihr aber jemals wirklich was über Gott oder ging auf ihre Fragen ein, die sie über Gott hatte. So ergab es sich halt, das ihr Interesse an Gott verschwand.

Sie lebte ihr leben auch ganz gut ohne ihn und wenn sie all das Chaos auf der Welt so sah, oder ihre eigene Situation so betrachtete, so fragte sie sich oft" Wo bist du? Und warum lässt du das alles zu? Gibt es dich überhaupt? Oder hast du Freude daran, Menschen leiden zu sehen?" Nein, in dieser kranken Welt, konnte es keinen liebenden Gott geben. Dessen war sich Heike für sich sicher. Umso mehr bewunderte sie Juli für ihre Hingabe und ihren Glauben an Gott. Doch dann kam die Wut wieder in ihr hoch. Warum war Juli dann gestorben? Wo war ihr Gott, den sie jeden Tag anbettelte, als der LKW ihren Körper zermalmte. Warum lebe ich? Ich, die nicht an dich glaubt.

Dich vielleicht sogar für das was du tust und nicht tust verachtet. Warum war ich nicht an der Stelle von Juli.

Juli hatte Pläne, Träume, Ziele. Alles hast du ihr genommen. Und ich, die ich nur so vor mich hinlebe, lässt du hier. Ihre Gedanken machten sie rasend. Sie musste jetzt in eine Kirche. Und wenn sie es jetzt nur für Juli tat.

Sie betrat zu Julis Lebzeiten keine Kirche mit ihr, obwohl sie Juli oft dazu aufgefordert hatte.

Sie schöpfte so viel Kraft aus dem Gebet und immer, wenn sie besonders viel Beistand brauchte, bat sie in einer Kirche darum. Einem Haus Gottes auf Erden wie es heißt. Oft hatte sie Juli auch aufgefordert, dasselbe für sich mal zu versuchen. Doch Heike blockte immer ab und belächelte sie dafür. Doch nun war der Moment gekommen, indem Heike diese Option wahrnahm. Sie hatte sonst keine mehr und das wusste sie. Es war ein letzter Strohhalm, an den sie sich nun klammerte. Die letzte Hoffnung sich wieder zu finden, um Kraft zu schöpfen und weiter zu machen. Zwischen all den Gedanken, die in ihren Kopf kreisten, war ihr aber auch die kleine Waldkirche, ein paar Ortschaften weiter eingefallen. Ein ruhiger, friedlicher Platz. Dort wollte sie hin. Die Einsamkeit, den Frieden und die Stille in sich aufnehmen. In sich gehen und hoffen, Fragen auf ihre Antworten zu bekommen. Es war zwischenzeitlich später Nachmittag geworden und die Sonne ging langsam unter.

„Jetzt aber los" dachte sie sich. "sonst sitz ich noch in der Dunkelheit im Wald." Schnell schlüpfte sie in die nächsten Klamotten, die sie zum Greifen bekam. Sie war mittlerweile so am Ende, das sie nicht mal mehr in der Lage war aufzuräumen. Alles war kreuz und quer verteilt in der Wohnung . Auf den Boden, auf den Tisch, über den Stühlen.

Endlich fand sie eine Jeans, stülpte sich ein Hemd über und schlüpfte in ihre High Heels.

Ihre Haare waren wild zerzaust und sie wirkte, als ob sie nächtelang durchgemacht hatte. Aber selbst das war ihr egal. Sie hatte keine Lust sich zu kämmen oder großartig zu stylen. Schnell klatschte sie sich noch etwas Schminke ins Gesicht und machte los.

Die Autofahrt dauerte nicht lange. Sie kannte die kleine Kirche ja. Oder besser gesagt, den kleinen Parkplatz im Wald. Die Kirche war von dort aus nur zu Fuß erreichbar. In der Kirche war sie noch nie. Aber der Parkplatz war ihr bestens bekannt. Schon oft wurde sie dort gefickt. Ein idealer Platz, um sich mit ihren Freiern auf eine schnelle Nummer zu treffen. Auch war der Parkplatz bekannt für Parkplatzsex. An gewissen Tagen traf man sich dort einfach und konnte für Geld oder bei Sympathie ein schnelles Abenteuer erleben. Heute war Gott sei Dank, nicht so ein Treffpunkttag und sie dürfte ungestört parken können, ohne damit rechnen zu müssen, das sie jemand als Sexabenteuer sehen könnte.

Während der Fahrt murmelte sie vor sich hin: "was mache ich hier bloß? Ich kann nicht glauben, dass ich in eine Kirche fahre und bete und dann tatsächlich davon ausgehe, dass sich mein Leben, wie durch ein Wunder ändert. Welchen Schwachsinn veranstalte ich hier eigentlich? Zeitverschwendung! Aber zumindest, kann ich dem Kerl am Kreuz mal meine Meinung sagen.

Er soll mir helfen oder mich am Arsch lecken."

Durch ihre Ansprache mit sich selbst verging die Zeit ruck zuck und ehe sie sich versah, war sie schon am Parkplatz. " Keiner da. Weit und breit niemand zu sehen. Sehr schön" dachte sie sich. " dann werd ich mich mal durch den Waldweg kämpfen. Vielleicht wären Turnschuhe oder Wanderschuhe die bessere Wahl gewesen für diesen Weg, als die High heels." Und sie sollte recht haben.

Mit ihren hohen Stöckelschuhen, stolperte und purzelte sie mehr den Weg hoch, anstatt ihn zu gehen. Dementsprechend war auch ihre Laune, als sie endlich oben ankam. Im Abendlicht funkelte die kleine Kirche mysteriös und es war ein wunderschöner Anblick. Den Heike in ihrer Wut aber nicht wahrnahm. "Wo ist denn dieser blöde Eingang" wetterte sie vor sich hin und war erleichtert, als sie die massive Holztür erblickte. Zielgerichtet stürmte sie drauf zu und wollte sie öffnen. Doch die Tür bewegte sich keinen Millimeter. „Auch das noch! „Schrie sie wutent-brannt. "Jetzt ist dieses blöde Ding auch noch zu.

Das kann jetzt echt nicht wahr sein!" Heike konnte es nicht glauben und stemmte sich mit voller Kraft und Aggression gegen die Tür. „Abgeschlossen" knurrte sie. „Du willst mich wohl echt verarschen" schimpfte sie zum Himmel hoch. „Ich will da jetzt rein" brüllte sie und verlor zunehmend die Beherrschung. Sie nahm Anlauf und trat mit voller Wucht gegen die Tür.

"Aua! Verdammt! „schrie sie vor Schmerzen auf, sank auf den Boden zusammen und hielt ihren Fuß. "Tut das weh...tut das weh..." jammerte sie vor sich hin und die ersten Tränen kullerten ihr über die Wange.

Es waren aber nicht nur die Schmerzen, die sie gerade hatte, sondern auch dieses Gefühl der Hoffnungslosigkeit, des Versagens, des einfach nichts zu sein. Während sie am Boden kauernd nach einem Tempo in ihren Taschen suchte, um ihre Tränen zu trocknen, traute sie ihren Augen nicht. Vor ihr öffnete sich langsam, quietschend die Tür einen kleinen Spalt. Der Tritt musste wohl doch Wirkung gezeigt haben.

"Womöglich klemmte das verrostete Schloss" dachte sich Heike und hatte keine andere Erklärung dafür. Es war ihr auch egal. Sie hatte ihr Ziel erreicht und ihren Dickkopf durchgesetzt. Die Tür war offen.

Heike rappelte sich hoch und humpelte zum Eingang.

Vorsichtig und langsam öffnete sie die Tür. Es war dunkel in der Kirche. Es sah aus, als ob niemand da war, bzw. schon länger keiner mehr da gewesen war. Eigentlich total verlassen. Da wanderte ihr Blick auf die linke Seite des Raumes. An der Wand hang ein großes Christus Kreuz. Darunter ein Meer aus weißen und roten Rosen, bunten Tulpen und noch anderen Blumenzeug, welches sie nicht kannte.

Alle schön in kleinen bunten Vasen aufgestellt.

Dazwischen und davor Gläser mit brennenden Kerzen. Ein hell erleuchteter Platz in der sonst so dunkel wirkenden Kirche. "Es musste also jemand da gewesen sein. Und das muss heute gewesen sein", dachte sich Heike, als sie die kaum abgebrannten Kerzen betrachtete. "Hallo" grölte sie mehrmals laut. "Ist jemand da?" Aber es herrschte nur Stille. "Egal „dachte sie sich. "Ich bin eh froh, wenn ich alleine bin. Einen Paffen oder so, bräuchte ich jetzt wirklich nicht um mich." Bedächtig näherte sich der Andachtsstelle. Neben den Blumen und Kerzen lagen kleine Kissen auf den Boden, auf die man sich setzen oder knien konnte. Daneben stand noch ein Buch, in das man Wünsche und Bitten oder auch Danksagungen an Gott einschreiben konnte. Heike las einige Texte durch. Es waren teils schwierige Situationen und aussichtslose Wege, welche in den Texten geschildert wurden. Sichtlich gerührt griff sie zu dem Stift, der neben dem Buch lag und blätterte auf eine freie Seite.

Sie wollte zum Schreiben ansetzen, doch sie wusste nicht was sie auf das Papier bringen wollte. Starr blickte sie auf die leere Seite. Egal an was sie dachte, egal in welche Situationen sie sich hineinversetzte, sie fand nichts positives. Ihr ganzes Leben erschien ihr aussichtslos. Sie steckte in einer Sackgasse. Festgefahren in einer aussichtslosen, frustrierten Lebenssituation.

Ihr wurde bewusst, das sich nicht einzelne Bereiche ändern mussten, sondern ihr ganzes Leben einen Sinn und eine Neuausrichtung brauchte. Dann setzte sie den Stift an.

Mit großen Buchstaben schrieb sie zittern "Hilfe" "Bitte, bitte hilf mir endlich." Dabei schrieb sie so groß, dass ihre paar Worte, die ganze Seite ausfüllten. Dann ging sie zum Christuskreuz und kniete sich auf eines der Kissen direkt vor ihm nieder. Umgeben war sie von Blumen und Lichtern. Irgendwie hatte diese Situation schon etwas magisches oder mystisches an sich. Noch respektvoll musterte sie die lebensgroße Jesus Figur am Kreuz, die vor ihr in etwa einen Meter Höhe an der Wand hing. So verharrte sie minutenlang und starrte ihn an. Ihr Kopf war leer gewesen. Doch allmählich begann das Gedankenkarusell sich wieder zu drehen. Eben noch eingebettet in einer mystischen Situation, oder einen mystischen kleinen sicheren Ort, fernab von allen anderen Dingen, erwachte sie doch zunehmend in der Realität wieder.

Sie kniete vor einer Holzpuppe, die an einem Kreuz hing, zwischen Blumen und Kerzen. "Wie affig" dachte sie. "Hätten sie ja auch gleich Pinoco festnageln können. Holzfigur ist Holzfigur. Dann hätt ich den jetzt zutexten können. Pinocio hätte sich auch sicher besser gemacht.

Der sähe wenigstens lustig aus. Das Elend, das hier oben hängt, hat ja gar nichts ansprechendes oder Rettung erwartendes." Dann wurde Heikes Laune deutlich schlechter und sie begann zu der Christusfigur zu sprechen. Am Anfang noch leise und gefasst, dann zunehmend lauter und ausfallender. „Wie willst du nur jemanden helfen können? Du siehst aus als ob es dir noch dreckiger geht wie mir. Kommst wohl mit deinen eigenen Problemen nicht klar, oder? Weißt du eigentlich, dass du der erste bist, vor dem ich kniee und nicht seinen Pimmel im Mund habe? Und ich mir sicher sein kann, dass du mir nicht in die Fresse wixt oder versuchst mir die eklige Wixe in den Rachen zu spritzen. Denkst du das alles ist schön was ich mache? Aber ich kann nicht anders. Ich fühle mich nicht mehr. Ich fühle gar nichts mehr außer Wut und Schmerz. Und du lässt all das zu. Siehst zu wie ich abstürze und vor die Hunde gehe.

Hast zugesehen wie Juli zermalmt wurde, obwohl sie dich jeden Tag anhimmelte. Hast zugelassen das Schnatterrinchen ins Tierheim kam. Du siehst immer nur zu und tust nichts.

Diese abgekotzte, verfickte Welt geht den Bach runter und du tust nichts. Hier bin ich vor dir und bettle um Hilfe. Und du tust wieder nichts. Kein Zeichen, keine Eingebung, kein nichts kommt von dir. Bist Du nicht fähig dazu, weil Du nur da oben rum hängst? Ich hätte es wissen müssen. Du warst nicht mal fähig dir selbst zu helfen.

Wie willst Du dann anderen helfen? Du menschliche Einbildung du." Zunehmend verlor Heike die Kontrolle. Immer lauter und wilder beschimpfte sie die Jesusfigur, bis sie völlig die Beherrschung über sich verlor. "Wo bist du?" brüllte sie so laut, dass ihre Kehle bereits schmerzte. Zeig dich mir endlich. Sprich mit mir. Beantworte meine Fragen. Warum lässt du das alles zu? Du Drecksack, wo bist du?"

Tobend und rasend vor Enttäuschung und Wut, griff sie zu einer der brennenden Kerzen in den Gläsern und schmiss sie mit voller Wucht gegen die Christusfigur. Das Glas zersprang in etliche kleine Scherben, welche vor ihr auf den Boden fielen. Das noch heiße Wachs verlief auf der Figur und tropfte auf den Boden herab. In dem Moment realisierte sie, was sie getan hatte. Entsetzt ries sie ihre Hände vors Gesicht, Augen und Mund vor Schrecken noch weit geöffnet. Sie war eindeutig zu weit gegangen. Noch ehe sie sich wieder sammeln konnte, hörte sie eine ruhige, etwas verschlafene Stimme hinter sich.

" Ich bin doch schon da mein Kind. Und deine Fragen beantworte ich dir auch gerne. Ist doch kein Grund hier so zu schreien.

Und das D- Wort hätte es nun wirklich nicht gebraucht. Etwas mehr Contenance bitte junges Fräulein. Ich habe gerade so gut, tief und fest geschlafen, bevor du mich hier aus dem Bett gebrüllt hast."

Heike fuhr herum, in die Richtung, aus der sie die Stimme vernahm. Tatsächlich stand im Türrahmen zur Sakristei eine Gestalt und schaute sie verschlafen an. Es war ein kleiner, älterer Herr mit riesigen Bauch und kurzen Füßen. Gekleidet in einer typischen schwarzen Priesterrobe. Er hatte einen dicken, weißen Schnauzbart, der links und rechts die Mundwinkel, bis zum Kinn herunter ging. Den leichten Haarkranz, den er nur noch hatte, bestand ebenfalls aus schneeweißen, längeren Haaren, die ziemlich zerzaust aussahen. Unter seinen Kopf wölbte sich ein dickes Doppelkinn hervor. Zudem trug er eine Brille, mit dicken Gläsern, die er gerade versuchte, zurecht zu rücken, um Heike überhaupt zu erkennen. Heike schaute ihn geschockt an. Das ein Pfarrer anwesend war, damit hatte sie nicht gerechnet. "Es tut mir leid" stammelte sie heraus. „Ich mach alles wieder sauber. Es tut mir wirklich leid. Ich wollte das nicht." Dabei versuchte sie die Scherben mit der Hand einzusammeln und kroch auf allen vieren auf den Boden herum. " Und...und...ich meinte mit Drecksack nicht sie, sondern Ihn" und zeigte dabei auf das Kreuz. "Ist doch alles gut mein Kind" sagte die liebevolle, ruhige Stimme und der Mann setzte sich in Bewegung Richtung Heike.

Schnaufend und keuchend watschelte er auf Heike zu. Dabei wippte sein Oberkörper bei jeden Schritt nach links und rechts im Takt mit. Das ganze erinnerte sie an einen übergewichtigen Pinguin, der sich tollpatschig auf einer Eisfläche bewegte.

Heike hatte wirklich bedenken, ob die kleine runde Gestalt, die sich keuchend im Schneckentempo auf sie zubewegte, es überhaupt bis zu ihr schaffen würde. Der Anblick war einfach zu komisch und sie konnte sich ein kichern nicht mehr zurück halten.

Innerlich stand sie kurz davor, vor Lachen zu platzen. Ernster wurde es, als der Priester es endlich geschafft hatte bei ihr anzukommen und sichtlich erschöpft von den Strapazen, des doch eigentlich kurzen Weges, schwer atmend vor ihr stand.

Heike, die immer noch auf den Boden im Vierfüßler Stand war, blickte ihn erwartungsvoll mit großen Augen an. Sie konnte die jetzige Situation in keiner Weise einschätzen und war voller Erwartung was nun folgen sollte. Der ihr gegenüberstehende ältere Herr war noch kleiner, als es von der ferne den Anschein hatte und sein Bauchumfang war wohl mehr als seine Körpergröße. Und trotzdem hatte er etwas sehr respektgebietendes an sich. Seine Ausstrahlung und seine Aura liesen ihn groß wirken. Er vermittelte eine gewaltige Stärke. So etwas kraftvolles hatte sie noch von keiner anderen Person wahrgenommen.

Er hatte etwas faszinierendes, geheimnisvollen an sich und Heikes Gefühl gab ihr zu verstehen, dass es richtig war, gerade in der Position zu sein, wo sie sich befand und kleiner war als er. Nun wollte sie sich aber Entschuldigen und ihren Ausrutscher bereinigen.

"Es tut mir leid, das mit der Kerze und dem Glas. Und auch das was ich gesagt habe" seufzte sie demütig heraus. "Ach, mein Kind" erwiderte ihr der Priester und winkte dabei mit einer Handbewegung ab, als ob das alles gar kein Problem gewesen wäre. " Er hat die Kreuzigung überstanden, da wird er sicherlich auch deine Wachsattacke überstehen." Dabei verneigte er sich ehrfürchtig vor der Christus-figur. "Und auch das du ihn beschimpft hast ist nicht schlimm. Das äußern von Aggression ihm gegen-über ist ja auch eine Art von Zuwendung. Genau so, wie das Klagen und Bitten und das Gebet.

Auch wenn du ihn nur beschimpfst, so sprichst du ihn doch an. Und das wiederum bedeutet, dass du doch ganz tief im inneren an ihn glaubst und die Sehnsucht vorhanden ist, ihn zu suchen. Schlimmer wäre es, wenn du ganz fern von ihm wärst und ihm jegliche Existenz absprechen würdest. Und ja, es ist auch oft schwer ihn zu verstehen und seine Hand-lungen nachzuvollziehen. So dass das verzweifelnde schimpfen, oft der letzte Weg der Kommunikation mit ihm ist. Aber er verzeiht alles. Seine alles ver-zeihende Liebe übersteigt bei weiten unser denken.

Er ist wie ein fürsorglicher, liebender Vater, der nur das Beste für seine Tochter will und dabei auch oft Entscheidung trifft, die in der jetzigen Lebenssituation für die Tochter nicht nachzuvollziehen sind und als verständnislos angesehen werden.

Erst viel später kommt dann die Einsicht, dass das Verhalten des Vaters damals rein aus Liebe und Fürsorge geschah und alles seinen Sinn hatte." Die Worte berührten Heike sichtlich und als sie in seine Augen schaute, spürte sie, wie sie in ihr wirkten und zum Nachdenken anregten. In seinen hellblauen Augen spiegelten sich so viele Gefühle wieder. Je länger man in sie schaute, umso mehr hatte man das Gefühl, wie durch ein Fenster in eine andere Welt zu blicken. Er hatte diese Vater Augen. Ein Blick voller Wärme, Liebe und Geborgenheit. Voller Gute und Weisheit. Voller Vertrauen und Zuwendung. Oftmals hätte sie sich gewünscht, das ihr Vater sie so angeschaut hätte.

Ein Blick, der sagt, du bist wer, ich bin stolz auf dich und egal was du tust, ich liebe dich und weiche nicht von deiner Seite, denn du bist mir das wichtigste im Leben.

Als ob der ältere Herr ihre Gedanken lesen konnte, sagte er plötzlich zu ihr: „Er hat sich nie um dich gekümmert, oder? " Wer?" Erwiderte Heike zögerlich fragend. "Dein Vater" bekam sie kurz und knapp als Antwort. Für Heike war das nun alles zu viel. Die Tränen kullerten und es platzte aus ihr heraus:

"Hat er nicht. Einen Scheißdreck hat er sich all die Jahre um mich gekümmert. Niemand hat sich jemals etwas um mich geschert. Nur eine Person hat sich wirklich für mich interessiert. Für mich, Heike den Menschen. Aber sie ist tot.

Für alle anderen war ich nur interessant, wenn sie was zum ficken brauchten. Ich bin nichts, ich bin Luft für alle. Ich bin nur eine Schlampe. Eine kleine, billige, dreckige Nutte. Und genau so sehen mich alle. Genau so wollen sie mich. Und ich weiß nicht mal mehr wer ich selber bin!"

"Oh..oh..oh..., da ist viel Schmerz und Wut in dir" stellte der kleine Mann mitfühlend fest. „Viel Verzweiflung und Erniedrigung, eingeschlossen in einen eigentlich sehr starken Menschen. Es wird Zeit, die die Tür deines Herzens mal aufzumachen und all diese Dämonen, die dich quälen raus zu lassen. Solange du sie einsperrst werden sie dir schaden. Lass sie frei und du wirst frei sein. Komm mein Kind, lass uns rüber gehen auf die Bank und lass uns reden.

Ich denke, du hast sehr viel zu sagen." Kaum ausgesprochen, streckte er der immer noch auf den Boden sitzenden Heike seine Hand entgegen. Dabei lächelte er sie liebevoll und einladend an. Heike wusste nicht wieso sie darauf einging. Ihr Verstand hätte dies früher nie zugelassen, sich auf ein Gespräch mit einem Pfaffen einzulassen. Nun aber drängte ihr Gefühl danach, unbedingt dieses Gespräch führen zu wollen.

Ohne weiter zu zögern, packte sie die ihr entgegengestreckte Hand. Genau in diesen Moment fiel der Strahl der Untergehenden Sonne durch das Fenster und ließ den kleinen Mann in einen hell orangefarbenen Licht erscheinen. Wie ein heller Punkt leuchtete er in der sonst dunkel wirkenden Kirche.

Aber nicht nur das war außergewöhnlich. Auch die Emotionen, als sie die Hand umklammerte waren einzigartig. Ein Gefühl, als ob sie jemand liebevoll in den Arm nimmt, sie schützend umarmt. Sie trägt durch die Dunkelheit und sie vor allen Gefahren beschützt.

Es war das Gefühl eines kleines Mädchens, das sich vertrauensvoll in die starken arme ihres Vaters legte, wissentlich, dass dies der sicherste Ort der Welt sei. Und selbst wenn die Welt jetzt untergehen würde, war sie sich sicher, dass ihr nichts passieren kann. Es war ein Vertrauen da, als ob sie diesen Mann schon immer kannte. Wie ein Vater, der sein gestürztes Kind hochhebt und es stützt, bis es wieder alleine laufen kann.

Dann öffnete sie ihr Herz und lies alles heraus. Alles was sie seit Jahren mitschleppte und was sie zu erdrücken drohte, kam hervor.

Sie erzählte ihm von ihrer Kindheit, die geprägt war von Einsamkeit. Sie hatte weder Freunde noch Bezugspersonen und galt als Sonderling und Einzelgängerin.

Sie erzählte von ihrer psychisch kranken Mutter, die nicht in der Lage war, sich um alltägliche Aufgaben oder um sie zu kümmern.

Sie erzählte, wie sie den Haushalt machen musste und sich selbst versorgte, um nicht zu verhungern.

Sie erzählte von ihren Vater, den sie abgöttisch liebte und bewunderte, der aber immer erst mitten in der Nacht von der Arbeit nach Hause kam und ebenfalls keine Zeit für sie hatte.

Sie erzählte davon, wie ihre Gefühle ihm gegenüber in Enttäuschung und Hass umschlungen, als sie mitbekam, das der Grund seiner späten Heimkehr besuche in Wirtshäusern, Bordellen oder bei anderen Frauen war.

Sie erzählte, wie er oftmals betrunken mit anderen Frauen nach Hause kam und sie und ihre Mutter ihm bei seinen Sexspielen zuhören mussten.

Sie erzählte, wie er im Suff ihre Mutter vergewaltigte und sie alles hilflos mitansehen musste.

Sie erzählte, wie er angetrunken meinte, seine erzieherischen Aufgaben erledigen zu müssen und sie für schlechte Noten oder in seinen Augen falsches Verhalten oft bis zur Bewusstlosigkeit verprügelte.

Sie erinnerte sich an die Momente, wo sie ängstlich, stundenlang vor Schmerzen gekrümmt, auf Grund von Prügel am Boden lag und sich erst wieder

Bewegen traute, als sie sich sicher war, dass er die Wohnung verlassen hatte.

Sie erzählte von ihrer Zeit in der Punkszene und in der rechten Szene und wie sie verzweifelt Anschluss suchte.

Sie erzählte von den langjährigen sexuellen Missbräuchen die der „Onkel Ludwig", ein Nachbar und Freund der Familie an ihr vollzog und ihr dabei all die Jahre erzählte, dass dies vollkommen normal sei.

Sie erzählte von der Massenvergewaltigung auf der Stripshow und wie sie sich daraufhin fast selbst verlor.

Sie erzählte von ihren sexuellen Ausschweifungen bis hin zu den Orgien in der Clique.

Sie erzählte, wie sie in die Pornofilmszene kam und mit der Prostitution anfing, in der sie sich immer weiter verlor und die der einzige Stützpfeiler ihres Lebens wurde.

Sie erzählte von ihrer Freundschaft zu Juli, die trotz aller Widerstände ihrer Eltern an ihr festhielt und sie nicht aufgab. Sie erzählte, wie aus der Freundschaft, eine ganz besondere Art von Liebe wurde, die sie auch sexuell auslebten.

Sie erzählte wie Juli sie immer wieder davor bewahrt hatte, den Boden unter den Füssen zu verlieren, und sie auf den rechten Weg zurück brachte.

Und sie erzählte von Julis tragischen Tod und wie sie zusehen musste, wie die einzige lebende Erinnerung an Juli, nämlich ihr Hundedame Schnatterrinchen weggeschafft wurde.

Sie erzählte, wie ihr das Leben seitdem entglitt, wie oft sie schon darüber nachdachte, das alles zu beenden und das ihr nur noch der Sex den Kick gab weiter zu machen und es das einzige war, um noch etwas lebendiges an sich zu verspüren.

Nachdem sie das letzte Wort über ihre Lippen brachte, brach sie unter Tränen zusammen und umklammerte hilfesuchend den kleinen Mann. Sie wusste nicht, wie lange sie weinte. Gefühlt waren es mehrere Stunden. In all der Zeit sagte der Priester kein Wort, bewegte sich nicht und hielt sie einfach nur in seinen Armen.

Dann fing sie sich wieder etwas und schaute mit verweinten Augen in das Gesicht des kleinen dicken Mannes, dessen Priesterrobe durchnässt von ihren Tränen war. Er schaute sie einfach nur mit liebevollen Augen an. Und doch kam es ihr so vor, als ob auf seinen Mund ein zufriedenstellendes Lächeln zu erkennen war.

Dann nahm er ihre Hände und drückte sie zärtlich. "Ach.." meinte er und seufzte beherzt auf. " Das war ein langer schwerer Weg für dich. Aber nun will ich versuchen, dir Antworten zu geben auf all deine Fragen. Denn wie der Herr schon sagte" Wer fragt, dem wird geantwortet.

Wer sucht, der wird finden, wer bittet der wird erhalten und wer anklopft, dem wird geöffnet. Auch wenn ich nicht zum Öffnen kam, da du mir vorher die Tür eingetreten hast." Dabei grinste er über das ganze Gesicht. " Wo soll ich denn nun anfangen" grummelte er vor sich hin.

"Zuerst einmal hat alles im Leben seinen Sinn. Auch wenn es noch so absurd klingen mag. All dein Leidensweg formte dich zu den Menschen, der du jetzt bist. Es waren Lebenserfahrung. Und Gott hat die Macht, Wunden in Heil zu verwandeln. All das was du durchgemacht hast, könnte dir heute nichts mehr anhaben. Wenn die selbe Situation heute wieder käme, würdest du nicht wie das kleine hilflose Kind damals fallen und liegen bleiben oder zurückweichen. Heute würdest du stehen, du würdest dich stellen.

Du würdest keinen Millimeter zurückweichen oder weglaufen. Du würdest kämpfen und nach vorne marschieren, bis dein Feind geschlagen ist. Denselben Feind von damals würdest du belächeln und besiegen. Mit all deiner Stärke, die du dadurch gewonnen hast, würdest du heute bestehen. Dein Verstand, weiß längst wie stark du bist. Nur deine Gefühle lassen deine Stärke noch nicht zu, weil sie verletzt sind und sich unsicher fühlen. Du aber bist der Herr über deine Gefühle. Also sag ihnen, das die Zeit gekommen ist, sich dem Verstand wieder anzupassen.

Wenn du beispielsweise erschöpft im Bett liegst, und dir dein Gefühl versichert, du kannst nicht mehr aufstehen, so wird sich doch der Verstand durchsetzen und dir befehlen aufzustehen, wenn du Hunger hast oder auf die Toilette musst. Es ist nur ein Umdenken mein Kind.

Und wärst du die starke Persönlichkeit, die du jetzt bist, wenn dein Leben anders verlaufen wäre? Oder wärst du immer noch das kleine hilflose Mädchen? Es ist hart gewesen, aber stell das Geschehene nicht in Frage. Wir Menschen sind nur in der Lage engstirnig auf einen kleinen Horizont zu denken. Er aber, der von Ewigkeit zu Ewigkeit ist, denkt in ganz anderen Bereichen. Er denkt ausgehend von der Ewigkeit, wärend wir nur auf das Diesseitige ausgelegt sind zu denken. Ein kleines Kind denkt z.B. nur daran seinen Schnuller oder seine Kuscheldecke zu bekommen.

Er hingegen denkt schon daran, wie die Enkelkinder des kleinen Kindes werden sollen und welche Maßnahmen über Generationen hinweg dazu notwendig sind, diese Menschen so zu formen und zu schaffen, wie es seinen Vorstellungen entspricht. Oftmals wird er deshalb lenkend eingreifen und Menschen werden Dinge tun, die wir als verächtlich einstufen. Aber sie tun es nur, weil sie oftmals förderlich sind für viele Zeit später. Er weiß was du brauchst, um zu bestehen, denn er kennt deine Aufgabe. Schließlich hat er sie dir gegeben.

Und er gibt dir alles in die Hand, um sie zu bewältigen. Er bereitet dich darauf vor, um zu bestehen.

Stell dir das ganze mal als einen großen Apparat oder Maschine vor. Oben sind die größten und mächtigsten Zahnräder. Das ist er. Und unten sind ganz kleine winzige Zahnräder. Das sind wir. Wir drehen uns einfach, ohne zu wissen warum.

Wir tun es halt so, weil es die Funktion des Apparats so vorgibt. Wir wissen nur, wir müssen uns drehen und das ist gut. Stehen wir, sind wir wohl kaputt und das ist schlecht. Das spiegelt unser engstirniges Denken wieder. Die großen Räder aber oben treiben alles an. Sie steuern alle anderen weiteren Zahnräder.

Von oben bis nach unten steuern sie das Geschehen und bewegen Teil für Teil, fügen Rädchen und Rädchen zusammen, bis diese große Funktion auch endlich bei den untersten kleinen Rädchen ankommt, die sich halt drehen, aber nicht wissen warum und wie das alles zusammenhängt. Die großen halten die Hauptfunktion der Maschine aufrecht und sorgen letztendlich auch dafür, dass das kleine Rädchen läuft. Ein kleines Rädchen im unüberschaubaren großen Ganzen, wo von ganz woanders her gesteuert wird.

Und dein ausschweifendes Sexualleben hat nichts verwerfliches an sich.

Sexualität ist von Gott gegebene Lebenskraft. Man darf sie nur nicht verdrängen oder unkontrolliert ausleben. Hattest du nicht am Anfang Spaß am Sex? Es bereitete dir doch Freude, mit all den verschiedenen Partnern sexuell verkehrt zu haben. Und du tastest es doch freiwillig, ungezwungen, aus deiner eigenen von Gott gegebenen Freiheit und Entscheidung heraus. Du hast niemanden Verletzt oder Schaden zugefügt. Ich denke sogar, du hast viel Freude geschenkt. Du hast nur das rechte Maß der Dinge aus den Augen verloren.

Alles in gesunden Maß schenkt Freunde. Alles darüber hinaus wird zur Sucht und bestimmt dich. Ein Glas Wein am Abend zur Belohnung des Tages schadet nicht. Man trinkt es bewusst und genießt es.

Doch wenn der Drang kommt, schon mittags eine Flasche zu trinken, dann beherrscht dich der Alkohol. Oder wenn aus dem genießen eine Flucht vor Problemen wird, auch dann wirst du gesteuert und hast die Kontrolle über dein Handeln verloren. Es war nichts verwerfliches an dem was du getan hast. Seien es die Filme, die du gedreht hast, oder die Prostitution. Solange du es wolltest und steuern konntest. Hol dir also die Kontrolle über dein Tun zurück. Und genieß wieder das was du tust.

Ich möchte dir auch über Juli meine Ansicht sagen. Jesus hat sich für uns alle geopfert. Du kennst ihn sicherlich. Das ist der, den du vorher mit Wachs beschmissen hast.

Als er das sagte, lächelte der alte Mann freundlichen. "Juli hat sich in meinen Augen für dich geopfert. Nicht irdisch bewusst. Doch war das wohl irgendwie ihre Aufgabe hier auf der Erde. Sie war immer deine Stütze und Halt. Doch im Laufe der Zeit, musste sie mitansehen, wie du dich zunehmend verloren hast und auch sie nicht mehr an dich heran kam.

War es nicht ein Moment des Aufwachens und des Neubeginns für dich als der Unfall geschah? Hat es dir nicht die Augen geöffnet und dir die Möglichkeit eines neuen Anfangs gegeben?

Du nutzt nur diesen Neubeginn noch nicht, weil du noch an der quälenden Vergangenheit fest hältst. Lass los mein Kind. Wo wärst du, wenn alles so weiter gegangen wäre?

Juli hatte Motive und Pläne warum sie es tat. Sie verfolgte ein Ziel damit. Du nicht. Für dich zählte am Anfang der Spaß, dann kam das Geld dazu und dann hast du den Absprung verpasst. Hättest du nicht Juli auch verloren, wenn die Dinge so geblieben wären wie sie waren? Wärst du nicht genau so abgestürzt wie jetzt? Doch jetzt bist du hier, weil du einen Ausweg suchst. Wärst du gekommen, wenn du allein gewesen wärst, ohne Juli und dein Leben im Absturz so fortgeführt hättest? Ich glaube nicht. Sie hat dir durch ihren Tot ein Zeichen gegeben. Dreh um und hör auf damit. Sieh die Realität wieder.

Mach dich nicht abhängig von Sex und Geld, wenn kein höheres Ziel dahinter steckt, wo all dies rechtfertigen würde. Julis tot, war der einzige Weg, um wieder an dich ran zu kommen.

Ergreife deine neue Chance, die sie dir gezeigt hat. Du siehst, das du nicht glücklich bist, das du leer von Gefühlen bist. Nach der Erkenntnis sollte die Einsicht kommen und die Umsetzen der Botschaft, die sie dir hinterlassen hat. Sie tat es für dich Heike. Hör auf dein Herz, lass deinen Verstand klar arbeiten und du wirst sehen, dass es die Wahrheit ist. Sie gab ihr Leben für dein Leben. Mehr konnte sie als Freundin nicht mehr tun. Hör auf dich ihretwegen weiter zu quälen und lebe ihretwegen so wie sie es wollte.

Nun noch zu deinen Dasein auf Erden. Gott hat dich mit Liebe und Verstand und mit einem Ziel und einen Plan erschaffen und dich sanft und liebevoll auf diese Welt gesetzt, damit du das erfüllst, was er für dich vorgesehen hat. Alle Menschen und Dinge, die in dein Leben treten, dienen nur dazu, dir zu helfen, deine Aufgabe zu erfüllen. Nichts geschieht ohne Grund. Du bist sein Kind, dass er liebt. Er hat dich nicht einfach auf die Erde geschmissen, um dich deinen Schicksal zu überlassen. Alles was du tust, hat wieder Auswirkungen auf andere und trägt dazu bei, deren Schicksal zu erfüllen. Er kennt und steuert das große Ganze und lenkt alle Zusammenhänge. Lass dich einfach mal von ihm leiten. Er will dir nichts schlechtes.

Für niemanden will er was schlechtes. Doch je mehr du dich sträubst, den für dich vorgesehenen Weg zu gehen, umso mehr wird er gegenlenken. Oft mit schmerzlichen Erfahrungen. Denn wenn du deinen Weg nicht gehst, erfüllen sich auch nicht die Wege derer mit denen du verbunden bist. Und glaub mir, er setzt sich durch. Denn sein Wille geschehe, wie im Himmel, so auf Erden. Diese Aussage kommt nicht von irgendwo her, sondern gibt deutlich zu verstehen, dass er der Schöpfer ist und du nur Geschöpf bist. Er ist ein liebender Gott und will für seine Schöpfung nur das Beste. Und wenn die Schöpfung nicht sieht und hört, verleiht er halt dem ganzen etwas mehr Nachdruck.

Also vertraue und lass dich sanft führen. Alternativ wird er dich auf den Weg schupsen. Diese Erfahrung machst du gerade.

So...und mehr hab ich dir nicht mehr zu sagen. Mehr Worte habe ich nicht mehr, die ich an dich richten könnte. Es ist alles gesagt Heike und es ist spät geworden.

Nimm dir Zeit und denk bitte darüber nach." Dann stand er auf, nahm ihre Hand und ging mit ihr Richtung Ausgang. Heike ging wortlos mit. Ihr Kopf ratterte und ihr fehlten im Moment die Worte. Stumm und nachdenklich begleitete sie ihn. "Weißt du" sagte er plötzlich zu ihr und blieb bei den Blumen am Boden stehen. "

"Jesus sagte, am Kreuz zu dem Schächter, der mit ihm gekreuzigt wurde, **noch heute wirst du mit mir im Paradies sein**. Ich sage dir, noch heute wirst du finden was du suchst." Dann nahm er eine weiße Rose, brach den Stiel zur Hälfte ab und steckte sie ihr ins Haar. „Du solltest etwas Essen gehen. Du siehst müde und hungrig aus. Im Dorf unten hat ein Mexikaner neu aufgemacht. Stärke dich bevor du Heim fährst. Und pass auf, wenn du den Waldweg runter gehst. Nicht das du ihn noch mehr runter stolperst wie hoch". Mit diesen letzten Worte stellte er sie vor die Türe. Heike merkte, dass sie tatsächlich großen Hunger hatte und hörte ihren Magen schon knurren.

Aber nicht nur der Magen machte sich bemerkbar, sondern auch der Verstand arbeitete wieder auf Hochtouren und sie war plötzlich voller Fragen." Warum war mein Vater so zu mir? Und woher weißt du das alles?" plapperte sie blitzschnell los.

Zum ersten Mal an diesen Abend, wurde der Blick des alten Mannes ernst. Tief schaute er in die Augen und sagte mit ernster Stimme: "Weil ich es so wollte! Dein Vater tat in grenzenloser, nichts in Frage stellender Liebe was ich ihm aufgetragen habe. Mit leidenden Herzen und voller quälenden Schmerzen tat er das was ich ihm befahl, ohne etwas jemals in Frage zu stellen. Der Alkohol war seine Flucht. Er ertrug kaum noch was er dir und deiner Mutter antat. Es wird Zeit mit ihm Frieden zu schließen dich mit ihm zu versöhnen. Verzeih ihm.

Denn es war nicht sein Wille was er tat, sondern meiner. Lass dir aber nicht zu lange Zeit damit. Denn für deinen Vater ist es bald Zeit nach Hause zu kommen und ich werde ihn liebevoll empfangen."

Rumms. Noch ehe Heike reagieren konnte, knallte er ihr die Tür vor der Nase zu. Jetzt kam sie sich richtig verarscht vor. "Aufmache" schrie sie und klopfte wild gegen die Tür." Was soll das jetzt" Mach bitte diese verdammte Türe wieder auf. Ich bin noch nicht fertig mit dir.

Willst du mich jetzt auf den Arm nehmen? Mach auf!" Doch es half alles nichts.

Die Tür blieb zu und sie hörte, wie sich der alte, keuchend und schnaufend entfernte. Was sie nicht sah, war das zufriedene Lächeln im Gesicht des alten Mannes. "Verdammt" schrie sie. " Du dicker, alter Pinguin." Dabei trat sie mehrmals kräftig gegen die Tür. "

Hey, was wird denn das wenn du fertig bist? ertönte überraschend eine dunkle tiefe Stimme hinter ihr. Als sie sich umsah, stand dort ein Mann mit einem riesigen Hund. Er sah aus wie ein Förster, der gerade aus dem Wald kam und das Szenario beobachtete. " Ich will da wieder rein zu dem Pfarrer „motzte Heike barsch zurück. " Hier gibt es schon lange keinen Pfarrer mehr und die Kirche ist auch nicht mehr geöffnet" fauchte sie der Mann an. "Du hast jetzt 10 Sekunden Zeit, um von hier zu verschwinden. Ansonsten lass ich den Hund auf dich los.

Wolltest wohl einsteigen und was klauen. Aber da drin ist nichts mehr zu holen außer Spinnweben. Und jetzt hau ab." Heike sah ihn an und merkte, dass es ihm ernst war.

Knurrend fletschte der Hund die Zähne und wartete nur darauf losgelassen zu werden. "Bin schon weg" quiekte sie ängstlich und rannte den Weg hinab zum Auto. Hätte sie sich noch einmal umgedreht, hätte sie gesehen, wie auf den Mann der letzte untergehende Sonnenstrahlen fiel und er im selben Licht erstrahlte wie der Priester in der Kirche.

Auch hätte sie das breite, glückliche Grinse auf dem Gesicht des Mannes gesehen, der liebevoll seinen Hund streichelte und ihr nachblickte.

So stolperte sie in der anbrechenden Dämmerung hektisch und in sich aufgelöst den Waldweg hinunter. Dabei stürzte sie mehrfach über Wurzeln und kullerte stückweise den Weg hinab.

Schmutzig und mit aufgerissen Klamotten kam sie endlich bei ihren Auto an. Erschöpft ließ sie sich in den Sitz fallen und versuchte ihr Gedankenchaos zu bewältigen. "Was war denn das nun alles" dachte sie sich." Habe ich mir das nur eingebildet, war das real oder wurde ich nur richtig fies verarscht soeben? Sollte der Förster recht gehabt haben und die Kirche stand tatsächlich leer? Wer war dann der alte dicke Mann da drin?

Ein obdachloser Penner, der sich in der Kirche eingenistet hatte und dem sie auf dem Leim gegangen war? Oder war der Pfarrer real und der Förster wollte sie nur weg haben, weil er tatsächlich dachte, sie wollte einbrechen und er annahm, dass der Pfarrer nicht anwesend war?

Sie fühlte sich doch so sicher, so behütet, gut aufgehoben, verstanden und ernst genommen bei ihm. Bis zu dem Zeitpunkt, als er dann plötzlich darauf drängte, dass sie gehen musste und er ihr in einer ganz anderen Art und Weise ihre letzte Frage beantwortete und ihr die Tür vor der Nase zuknallte, was sie zur Weißglut brachte.

„So eine anmaßende blöde Aussage." Wut, Verzweiflung, Enttäuschung, aber auch ein Gefühl der Erleichterung und des Loslassen tobten in ihr. Hinzukamen kamen noch die Gefühle Hunger, Durst, Müde, Schlafen, Kopfweh und eventuell noch Ficken, um auf andere Gedanken zu kommen. "Ich muss jetzt hier weg" beschloss sie."

Irgendwo hin, wo ich meine Ruhe habe, was essen kann und meine Gedanken etwas sortieren kann. Aber bestimmt nicht zu dem Mexikaner, wie es sich der dicke Pinguin eingebildet hatte."

Heike wusste, dass noch ein Burgerladen und eine Dönerbude in der Nähe waren. Zielgerichtet fuhr sie los. Musste aber zu ihren Bedauern feststellen, dass der Burgerladen wegen Renovierung und die Dönerbude wegen einer Familienfeier geschlossen waren.

Seufzend und Kopfschüttelnd saß sie im Auto und wollte nicht wahrhaben was sie gerade erlebte. Alles zu. Nur der Mexikaner gegenüber der Dönerbude war hell erleuchtet. "Was solls" sagte sie sich. " Dann kriegt der alte Sack halt doch wieder recht und ich geh zum Mexikaner. Er wusste bestimmt, dass alles andere geschlossen hatte." So betrat sie also das Lokal. Die Schminke von den Tränen zerlaufen, ihr Hemd zerrissen und ebenfalls wie die Hose, von ihren Stützen total verschmutzt.

Zudem hatten sich sämtliche Blätter und Sträucher in ihren Haaren verfangen und gaben zusammen mit der weißen Rose, welche ihr der Priester aufgesteckt hatte ein doch sehr merkwürdiges Gesamtbild. Aber ihr war alles egal. Sie bestellte sich einen starken alkoholischen Cocktail und eine Portion Pommes, die sie gierig in sich hinein mampfte...

Wer bittet, der wird erhalten.

In sich vertieft und damit beschäftigt, die Pommes in sich rein zu stopfen, störte sie plötzlich eine ruhige, angenehme Stimme. "Schön dass du doch noch gekommen bist." Genervt und mit einem "verpiss dich" auf der Zunge blickte sie hoch. Und da stand er. Groß, muskulös, blaue Jeans, weißes Hemd, drei-Tage- Bart, kurze Haare, braun gebrannt und eine weiße Rose in der Hand. Sofort schluckte sie ihr „verpiss dich" hinunter. Zusammen, leider zu ihren Bedauern, mit der Portion Pommes, die sie gerade im Mund hatte, was zu einem lauten und peinlichen Hustanfall führte, bei dem sie die Reste, der zerkauten Pommes in hohen Bogen über den Tisch verteilte. Nachdem die Attacke vorbei war, wischte sie beschämt die Ausgespuckten Reste vom Tisch. Schmunzelnd schaute ihr der fremde Mann dabei zu. "Ich bin..." fing er an zu reden und stellte sich ihr vor.

Doch Heike hörte seine Worte gar nicht mehr. Sie sah ihn an und ihr Herz pochte, sie war nervös, bekam feuchte Hände und Schweißausbrüche. Ihr Puls raste, ihr Kopf war wie leer und sie fand keine Worte mehr. Ihr Bauch kribbelte. Sie hatte sprichwörtlich gesagt, gerade Schmetterlinge im Bauch. Vor ihr stand ihr Prinz. Amors Liebespfeil hatte sie voll getroffen.

So stellte sie sich immer ihren Traummann vor und nun stand er real vor ihr und redete und redete und sie verstand doch kein Wort.

Mit offenen Mund und leuchtenden Augen starrte sie ihn an. "Alles gut?" fragte er sie besorgt und rüttelte sie sanft an der Schulter. Jetzt war sie wieder anwesend und aufnahmefähig. "Du darfst dein Pommes schon fertig essen" sagte er lächelnd. Und sie bemerkte, oh wie megapeinlich, dass ihr noch ein Pommes mit Ketchup aus dem offenen Mund hing. „Entschuldige, entschuldige, entschuldige.." stotterte sie heraus, nachdem sie ihr Pommes endlich aufgegessen hatte. "Du warst gerade ganz weit weg? Oder?" grinste er sie an. "Darf ich mich setzen?" Hektisch nickte Heike mit dem Kopf und deutete auf den leeren Stuhl neben sich. " Platz" war das einzige was sie auf die schnelle heraus bekam. "Nett, du magst Hunde" erwiderte er ihr, als er sich setzte. "Das ist gut."

"Schluss jetzt mit den Peinlichkeiten" dachte sich Heike. Ich benehme mich wie die letzte und schaue zudem auch noch furchtbar aus. Verpatz jetzt blos nichts mehr und reiß dich zusammen," kritisierte sie sich selbst. "Fangen wir noch mal an. Ich bin Heike" sagte sie nun selbstbewusst heraus und hielt ihm die Hand entgegen.

Es wurde ein toller romantischer Abend und sie redeten stundenlange. Es war ein Gefühl, als ob sie sich schon ewig kannten. Viel Vertrautheit, keine Distanziertheit. Wie mit einem guten Freund.

Er erzählte ihr, dass er gut 200 km von hier entfernt wohnte und hier auf ein Blind Date verabredet war, welches ein Arbeitskollege von ihm eingefädelt hatte. Er hatte die Frau noch nie zuvor gesehen. Leider war er etwas in zeitlichen Verzug und kam knapp zwei Stunden zu spät. Das Handy der Frau war aus, so dass er sie auch nicht darüber informieren konnte. Auf die Idee, im Lokal anzurufen sei er nicht gekommen. Auch habe sich bei ihm niemand gemeldet. Er saß schon seit zwei Stunden hier und wartete ob noch jemand kommt oder sich meldet. Er war grad in Begriff gewesen zu gehen und war nur noch auf der Toilette, als er Heike dann sitzen sah. Er war fest davon überzeugt gewesen, dass Heike sein Date war.

Ausgemacht war nämlich als Erkennungszeichen die weiße Rose. Er in der Hand und sie im Haar. Nervös fasste sie sich an den Kopf und durchwühlte ihr Haar. Tatsächlich befand sich dort noch die weiße Rose, die ihr der Dicke aus der Kirche reinsteckte. Daran hatte sie schon gar nicht mehr gedacht. „Ist das alles noch wahr? Bin ich noch in der Realität oder Träume ich gerade?" eine Gänsehaut fuhr ihr über den ganzen Körper als sie sich darüber Gedanken machte. Dann aber himmelte sie ihren Märchenprinzen weiter mit verliebten und verträumten Augen an. Egal ob Realität oder Traum. Es ist gerade wunderbar…

Nachdem nun geklärt war, wie es zu dieser Verwechslung kam, redeten sie noch über viele andere Dinge, bis er plötzlich erschrocken auf die Uhr sah. " Phu...schon so spät. Ich muss jetzt echt los. Ich fahr auch noch ein Stück." Schade" schmollte Heike und begleitete ihn noch bis zu seinen Auto. Dort angekommen, platzte die Macht der Gewohnheit aus ihr heraus: "Noch Zeit für eine Nummer im Auto?" fragte sie verführerisch. Und erschrak im selben Moment über ihre eigene Dummheit. "Was plapperte sie nur wieder hinaus!

„Doofe, doofe Heike." Ihr war es zutiefst Peinlich.

Und während sie noch nach einer passenden Ausrede suchte, bekam sie auch schon die Antwort präsentiert: " Nein. Heute nicht. Es war ein toller Abend und ich will mehr von dir. Ich suche was Festes auf Dauer. Schnelle Nummern kann ich jederzeit haben. Was willst du Heike? Die schnelle Nummer oder auch was festes? " Toll gemacht" dachte sich Heike. Den Abend jetzt voll verbockt. Wie sollte sie ihm denn nun, nach ihrer zuvor getätigten Frage klarmachen, dass sie wirklich an ihm und was Festen interessiert war. Ja, ihn gar nicht gehen lassen wollte. Und wieder aber kam sie gar nicht dazu zu antworten. „Auf mich wartet noch ein kleiner Hund zu Hause. Sie war noch nie solange allein und ist normalerweise immer mit dabei. Nur hier im Lokal ging es nicht. Sie hat bestimmt schon Sehnsucht. Ich hab sie aus dem Tierheim geholt.

Ihre Vorbesitzerin kam angeblich bei einem Unfall ums Leben. Sie ist eine alte Dackel-Dame und heißt Schnatterrinchen." "Schnatter..was?...hast du gerade Schnatterrinchen gesagt?" Heike durchfuhr es kalt und heiß zugleich und ihre Augen wurden gläsern. Schon kullerten die ersten Tränen und sie fiel ihm aufgelöst und den Hals. "Nimm mich bitte mit zu dir. Nimm mich bitte mit. Ich muss sie unbedingt sehen. Die Vorbesitzerin, die starb, war meine beste Freundin Juli. Es war ihr Hund. Ihr Schnatti." Er sah wie ernst es Heike war und wie hilflos sie in diese Situation gerade wirkte und stimmte zu.

Bei ihm angekommen war die Wiedersehensfreude riesig groß. Schnatti hatte sie sofort erkannt und kriegte sich vor Freude kaum mehr ein. Heike erging es aber nicht anders. Es dauerte lange, bis sich die Gefühlswellen bei allen beteiligten wieder legten.

Und dies war zugleich der Anfang einer unbeschreiblichen Romanze. Nach einer Woche war sie komplett bei ihm eingezogen, kündigte ihre Wohnung und ihr altes Leben. Er wusste nichts von ihrer Vergangenheit und so sollte es auch bleiben. Sie wusste nicht, wie er reagieren würde, wenn er erfahren würde, dass sie Anschaffen gegangen war. So sagte sie ihm, sie sei arbeitslos und derzeit auf Jobsuche, so dass der Umzug kein Problem sei, da sie sich ja eh neu orientieren müsste. Es war wie im Märchen.

Er trug sie auf Händen und las ihr jeden Wunsch von den Augen ab.

Sie liebte ihn und konnte sich ein Leben ohne ihn nicht mehr vorstellen. Sie hatte gefunden wonach sie suchte. Immer wieder fielen ihr die Worte des Priesters ein, der ihr dies prophezeite.

Nur eines störte sie. Er fickte sie nicht. Sie wohnten schon ein Monat zusammen und er ließ sie einfach nicht ran. Das musste nun geklärt werden: "Wann willst du es mal richtig mit mir treiben? Oder beabsichtigst du mich nur anzuschauen?", stellte sie ihn zur Rede.

"Dass du willst und kannst, sehe ich doch jedesmal an deiner Beule in der Hose." "Ich will dich fest in meinen Leben. Nicht nur ficken. Geduld ist eben eine Tugend, die man erlernen muss. Bist du dir sicher mit mir? Oder bin ich nicht nur gerade praktisch für dich? "Oh, das war provokant" kochte Heike. "Aber er hatte recht. Schließlich glaubte er ja, sie sei arbeitslos und bettelarm. War wohl schwer für ihn zu begreifen, dass sie wirklich aus Liebe bei ihm einzog. Dass sie sich voll und ganz in ihn verliebt und verloren hatte." Wie soll ich es dir beweisen? Soll ich dich heiraten? quakte sie frech heraus. " Wäre eine Möglichkeit" konterte er.

Stille umhüllte die Beiden und jeder wartete auf eine Reaktion des anderen. Dann hörte sie auf ihr Herz und schob alle Vernunft bei Seite. Sie war sich absolut sicher, das richtige zu tun. Sie kniete sich vor ihm nieder: "Willst du mich heiraten?

Ich weiß, es klingt verrückt. Aber willst du mich zur Frau nehmen? Es ist mein voller ernst. Ich liebe dich und möchte für immer an deiner Seite sein. Willst du mein Mann werden?" Er schaute sie an. Dann kniete er sich ebenfalls nieder und blickte ihr tief in die Augen.

"Es klingt wirklich verrückt" Plopp...Heike sah ihre Träume zerplatzen. Das wars. "Aber ich will!" setzte er nach. " Ich will das du meine Frau wirst, weil du seit dem Moment, wo du mit Pommes um dich spucktest mein Herz erobert hast. Ich will dich zur Frau.

Und ich will dich jetzt! Dann begann er sie zu küssen und auszuziehen. Was dann folgte übertraf alles. Sie liebten sich den ganzen Abend und die ganze Nacht durch. Es gab keine Stellung und keinen Raum, in dem sie es nicht trieben. Ein Höhepunkt folgte dem nächsten und keiner konnte genug von dem anderen bekommen. Sie verschmolzen voller Leidenschaft. Waren eins, vergasen Zeit und Raum und durchlebten die Stunden in hemmungsloser Ektase, bis sie nach einen unglaublichen finalen, zeitgleichen letzten Orgasmus, vergleichbar mit einem Vulkanausbruch, einem Erdbeben oder einer Explosion erschöpft zusammenbrachen und fest umschlungen einschliefen.

Natürlich durfte Schnatterrinchen im Bett beim großen kuscheln nicht fehlen...

Das Hochzeitsversprechen wurde eingelöst und sie heirateten nach nur drei Monaten. Für Heike erfüllte sich ein Traum und ein erhofftes Märchen wurde Wirklichkeit. Auch erfüllte sich die Aussprache mit ihrem Vater, der wenige Monate danach verstarb. Glücklich in dem Wissen, dass seine Tochter eine starke Frau geworden war und sie ihr Glück gefunden hatte.

So verging die Zeit. Trotz Alltag, Stress und Routine nahm die Liebe der Beiden nicht ab. Heiß, leidenschaftlich und wild liebten sie sich fast täglich. Sie konnten nicht genug von einander haben und trieben es überall. Im Schwimmbad, in der Sauna, im Kaffee, im Kino oder im Auto. Alles war perfekt. So schien es zumindest.

Es kam aber dann die Zeit, in der Heike wieder den Drang verspürte, mit anderen Sex zu haben. Sich von fremden wieder richtig durchficken zu lassen. Diese lustvolle Vorstellung führte zu einem sehr starken inneren Konflikt mit ihr selbst. Es fehlte ihr an nichts und sie liebte ihren Mann über alles. Und der Sex mit ihm war unübertrefflich.

Nicht was das rein körperliche anging. Da hatte sie schon größere und dickere Pimmel gehabt. Wurde in wilderen Stellungen genommen und härter gefickt, so dass sie selbst an ihre Grenzen kam. Es war das emotionale das sie beim Sex mit ihm erlebte. Gar nicht vergleichbar mit einem ihrer anderen Ficks.

Gleich ob es sich dabei um einen Fremden handelte oder um einen guten Bekannten, mit dem sie eine rein sexuelle Beziehung pflegte. Es war leidenschaftlicher, zärtlicher, emotionaler, auf eine ganz eigene Art und Weise wilder und heftiger. Tiefgründiger und Befriedigender. Sie erlebte unvergleichbare, unbeschreibliche Orgasmen mit ihm. Es war die Liebe, die das Ganze zu etwas besonderem machte. Sex war für Heike einfach nur geil und gehörte zum Leben dazu.

Aber Sex mit Liebe war nicht zu toppen und übertraf alles auf der Welt. Diesen Unterschied war sie sich seit ihrer ersten Nacht mit ihm bewusst. Auch war sie sich bewusst, dass ihr Herz nie mehr einen anderen Lieben würde. Und sie ihn immer treu sein würde. Zumindest im Herzen und Gedanken. Bei der körperlichen Treue plagten sie schlimme Zweifel.

Für sie war körperlicher Sex kein fremdgehen. Hatte nichts mit Treue zu tun, denn die findet im Herzen statt und äußert sich nicht im sexuellen Akt. Mit anderen Sex zu haben war für sie kein Maßstab für Treue. Sex war für sie Lebenslust, Abenteuer, Neugierde und Spaß. Und den wollte sie sich nicht nehmen lassen. Sollte sie ihre Lebenslust für ihn unterdrücken, würde sich das sicherlich in ihrer Stimmung auswirken und ihrer Partnerschaft schaden. Sie wäre mürrisch, motzig und extrem unausgeglichen. Andererseits hatte sie auch Angst, ihn zu verlieren, sollte er sie bei einem Seitensprung ertappen.

So ein guter und ruhiger Mensch er auch wahr, in seiner Eifersucht war er zornig und unberechenbar. Was sollte sie also tun? "Es ist doch nichts schlimmes wenn ich es mit anderen treibe" ging ihr immer wieder durch den Kopf. "Es ist vergleichbar mit Essen oder Klamotten. Man hat sein Lieblingsessen und seine Lieblingsklamotten. Aber deshalb kann man auch nicht jeden Tag dasselbe essen oder dasselbe anziehen.

Und diese Abwechslung ändert nichts daran, dass das Lieblingsgericht oder das Lieblingsgewand nicht was Besonderes ist und einen ganz besonderen Stellenwert besitzt. Vielmehr freut man sich doch dann wieder auf sein Leibgericht und die Lieblingsklamotten, wenn man sie längere Zeit nicht hatte. Und genau so sah sie es auch mit dem Sexualpartner. Es gab einen besonderen Lieblingspartner, mit dem sie alles ausleben konnte. Und trotzdem sollte Abwechslung zwischendurch erlaubt sein und genau so als selbstverständlich angesehen werden, als ob man die Klamotten wechselt oder mal was anderes isst." Tja, Heikes Fantasien und die Realität drifteten weit auseinander. In ihrer Vorstellung konnte sie es mit anderen treiben, wann und wo immer sie wollte. Er fände es gut und würde sich freuen, dass es ihr gut tut. Sie würde es ihm einfach sagen können:" Schatz, ich lass mich noch schnell ficken. Ich komm etwas später heim."

Oder sie könne ihn einfach anrufen, wenn sie es gerade mit einem anderen so richtig trieb, so dass er alles mitbekommen würde. Am besten sogar über Video Anruf. Er sollte sehen, wie glücklich sie ist, während sie gevögelt wurde, wie gut es ihr tat durchgestoßen zu werden. Oder es ihm einfach zu Hause erzählen zu können.

Wie sie z.B. nach der Arbeit noch vom Kollegen gebumst worden war. Ihm dabei einen zu wixen und zuzusehen, wie er von ihren Erzählungen immer geiler wurde und es nicht mehr erwarten konnte, sie jetzt auch zu nehmen. Das Beste wäre natürlich, er wäre jedesmal dabei. Erst würde er zusehen wie sie genommen wurde und würde dann selbst loslegen und es ihr so richtig besorgen.

Doch die Realität schaute anderes aus. Niemals würde sie es ihm sagen können, oder ihm einen Seitensprung, verpackt in einer erotischen Geschichte erzählen können. Ganz zu schweigen, ihn zu fragen, ob er an einem dreier Interesse hätte und sie gerne beim ficken beobachten würde. Es blieben Heikes innerliche, sehnsüchtige, leider nicht auslebbare Wünsche und Vorstellungen. Wenn sie mit ihm schlief, hatte sie manchmal Kopfkino und merkte, wie sehr sie das zusätzlich in Fahrt brachte. Während sie ihm einen wixte oder blies, hatte sie oftmals die Vorstellung, im Doggystyle zusätzlich genommen zu werden. Ob einer, zwei oder drei wären egal.

Sie könnten sie ruhig abwechselnd von hinten durchficken. Und er könnte es genießen, wie sie ihn verwöhnte und zusehen, wie sich die Fremden an ihr austoben. Sollte deren Schwänze dann leer sein, würde sie sich auf den hartgewixten Schwanz ihres Mannes setzen und ihn reiten bis beide vor Lust explodierten. So oder so ähnlich spielten sich ihre Gedanken ab.

Dann kam es zu einen Tag der Entscheidung und ihre innere Zerrissenheit sollte zu einem Ende kommen. Zu lange lebte sie zwischen unterdrückter Lust und Lebensfreude und der Angst ihn zu verlieren, wenn sie ihren Gefühlen freien Lauf gab. Treue im Herzen gegen die sexuelle Treue, die in den Köpfen einer verkorksten Gesellschaft war.

Es war ein sonniger Nachmittag und Heike schlenderte durch die Stadt. Den Temperaturen gerecht, nur mir einen dünnen Trägerkleid begleitet. Darunter nichts, außer ihre kahlrasierte, blanke Möse. Sie kam an einer Baustelle vorbei, an der zwei junge Bauarbeiter beschäftigt waren. Von ihren jungen, knackigen Körpern, tropfte erotisch der Schweiß herab. Heike fielen sie sofort ins Auge und sie inspizierte sie genau. "Lecker" , dachte sie sich. "Die Beiden wären jetzt reicht. Mit ihnen ein Vorspiel und dann Heim zu Schatzi". Mit ihren versauten Gedanken ging sie an ihnen vorbei, als plötzlich einer der beiden ihr Nachpfiff und meine: "Hallo hübsche Frau, ich hätte gerade Mittagspause. Lust auf ein Eis?"

Heike blieb stehen und als ob man einen Schalter bei ihr betätigte, waren plötzlich alle Bedenken und Skrupel, die sie all die Zeit im Kopf hatte vorbei. Ein diabolisches Grinsen machte sich auf ihren Gesicht breit. Zeitgleich bemerkte sie, wie sie im Schritt feucht wurde und eine unbeschreibliche Geilheit in ihr hoch kam. Zielstrebig ging sie auf die Beiden zu: "Ich habe auch Zeit „lächelte sie dominant und eigennützig." "Aber nicht für ein Eis, sondern für eine schnelle Nummer".

Dabei nickte sie zu dem Bauwagen rüber, der sich neben der Baustelle befand. Anfangs überrascht und überfordert von dem Auftreten von Heike, merkten sie aber schnell, dass es ihr Ernst war und sie keine Zeit mehr verlieren wollte, sondern eine klare Antwort forderte. Sie stimmten aufgeregt zu und Heike verschwand mit ihnen im Bauwagen.

Entscheidung

Drinnen angekommen öffnete sie ihnen die Hose und holte die Schwänze heraus. Mit Begeisterung sah sie, wie schnell sie in ihren Händen groß und Hart wurden. In sekundenschnelle hatte sie zwei richtig harte, einsatzfähige Kolben in der Hand. Schnell schob sie ihr Kleid hoch und legte sich breitbeinig auf den kleinen Tisch. Ihre blank rasierte, feuchte Möse blitzte einladend hervor. "Na los" befahl sie. "Steckt ihn mir jetzt endlich einer rein? „Sofort stand der erste zwischen ihren Beinen und setzte seinen steifen Schwanz an ihrer Einfahrt an. Gleich würde er zustoßen und in sie eindringen. Würde seinen geilen Schwanz bis zum Anschlag in ihr versenken. Sie war so aufgeregt. Es war ihr erster Fremdfick seit der Hochzeit und sie war gespannt wie es werden würde. Jetzt war es so weit. Mit einem erleichternden Stöhnen rammte er ihn schwungvoll in sie rein. "Oh Gott, ist das geil" Heike durchfuhr es am ganzen Körper. Nicht aber nur, weil sich der junge Stecher mächtig ins Zeug legte und sie richtig gut durchfickte sondern die Tatsache, dass sie gerade fremd fickte. Sie tat es wirklich. Sie trieb es als verheiratete Frau mit einem anderen. Es war ein absolut megageiles Gefühl mit einen enormen Adrenalin Kick. Sie tat etwas gesellschaftlich Verbotenes, verstieß gegen moralische Regeln und gegen ihr Eheversprechen. Zudem, die Angst erwischt zu werden.

Sie tobte vor Lust und schrie sie laut hinaus, so dass die Passanten schon vor dem Bauwagen stehen blieben und dem Szenario zuhörten. Es konnte aber nicht falsch sein was sie tat. Dafür fühlte es sich einfach zu gut an. In ihrer Fantasie war ihr Mann mit dabei. Er schaute zu wie sie auf dem Tisch genagelt wurde. Dann nahm er sie selbst während sie die Pimmel der Männer links und rechts neben ihr wixte, bis sie in hohen Bogen sich über ihr ergossen und ihre Brüste mit warmen Saft bedeckten. Noch in der Zeit, als sie die letzten Tropfen aus den Schwätzen molk, kam ihr Mann in sie. "Du kleine Schlampe, jetzt kriegst du die Fotze auch noch voll" schrie er sie an und presste seinen Saft in sie hinein.

"Ich komme" Heike wurde wieder aus ihren sexuellen Wunschgedanken gerissen.

Unter heftigen Stößen und lauten Gekeuche entleerte sich der Bauarbeiter in ihr. "Ja, fick" feuerte ihn Heike an. "Fick mich durch. Spritz mir die Muschi voll!" Es war eine ordentliche Ladung, die sie rein bekam. Als er seinen Schwanz herauszog, merkte sie schon, wie das Zeug begann aus ihr heraus zu laufen. Doch sie kam gar nicht dazu, sich die Ritze etwas sauber zu machen. Der zweite Mann stand parat und es schien ihn nicht zu stören, in den See seines Vorgängers einzutauchen. Schon hatte er ihn in Heike versenkt und machte da weiter, wo sein Kollege aufgehört hatte. Schnell und tief fickte er in sie hinein.

Heike schmeiß ihren Kopf ruckartig nach hinten. Ihre Haare wurden dabei hin und her geschleudert und sie wirkte wie eine wilde, entfesselte Stute, die gebändigt werden sollte. Ein Vorhaben, an dem schon viele Männer gescheitert sind…

" Jaaaaas...fick mir die Fotze durch. Fick mich...fick mich...du geiles Stück" stöhnte sie laut hinaus. Sie wurde immer noch geiler. Weigerte sich aber, einen Orgasmus zu bekommen, obwohl dieser schon lange anstand. Den aber, wollte sie im Anschluss mit ihren Mann erleben. Sobald der junge Mann fertig war, würde sie nach Hause fahren und über ihren Mann herfallen. Sie werde ihn in Grund und Boden ficken. Sie wollte jetzt nur noch ihn. Konnte es vor Geilheit nach mehr erwarten. „Mach fertig, spritz endlich ab" stöhnte sie ihn an. Und dann kam auch Nummer zwei. Er befüllte sie ähnlich wie sein Vorgänger bis zum Anschlag. Kaum hatte er ihn aus Heike herausgezogen, sprang diese vom Tisch, strich ihr Kleid herab, bedankte sich noch für den Fick und verließ zügig den Bauwagen.

Nicht einmal die Zeit hatte sie sich genommen, ihre Spalte sauber zu machen. Sie merkte, wie alles aus ihr herauslief und ihr die Schenkel entlang floss. Aber selbst das störte sie nicht. Sie war vor Geilheit wie von Sinnen. Sie wollte nur noch Heim und ihren Mann vernaschen. Er durfte ihre frisch gefickte, benutzte Fotze jetzt ficken. Er durfte jetzt seine Ehe-Schlampe vögeln.

Allein der Gedanke des Fremdgehens in der Ehe machte sie rasend. Sie hatte es tatsächlich getan. Und sie würde es jederzeit wieder tun. Sie musste für sich nur noch herausfinden, wie sie nun damit umging.

Aber das waren Gedanken, die sie sich machen wollte, nachdem ihr Mann sie gefickt hatte.

Zu Hause angekommen stürzte sie in die Wohnung und hielt mit gierigen Blicken nach ihm Ausschau. Als sie ihn in der Küche beim Abwasch sah, stolzierte sie wie entfesselt auf ihn zu, schlug ihm die Teller aus der Hand, die klirrend am Boden zerschlugen und drückte ihn mit den Rücken an die Wand. Noch eher er überhaupt reagieren konnte, presste sie ihm ihre Zunge in den Mund und küsste ihn wild. Mit einer Hand rieß sie ihm sein Hemd herunter, so dass die Knöpfe wie Geschosse durch die Küche flogen. Mit der anderen öffnete sie ihm die Hose und holte sein Glied heraus. Freudig spürte sie, wie es in ihrer Hand pochte und sich aufrichtete. Sein Fickstab war einsatzfähig und stand ihr prall entgegen. Dann packte sie ihn grob an den Harren und zog ihn ins Wohnzimmer. "Du wirst jetzt deine Frau richtig durchficken!" gab sie ihm dominahaft zu verstehen und schubste ihm kräftig und rücksichtslos auf das Sofa. Er, noch total von ihr überrumpelt und mit der Situation grade überfordert, lag nur da und blickte sie verwundert an. So hatte er seine Frau noch nie erlebt.

Diese stand breitbeinig vor ihm und grinste ihn gefährlich, ja schon fast dämonisch und einschüchternd wirkend an. Schon war sie über ihm und führte sein Glied unter ihrem Kleid zu ihrer Ritze.

Wie ein schützender Vorhang verbarg ihr Kleid ihre Geschlechtsteile vor seinen blicken. Ihre tropfende, spermaverschmierte Fotze und klebrigen Schenkel sollte er jetzt nicht zu Gesicht bekommen. Obwohl durchaus der Reiz da war, sie ihm zu präsentieren, bewahrte sie hier doch noch ihren Realitätssinn und war sich der katastrophalen Konsequenzen bewusst. Es genügte schon die kritische Situation, als das Sperma aus ihrer Fotze ihm auf die Eichel tropfte, als sie sein Glied gerade einführen wollte. Erschrocken von dem Vorfall glitt sie auf seinen Schwanz hinab und führte in bis zum Anschlag ein. Es tat ihr so gut, dass sie dabei fast gekommen wäre und brüllte ihre Lust heraus. Trotz ihrer lustvollen Hingabe, war ein lautes, feucht-flutschiges, schleimiges Geräusch zu hören als er in sie einfuhr. "Bist du so feucht?, fragte er sie erregt. Doch sie ignorierte seine Frage komplett und tat so, als ob sie nichts gehört hätte. Nur zu gerne, hätte sie ihm auch in dieser Situation die Wahrheit gesagt.

Nämlich dass er gerade in eine vollgefüllte Fotze stieß, in der sich zwei reizende Typen entleert hatten und er jetzt gerade in dem Brei seiner Vorgänger herumstocherte. "Fick mich! „brüllte sie ihn als Antwort entgegen und presste ihr Becken kräftig nach unten.

Wie in Trance oder Ektase begann sie auf ihn zu reiten. Sie schien gar nicht mehr anwesend zu sein und ihr verhalten glich einer dominanten Hure.

"Du sollst mich durchficken du geiles Stück", keuchte sie energisch heraus. "Fick..fick...fick...und besorg es mir so richtig. Bums deine Ehefrau durch wie sie es braucht!" Dabei schlug sie ihm ihre Fingernägel in die Brust, die sich tief ins Fleisch bohrten und zog ihm blutende Striemen am Brustkorb entlang. Er tat aufgegeilt von ihren abnormalen Verhalten und auch rasend von den Schmerzen, die sie ihm zufügte, dass was sie von ihm verlangte. Brutal stieß er sein Becken nach oben und bohrte seinen Kolben tief in sie hinein. Zugleich knetete er ihre Brüste, die wild vor ihm schaukelten. Dann war es bei Heike soweit.

Etwas unglaubliches, gewaltiges bahnte sich an. Sie packte seinen Kopf, zog ihn noch oben und presste ihn zwischen ihre Brüste. Dann durchfuhr sie ein Orgasmus wie eine Flutwelle. Ein Tsunami entfaltete sich in ihr. Sie schrie laut auf, bäumte sich auf, grub ihre Fingernägel in seinen Rücken und riss ihm diesen blutig. Aufschreiend voll Schmerz kam auch er und entleerte sich keuchend, stöhnend, stoßend in ihr. Als sie merkte, wie er seinen warmen Saft in sie presste und spürte wie sein Schwanz pulsierte und pochte, blickte sie ihm tief in die Augen und schrie ihn an:

"Ja, du geiler Ficker, spritz tief rein, mach mir die Möse richtig voll!"

Am Höhepunkt des Höhepunktes verbissen sich beide ineinander. Er biss ihr in die Brustwarzen und sie grub ihre Zähne tief in seinen Hals.

Dann sanken beide erschöpft zusammen und blieben regungslos liegen. So etwas hatten sie beide noch nicht erlebt. Wortlos lag sie auf ihm.

Erst als sein Glied aus ihrer Muschi herauszugleiten begann, und sie merkte, wie sich ein Schwall Sperma in Bewegung setzte hüpfte sie von ihm herab und fetzte mit den Worten "ich geh mal schnell sauber machen" ins Bad. Verdutzt schaute er ihr hinterher. "Was war denn das nun eben" geisterte ihm durch den Kopf. So hatte er sie noch nie erlebt. Sie hatten immer guten Sex. Aber nie so wild oder vulgär und schmerzhaft. Es war, als ob er eine andere Frau im Bett gehabt hätte. Nicht vergleichbar mit der Heike von sonst. Aber er musste zugeben, bei aller Verwunderung, es war total geil und er kam richtig auf Touren. Gerne würde er sie nochmals so erleben.

Und sein Wunsch erfüllte sich, wie die Zukunft dann zeigen sollte. Was er nicht wusste, war die Tatsache, dass Heike jedesmal dieses Verhalten an den Tag legte, wenn sie zuvor mit anderen tätig war. Ohne einen Fremdfick zuvor, verlief ihr Liebesakt in einer ganz anderen Art und Weise ab.

Oft ist es halt besser, wenn man die Ursachen einer Tatsache nicht weiß und die daraus resultierenden Umstände genießt, ohne zu hinterfragen.

Während Heike nun unter der Dusche stand und ihre Spalte von der Besamung ihrer drei Sexualpartner reinigte, gingen ihr viele Fragen durch den Kopf. Sie selbst wusste nicht was über sie gekommen war und was mit ihr geschah. Sie wusste nur, es war total geil, es war der Hammer und war sexuell das beste was sie je erlebte. Darauf würde sie nicht mehr verzichten können und es bedarf einer baldigen Wiederholung. Zugleich war sie sich auch dem damit verbunden Risikos ihres Fremdgehens auf rein körperlicher Basis voll bewusst.

Emotional gesehen war es ein Feuerwerk der Gefühle. Sie kannte dieses bereits aus anderen Situationen und fühlte sich wieder heißer als das Feuer und kälter als das Eis. Beim Sex mit den zwei Fremden, waren null Gefühle mit im Spiel. Es war nur ein emotionsloser Körper der Befriedigt werden wollte. Ein Körper getrieben von Lust, gesteuert von niedrigen Instinkten, hormonell gelenkt.

Der Drang nach Sexualität oder der Trieb verlangte nach Befriedigung. Sie gab ihren Körper das wonach er verlangte. Dabei knipste sie jedes rationale Denken, jede Vernunft, jedes Gewissen, jede Emotion aus. Sie ließ sich einfach Fallen. Gab sich ihren Begierden hin und genoss in vollen Zügen.

Dann zu Hause der Sex mit ihren Mann. Es war, als ob alle Gefühle und Emotion, die sie zuvor ausblendete, oder die in dem Moment einfach nicht da waren, nun geballt und unaufhaltsam nach außen drängten.

Gefühle unkontrollierbar und unsteuerbar entlieden sich wie ein Vulkan, eine ungebremste Urgewalt, die sie wie von Sinnen auslebte. Der Fick mit den Fremden war vergleichbar wie mit der Zündschnur einer Stange Dynamik. Die Lunte brannte. Doch die Explosion erlebte sie dann mit ihrem Mann. So schön wie das Erlebnis auch für alle Beteiligten war, es musste eine Lösung für die Zukunft her.

"Was hab ich für Optionen? „fragte sie sich und genoss den warmen Strahl aus der Dusche, der über ihr Haupt plätscherte.

Möglichkeit 1: Ich sage es ihm und muss mit den Konsequenzen leben. Er würde ihr sicherlich verzeihen. Aber es würde dauern und er wäre sehr verletzt. Das Vertrauen in sie wäre erstmal futsch. Wahrscheinlichkeit auf einen guten Ausgang sehr gering.

Möglichkeit Nummer 2: Sie verschweigt ihm den Vorfall und würde so etwas nicht wieder machen. Zugleich würde sie das Gespräch mit ihm suchen, ob er sich nicht mal einen dreier oder Swingerclub besuch vorstellen könnte. Ebenso die Vorstellung, dass sie als Edelhure ab und an anschaffen gehen könnte, oder sich als Pornodarstellerin bewerben könnte. Wahrscheinlichkeit auf einen guten Ausgang. Ebenso sehr gering. Wahrscheinlich würde er misstrauisch werden und sie kontrollieren.

Zustimmen würde er zu alledem sowieso nicht. Seine Eifersucht war schon jetzt nervig genug. Auch wollte und konnte sie das Fremdficken, das sie heute so begeisterte und einen solchen Höhepunkt mit ihren Mann schenkte nun nicht schon wieder aufgeben. Zudem war sie auch selbst sehr eifersüchtig.

Es würde eskalieren, wenn er im Club eine andere haben möchte oder beim dreier die noch mitwirkende Frau auch bumsen wollte. Nein, so etwas ging gar nicht. Er konnte ihr beim ficken zuschauen, er könnte sie zusammen mit anderen ficken, aber niemals würde er seinen Zipfel in einer anderen versenken. Schon bei der Vorstellung schob sie einen enormen Groll auf ihn.

So blieb nur Möglichkeit 3: Sie mache jetzt einfach so weiter wie heute begonnen. Sie trage die volle Lust und das volle Risiko und das war es ihr auch wert. Sie wollte ihr einziges Leben so leben, wie sie es für richtig fand. Es war schließlich ihr leben. Ihr Körper und nicht sein Besitz. Sie konnte damit machen was sie will. Also konnte sie ihren Körper auch anderen hingeben, wann immer sie wollte. Es war richtig was sie tat in Bezug auf sich. Aber doch irgendwo auch falsch ihm gegenüber. Einen Mittelweg gab es nicht. Ihr Körper gehörte ihr und allen anderen und damit basta. Ihr Herz hingegen hatte er. Und das würde auch nur er für alle Zeiten auf der Welt und darüber hinaus besitzen.

Sie musste einfach lernen, mit dieser Gespaltenheit in ihr umgehen zu könne.

Zugleich könnte sie auch mit ihren sexuellen Aktivitäten die Haushaltskasse etwas aufbessern und sich mit ihm eine schöne Zeit gönnen. Finanziell unabhängig und tun, was immer sie auch wollten. Und insgeheim hoffte sie, dass irgendwann der Tag kommen würde, an dem sie ihm alles sagen könnte und ihre sexuellen Vorstellungen und Triebe, mit ihm zusammen ausleben konnte.

"So soll es sei. Möglichkeit Nummer 3 für gut befunden, beschlossen und wird umgesetzt" murmelte sie vor sich hin, als sie aus der Dusche stieg.

Blitzblank und rein war nun ihr "Arbeitsgerät" wieder. Sanft und zärtlich wie eine Katze schlich sie zu ihm rüber und kuschelte sich an ihn. Verliebt lächelte sie ihn an und zwinkerte ihn geheimnisvoll zu. Verlegen mit einen strahlenden Lächeln und den Unschuldsblick eines Schulmädchens hauchte sie ihn an:" Ich liebe dich".

Von da an begann ein neues Kapitel in ihrem Leben und Ihrer Ehe, das sich bis zum heutigen Tag weiter zog. Die Jahre vergingen. Mal mit mehr, mal mit weniger sexuellen Ausschreitungen. Mal mit mehr oder weniger schlechten Gewissen.

Phasenweise konnte sie sich kontrollieren, führte ein anständiges, „treues" Eheleben und war entsetzt über ihre andere Seite. Sie wollte über sich bestimmen und nicht fremdgesteuert von Trieben, wie eine Marionette agieren. Doch immer wieder kamen Impulse oder Situationen, die sie in alte Muster zurückfallen ließ. Der geheimnisvolle Puppenspieler in ihr, hatte wieder die Oberhand gewonnen. Was würde die Zukunft noch für sie bereithalten?

Neben den Joes Whisky Abenteuer und den ausgereiften Auto- Ficks, gab es aber noch einen anderen, bereits schon erwähnten und angedeuteten Abschnitt in ihren Leben, der sie prägte und eine wichtige Rolle für weitere Handlungen spielte. Die Alten und die Jungen…

Kleiner Mann ganz groß

Heike fickte eigentlich fast alle Altersklassen. Jede Generation war was Besonderes. Sie wusste es ja noch aus ihre Lehrzeit her, wie toll es war, wenn man als junges Ding plötzlich von einem reiferen Mann mit Erfahrung genagelt wird. Je reifer Heike wurde, umso mehr Interessierte sie sich wieder an Jüngern Männern. Teils sogar schon Bubis. Aber wer arbeiten kann, konnte in Heikes Augen auch vernascht werden. Bei ihr in der Lehrzeit war das nicht anders. Sie war irgendwo so zwischen 28 und 30 als sie ihre dranghafte Zeit hatte, sich an „knackigen Gemüse" zu Probieren.

Ausschlaggebend war eine Weihnachtsfeier ihrer alten Firma. Ein kleiner Betrieb. Sie im Büro, Flori der Azubi und der Chef und noch zwei Verkäuferinnen. Die älteren Damen waren bald fort, so dass sie mit den beiden Männern alleine war. Lange Rede kurzer Sinn. Heike verführte beide zugleich. An diesem Tag wollte sie den Unterschied erfahren. Welche Generation war besser.

Der Alte mit Mitte 50 oder Flori, der gerade mal frisch gewordene 18-jährige Azubi.

Der Sieger hieß ganz klar Flori. Sie war so was von überrascht von Floris Leistung und Durchhaltevermögen, dass sie unbedingt mehr davon brauchte.

Mit den jungen Burschen blieb es aber immer nur bei einer Nummer. Ein Ausrutscher sozusagen.

Es wäre zu gefährlich gewesen, hier was Anhaltendes aufzubauen. Es waren aber bleibende schöne Erinnerungen. Jungs im stoßfreudigen Alter waren leicht zu verführen. Sie brauchten nicht viel Überzeugungskunst und waren sehr gespannt, was die heiße Alte mit ihnen machen würde. Heike war oft sehr direkt:" Mich würde echt mal interessieren wie ein junger Kerl in deinem Alter fickt. Würdest es du mir mal zeigen? Oder „Ich hätte voll Bock jetzt auf einen jungen Schwanz. Darf ich mir deinen kurz ausleihen? Oder „Hast du schon gefickt? Falls nein, hättest du Lust mich zu bumsen? Falls ja, dann zeigs mir mal wies geht." Schon waren die jungen Männer willig. Einige versuchten sogar sie anzumachen.

Sie wackelte nur mal mit dem Arsch vor ihnen oder positionierte ihre Brüste richtig und schon schossen die Hormone bei den Jünglingen ein und sie fühlten sich groß und stark. Sie mussten nur noch flachgelegt werden. Die jungen strammen Pimmel fühlten sich gut an. Nur leider konnte man mit ihnen, bei den meisten jedenfalls nicht viel anfangen. Kaum hatte sie die Vorhaut einmal zurückgezogen, schon quoll der Saft aus ihnen heraus. Ein kurzes zucken und stöhnen und vorbei. Mit dem Mund war es nicht anders.

Sie hatte noch nicht mal angefangen richtig zu saugen, hatte ihn nur so erstmal in den Mund genommen und schon merkte sie, wie es warm wurde.

Der Junge hatte so schnell abgeschossen, dass sie es noch nicht einmal gleich bemerkte. Nur am Zucken des Körpers hätte sie es vielleicht noch erkennen können. Als blieb nur noch die Möglichkeit, Mund und Hand außen vor zu lassen und zu versuchen, den jungen Dolch so schnell wie möglich in die Fotze zu bekommen. Doch auch das ging bei vielen schon schief. Heike war sich natürlich auch ihrer Fürsorgepflicht bewusst und wies alle jungen Männer darauf hin, nur mit Gummi zu ficken. Als gutes Vorbild hatte sie natürlich immer welche dabei. Das Problem war aber nun, die Gummis über die übererregten Schwänze zu bekommen. Kaum stülpte sie das Hütchen drüber spritzten sie ab. Schaffte es der eine oder andere mal durchzuhalten und in sie einzudringen, währte auch diese Freude nicht lange. Bei dem Versuch in ihre enge Möse zu kommen patzten die Jungs und schossen ab. Heike hatte Mitleid mit ihnen und tröstete sie. Dazu verwöhnte sie noch mal die Pimmel mit Mund und Hand. Und dann passierte es. Die jungen geilen Schwänze standen noch mal auf. Und wie sie standen. Es musste nur erst mal der Überdruck abgebaut werden. Nun waren die jungen Latten voll einsatzfähig und wirklich zu gebrauchen.

Einige hielten beachtlich lange her und erinnerten sie an Flori. Sie waren natürlich ohne Erfahrung und mussten richtig angelernt werden. Gut, dass sie sich drum kümmerte. So lernten sie gleich von der besten.

Natürlich war es kein richtiges koordiniertes Ficken. Sie wurstelten halt mit ihren Schwänzen irgendwie in Heikes Spalte herum und machten komische Stoß- Bewegungen.

Woher hätten sie es denn auch wissen sollen. So befolgten brav Heikes Anweisungen und im Großen und Ganzen entstand dabei ein recht interessanter, anschaulicher Akt.

Der zweite Orgasmus, den die jungen Männer erlebten, war sehr intensiv. Laut schreiend spritzen sie minutenlang ab und fielen dann erschöpft in ihre Arme. Heike kam nie. Dazu fehlten den Jungs einfach die Erfahrung. Aber es war schön, die jungen, makellosen Dinger zu liebkosen und jedesmal wieder eine Freude, wenn sich die jungen Wilden an ihr vergingen.

Ihren Jürgen aber werde sie nie vergessen. Sein Schwanz war wie er selbst. Ein langes dünnes Elend. Aber er war ein prima Kerl. Er jammerte Heike immer vor, dass er keine kriegen würde, weil er einen so langen und dünnen Schwanz hatte. Heike nahm sich ihn schließlich an. Und es stimmte. Eine lange Peitsche fiel aus der Hose. Die sich aber wunderbar blasen und wixen ließ und sich zu einem mächtigen Turm aufrichtete.

„Der ist richtig ficktauglich" stellte sie fest. Da wissen die Mädels nicht was ihnen entgeht."

Und er hat Stehvermögen! „Mir glaubt nie jemand, dass ich dich gefickt habe" jammerte Jürgen weiter.

„Ist auch gut so", knurrte Heike. „Braucht auch keiner zu wissen." „Wenn andere das sehen könnten wie gut ich bin, würde ich bestimmt Mädels abkriegen. Das würde sich rumsprechen und ich wäre Interessant." Er jammerte so sehr, dass ihm seine gewaltige Latte wieder zusammenfiel und wurde fast weinerlich. Heike tat er unglaublich leid. Sie hatte ein großes Herz und war ein mitfühlender Mensch. Drum taten ihr auch immer die Männer mit ihren harten Ständern und den vollen Eiern leid. „So ein Druck", dachte sie. „Die armen Kerle. Die müssen unbedingt abspritzen." Genau dieses Schuldgefühl hatte sie jetzt auch bei Jürgen. Während sie ihm genüsslich einen blies und versuchte seine gefallene Latte wieder auf Touren zu bringen, überlegte sie an einer Lösung für Jürgens Problem. Sie verstand ihn und konnte es nachvollziehen.

Dann traf sie eine Entscheidung. „Ok, wir machen es. Du hast dein Handy dabei und filmst uns wie wir vögeln. Fick mich von hinten durch. Im Doggy Style und im Stehen und halt immer mit der Kamera drauf.

Film mich nur von hinten und pass auf, dass mein Gesicht nicht drauf ist. Am besten mein Kopf überhaupt nicht.

Damit sie nicht sagen können, du hast dir eine Nutte gekauft, fickst du mich ohne Gummi und haust mir deinen Dreck schön tief rein in die Spalte.

Lass ihn nur eine zeitlang drin stecken wenn du abgespritzt hast und stoß langsam immer wieder nach. So machst du mir eine richtige Pampe rein.

Wenn ich es dir sage, ziehst du ihn gaaaaanz langsam raus und hältst mit deiner Kamera voll drauf wie mir der Saft langsam aus der Möse rinnt, zu Boden tropft und meine Schenkel herunter läuft. Sei dir sicher, dass macht keine Nutte mit. Das ist live und echt und das werden sie dir glauben."

Heike konnte es selbst nicht glauben, welchen Plan sie gerade ausgesprochen hatte.

Jemanden es erlauben sie beim Sex zu filmen und demjenigen dann auch noch dazu auffordern, das Video an seine Freund zu versenden und ins Netz zu stellen. Wie blöd musste sie eigentlich sein. Aber sie hatte ein gutes Gefühl bei der Sache. Ein Gefühl, dass richtige zu tun. „Du zeigst mir zuerst das Video und schickst es mir" forderte Heike noch im Vorfeld. Jürgen traute seinen Ohren nicht. Er war begeistert von dem Vorschlag und seine Schlange richtete sich einsatzbereit auf. Schon legten die Beiden los. Die geübte Heike stand binnen Sekunden nackig da, während Jürgen doch etwas gehemmt seine Kleidung ablegte. Heike beobachtet den jungen Mann sehr genau. Er sah gar nicht so schlecht aus ohne Kleidung.

Er hatte kein Gramm Fett am Körper, nur harte, durchtrainierte Muskeln.

Durch seine, aufgrund einer angeborenen Skoliose hervorgerufenen buckligen Haltung und seiner Größe wirkte er aber immer wie ein langes dünnes Elend. Erst jetzt wurde sichtbar, was er für ein knackiges Bürschchen war.

„Lecker Schmecker, da läuft mir ja das Wasser im Mund zusammen. Den behalte ich mir länger," dachte sich Heike. „Nein, pfui Heike, was denkst du denn? Der Kerl ist 18!

Wir machen das aus einen ganz anderen Grund. Geht weg ihr schmutzigen Gedanken" schimpfte sie sich selbst. Da stand er nun verschämt da. „Er ist so süß und wirkt so unschuldig" und sie musste innerlich lachen. Er erinnerte sie an die Luxusausgabe des Glöckners von Notre Damm.

Es war einfach alles so lang und dünn bei ihm und er versuchte verschwitzt seine inzwischen sehr beachtliche Latte zu verbergen. Er war zwar sehr begeistert von allen doch merkte man ihm seine Überforderung mir der Gesamtsituation deutlich an. Für Heike war das auch mal wieder neu und ein schönes Gefühl.

Die anderen bumsten sie immer gleich durch und konnten es kaum erwarten bis sie nackig war. So schnell konnte selbst Heike manchmal nicht reagieren, wie ihr manch stoßgeiler Bock flix seinen Harten ins Döschen jagte. Doch den Pimmeln verging kurz darauf das Lachen. Doch dies sind andere Geschichten.

Jürgen stand einfach nur verschämt vor ihr und starrte sie an.

„Na, wollen wir das Ding jetzt mal versenken und ordentlich wegstecken?" lächelte sie ihn an. Mit großen Augen und heftigen Kopfnicken stimmte Jürgen zu.

Heike begab sich in den Vierfüßler Stand und reckte Jürgen ihren strammen Arsch entgegen. Einladend blitzte ihm ihre Fotze entgegen. Jürgens Pimmel war zu einer stolzen, kerzengeraden Latte ausgefahren. Er präsentierte ein Prachtexemplar eines jungen Schwanzes. Ein wirklich beachtliches Gerät wie Heike zugeben musste. „Hätte nicht geglaubt, dass aus der langen Hängenudel noch mal ein solcher Baum entsteht" stellte Heike beeindruckt fest. So was hatte sie in letzter Zeit eher selten gesehen. „So, jetzt fahr mal langsam ein" forderte sie ihn auf. Sofort war Jürgen zur Stelle und setzte an ihrer Ritze vorsichtig an. Man merkte deutlich wie aufgeregt und unsicher er war. Es war wohl das erste Mal, dass er seine Nudel irgendwo versenken durfte. „Einfach rein damit. Kann überhaupt nichts passieren. Da hat einiges drin Platz. Stoß einfach zu und jag mir das Ding bis zum Anschlag rein. Gaaaanz Sachte am Anfang und wenn du merkst, der Wiederstand wird weniger, stoß richtig fest zu. Und schon bist du drin" belehrte ihn Heike erneut.

Jürgen war so aufgestachelt, dass das Adrenalin nur so durch seinen Körper schoss. Er wollte nichts falsch machen oder die Situation ruinieren.

Er blickte auf diese kleine, ihm entgegenlachende Fotze, die feucht schimmerte und wunderbar roch.

Gleichzeitig blickte er auf seine Latte und hatte keine Vorstellung wie er diese in Heike pressen sollte. Es müsse ihr unwahrscheinlich weh tun, befürchtete er.

„Auf geht, los jetzt!" gab sie das Kommando. Sie packte Jürgens Kolben und drückte ihn sich einige cm in die bereitstehende Ritze rein. Als sie ihn bis zur Eichel eingeführt hatte, merke sie erst, wie mächtig, dieses lange Teil in erregten Zustand wirklich war. „Wow" dachte sie sich, seit langen das Beste, das ich hatte. Und dann setzte Jürgen nach. Zack und er quetschte ihn ein Stück weiter rein. „Uiiiii" entwich es Heike vollkommen überrascht und unbeabsichtigt. Aber mit so einem geilen Gefühl hatte sie nicht gerechnet. Jürgens Latte fühlte sich traumhaft an. Wie ein gerader Torpedo, der auf sein Ziel zusteuerte fuhr er in sie ein.

Sie wusste nicht warum, aber es geribbelte ihr am ganzen Körper. Jürgen stöhnte und keuchte erbärmlich hinter ihr. Man merkte es deutlich. Er kämpfte dagegen an, nicht sofort abzuspritzen. Derweil hatte er noch gut die Hälfte zu versenken. Aber so wie er selber behauptete, dauert es halt, bis man 22 cm in einer Möse versenkt. Vor allem beim ersten Mal. „ Der arme Kerl" dachte sich Heike. Hoffentlich spritzt er nicht ab.

Es würde ihn zu sehr deprimieren. Heike versuchte sich total zu entspannen und ihre ganze Muskulatur zu lockern.

Sie versuchte ihre Schamlippen locker zu kriegen, um Jürgen den Wiederstand etwas zu nehmen. Sie versuchte ihre Öffnung soweit und locker wie möglich zu bekommen. „Entspannen dich und tief durchatmen. Du bist locker und entspannt. Deine Möse wird weit und entspannt, Tief atmen und locker bleiben." Heike meditierte vor sich hin, während sich Jürgen weiter abkämpfte. Aber es schien zu klappen. Heikes Möse, die Jürgens Latte zuvor noch wie ein Schraubstock umschloss, wurde lockerer, weiter und entspannte. Sanft ließ sie den jungen Kolbe in sich eingleiten.

Das merkte auch Jürgen. Es ging deutlich einfacher jetzt und dieser unglaubliche Druck wurde weniger. Jetzt stieß er mit Erfolg kräftig zu. Mit einem Satz hatte er ihn Heike nun reingejagt und bis zum Schluss versenkt. Er steckte komplett in einer Fotze. Er konnte es noch gar nicht glauben und war außer sich vor Freude.

Und wie einfach und schnell er auf einmal ein glitt. War es doch zuvor gerade noch so mühselig. Heike musste wohl doch schon etwas Erfahrung haben, mutmaßte er. Heike aber entriss es noch mal ein lautes „uiiiiiiiiii". Sie konnte es wieder nicht zurückhalten. Aber der Moment als er komplett in sie einschlug war einfach nur als göttlich zu bezeichnen.

Es durchfuhr ihre ganze Spalte und der Saft lief ihr zusammen. „Gut für Jürgen" dachte sie. „Dann flutscht alles besser und der Kolben ist gut geschmiert. Tut er sich beim vögeln einfacher. „Ein anderer Gedanke war da belastender. Es war schlimm für sie, dass sie merkte, wie geil sie auf diesen jungen, unerfahrenen Schwanz wurde. Sie bekam richtig heiße Gefühle seitdem Jürgen in ihr steckte.

War es doch mit den anderen nur Spaß und Vergnügen ohne sonstiges Interesse, so konnte sie es sich bei Jürgen durchaus vorstellen mit Emotion eine ganze Weile zu ficken. Das Gribbeln in ihrer Möse deutete zudem darauf hin, dass ihr der Bengel wirklich einen Orgasmus verpassen könnte. Das konnte nicht wahr sein.

Der junge war 18, fickte vermutlich das erste Mal und war drauf und dran es ihr zu besorgen. Eigentlich dürfte all dies gar nicht sein. „Lass dich ja nicht vorführen und dich von dem zum Orgasmus bringen. Wie peinlich wäre das denn" grübelte Heike ärgerlich. Derweil wäre sie vor Lust und Geilheit grad richtig am Abgehen und musste sich selbst ausbremsen. „Bewahre die Contenance und reiße dich am Riemen" befahl sie sich. Das ist hier alles kein echter Fick. Nur Show zur Rettung eines fast Minderjährigen. Also erledige deine Aufgabe jetzt professionell."

So nachdenklich in sich versunken, hatte sie gar nicht mitbekommen, wie Jürgen seinen langen Riemen wieder fast ganz aus ihr herausgezogen hatte. Mit einem Indianerähnlichen Kriegsschrei, der sich ungefähr nach „Yahuuuehaaaa" anhörte rannte er ihn ihr wieder mit voller Wucht bis zum Aufschlag seines Beckens auf ihren Arsch hinein. Es klatschte gewaltig und Jürgen bohrte sich rückartig mit hoher Geschwindigkeit in sie hinein. Es kam so heftig und überraschend, dass Heike fast nach vorne über gefallen wäre und laut aufschrie. Ein lautes „Ahhhhhhh" kam keuchend über ihre Lippen, gefolgt von „Wow, was war das denn jetzt?

Das war ja der Hammer! Du kleiner Rammbock. Das hast du wirklich fein gemacht. Gib mir noch mal so einen mit." Und Jürgen wiederholte das Ganze. Er setzte zurück und fuhr laut jodelnd erneut in sie ein. Diesmal noch heftiger als das erste Mal. Aber Heike war wenigstens darauf vorbereitet und konnte sich abstützen. Nichts des zu trotz und das obwohl sie es nicht wollte, jagte ihr Jürgen wieder ein lautstarkes „Ahhhhh" heraus. „Oh Gott, was geht denn hier ab?" dachte sie entsetzt. Der ist drauf und dran mich durchzubumsen. Jetzt ist aber Schluss damit. Vielleicht habe ich einfach zu viel Mitgefühl. Ich will aber nicht von einem 18-Jährigen es bis zum Ultimo besorgt bekommen und vorgeführt werden."

Sie wusste, es lag nicht an Jürgens Leistung, sondern an ihr und den Gefühlen, die sie bei jedem Stoß oder vielmehr schon Schlag verspürte.

Es konnte nicht angehen, dass sie mit allen möglichen schon Verkehr hatte, Filme drehte, Anschaffen ging und nun eine kleine Kröte sie durchjagte. Es sollte doch eigentlich andersherum sein.

War es der Reiz an dem Jüngling? Das neue, unschuldige unbekannte was sie so faszinierte? Aber warum war es so anders bei ihm? Vielleicht weil er ihr wirklich was bedeutet? Sie redetet hier nicht von Liebe, sondern einfach von zwischenmenschlicher Beziehung. Es musste so sein, denn das Angebot, das sie ihm machte und die Situation, in der sie sich jetzt befanden, lies gar keine andere Antwort zu. Heike fing sich wieder. „Ok, bringen wir es zu Ende" puschte sich Heike auf und übernahm das Kommando über die Situation. „So du kleiner Schlagbolzen" hauchte sie ihn mit einem verführerischen Lächeln an. „Erfolgreich eingedrungen und perfekt angestoßen" lobte sie ihn. „Nun wird aber nicht wie bei Abbrucharbeiten gefickt, sondern mit Gefühl.

Schalt also deinen Abrisshammer mal ein paar Stufen zurück. Langsam raus und rein. Sanft und mit Gefühl. Sachte vor und zurück. Genieß wie er sich rein und raus schiebt. Lass ihn einfach gleiten. Dann wechsle mal die tiefe und die Geschwindigkeit. Lass deine Hüften kreisen und bohr dich mit unterschiedlichen Bewegungen rein. Genieß es und lass dich von deinem Körper und deinem Gefühl leiten.

Dann werd mal wieder grober zwischendurch. Lass es krachen und klatsch ihn mir rein wie am Anfang. Immer wieder mal eine solche Einlage ist geil.

Deine Hände kannst du gebrauchen, um meinen Arsch zu umklammern. Gerne auch mal reingreifen oder zwicken. Oder hau einfach mal leicht drauf. Er gehört dir.

Oder beug dich vor zu mir und umgreif meine Brüste. Streichle sie, massiere sie, drück sie, kneif hinein oder zieh und zwick in meine Brustwarzen. Spiel einfach mal damit. Erkunde alles. Und bleib immer etwas in Bewegung. Stoß immer zu. Auch wenn es nur kleine Bewegungen sind.

Wenns zu viel wird, drück ihn ganz fest rein. Bis Anschlag und beweg dich nicht mehr. Genieß das Gefühl wie der pulsierende Schwanz in meiner Muschi pocht. Der Druck wird dann bald weniger. Dann kannst du wieder zustoßen". Jürgen nickte brav und versuchte die Anweisungen umzusetzen. Aus den Augenwinkeln heraus beobachtete sie Jürgen, wie er hinter ihr rumzappelte und versuchte alles richtig zu machen.

Das Ganze war unkoordiniert und wirkte etwas Paradox. Gut das Jürgen nicht sah, wie Heike schmunzeln musste. Der große Vorteil bei dieser Stellung.

Er gab wirklich sein bestes und war bemüht. Fleißig arbeitete er in Heike hinein.

Es dauerte noch einige Zeit, aber plötzlich wurde das ganze Koordinierter und rhythmischer. Er bekam richtig Gefühl dafür. Systematisch setzte er alles um und stellte sich nicht mal dumm dabei an. „Das wird mal ein richtig guter Ficker" freute sich Heike. Und wer hats gemacht? Tara, ich die Heike." Sie war mit sich zufrieden. Vor allem darüber zufrieden, dass sie wieder das Geschehen beherrschte. „Vergiss nicht alles zu Filmen" ermahnte sie ihn.

Stoß ruhig und gleichmäßig, nicht das das Bild zu sehr verwackelt. Und halt richtig in Großaufnahme drauf. Wie er langsam eindringt in mich und wieder rausgleitet. Sie sollen genau sehen, wie du ihn in mir versenkst und wie tief dein geiler Schwanz in mich geht." Von ihrer Filmkarriere her, wusste Heike genau worauf es ankommt und gab ihr Wissen gerne weiter. „Nichts ist umsonst im Leben dachte sie. Und alles ergibt irgendwann mal einen Sinn.

Selbst das drehen von Pornofilmen. Dann wollen wir doch von dem gelernten noch mehr umsetzen" ging ihr durch den Kopf. Sie werde jetzt mal ihre ganze Schauspielkunst miteinbringen. Ihr Regisseur wäre sicher stolz auf sie.

Und Heike legte los, dem Jungspunt eine unvergessene Darbietung ihrer Leistung zu präsentieren. Inzwischen rammelte Jürgen super. Und so wie Heike nun vor ihm abging, gab es ihm nochmal zusätzlichen Ansporn.

Er lief zur Höchstform auf. Wie ein junger Pornostar warf er sich auf Heike und bumste diese zu ihrer Überraschung richtig gut durch. Unter stöhnen und schreien stieß er in sie rein wie er nur konnte. Brav sein Handy in der Hand. Heike machte bei der Show einfach mit, ohne dass es Jürgen merkte, dass alles nur gespielt war. Sie spielte die durchgefickte alte, wo gegen den jungen Bengel nicht ankommt und von ihm gerade richtig verräumt wird. Sie kreischte und stöhnte und jammerte: "Oh Gott Jürgen, du fickst so gut mit deinem großen Schwanz. Mach langsamer. Ich kann nicht mehr. Aua,… Jürgen, nicht so tief." Sie quiekte als ab sie den härtesten Sex ihres Lebens abbekam und gab sich hilflos und unterwürfig. „Jürgen, ich komme…ich komme schrie sie ihn an" Was als Showeinlage gedacht war, machte Heike richtig scharf. Sie stand wirklich kurz davor, es von einem 18-Jährigen besorgt zu bekomme. Ein realer Orgasmus rückte immer näher.

Jürgen war voll weg von der ganzen Szene, die sich vor seiner Kamera abspielte. Er glaubte, all dies sei real. Er war so überzeugt von sich und war sich sicher Heike richtig vorzuführen. Es der alten heißen Schnecke richtig zu geben.

Sie hatte sich wohl etwas übernommen, als sie sich mit ihm eingelassen hatte. Hätte sie echt geglaubt sie könne mit ihm mithalten?

Aber eins musste er zugeben. Die Möse von Heike war der Hammer. Er hatte zwar noch keinen Vergleich, aber es konnte keine bessere mehr geben.

Inzwischen hatten sie die Stellung gewechselt.

Im Stehen nagelte er Heike her, die noch immer das hilflose, quietschende Püppchen spielte. Aber es war nun Zeit das Ganze zu beenden. Heike zwickte ihre Schamlippen fest zusammen und packte Jürgen zwischen ihren Beinen durch an den Eiern. Jetzt wurde auch dem jungen Mann klar, dass Heike mit ihm nur spielte. Was machte die Frau mit seinen Sack nur. Und sein Schwanz war so fest umklammert in dieser Fotze. Er hielt es keine Minute mehr durch. Laut schreiend spritze er ihr seine Ladung in die Fotze und versuchte sich exakt an Drehbuch zu halten. Heike gefiel es so gut, als Jürgen kam, dass sie selbst einen Orgasmus erlebte, in dem Moment als er alles in sie reindonnerte.

Es war ihr voll peinlich. Sie ließ sich nichts anmerken und verkniff sich sämtliche Töne. Dass es ihr ein 18-Jähriger gemacht hat, wollte sie jetzt nicht zugegen und er brauchte es auch nicht zu wissen.

Solle er nur weiterhin jetzt der Meinung sein, sie hätte ihm das alles vorgespielt und sie sei eine richtig erfahrene Bitch. Umso mehr würde es sein Ego stärken, dass er sie hätte nehmen dürfen. Jürgen stand noch immer hinter ihr und bohrte in sie rein. Dabei stöhnte, schrie und hechelte er, war kurzatmig und hatte leicht die Farbe gewechselt. „Was bei dem grad abgeht, muss wirklich was verdammt Tolles sein." Heike war sehr stolz auf sich. Sie hatte nur Angst, dass Jürgen hinter ihr plötzlich umfiel. Endlich beruhigte er sich.

„Darf ich?" fragte er. „Sie nickte. Zieh ihn ganz langsam raus. Ich will spüren wie dein Saft aus mir rinnt" keuchte sie in die Kamera. Jürgen hielt drauf, wie er ihn langsam aus der Spermaverschmierten Fotze zog. Er hatte eine gewaltige Ladung in Heike geschossen, die sich nun ihren Weg nach draußen bahnte.

Mit weit gespreizten Beine stand sie da, zog sich die Lippen auseinander und lies den Saft raus tropfen. Fast schon elegant lief er ihr die Schenkel entlang hinab. Dann Schnitt und vorbei. Die Szene war gedreht und im Kasten.

Das Video wurde ein voller Erfolg. Es war auch wirklich verdammt gut geworden. Es war alles perfekt.

Sie war nicht zu erkennen. Zu erkennen war nur Jürgen, der eine deutlich ältere, aber sehr attraktive Frau nach Strich und Faden durchbumste.

Die peinlichen Szenen, wo Jürgen die Wahrheit erfuhr, wer der Boss im Ring war, schnitten sie raus. Aber Jürgen wusste Bescheid. Sie hätte ihn im nu abfertigen können. Er war ihr ewig dankbar für das was sie für ihn getan hatte. Die Mädchen standen Schlange bei ihm und wollten seine mächtige Schlange kennen lernen. Bei den Jungs gewann er den vollen Respekt und galt als „Der Typ". Das Video lief im Netz rauf und runter und bekam zahlreiche likes.

„Junger Teeny mit Riesenschwanz bangt geile ältere Bitch" so der Titel ihres Kurzfilms.

Noch heute hat ihn Heike auf ihrem Handy und schaut ihn sich mit freudiger Erinnerung immer wieder gerne an.

Auch erinnerte er sie an ihr süßes Geheimnis, dass sie mit niemanden teilt. Ein junger Bursch hatte es ihr, der erfahrenen Schlampe besorgt. Was Unzählige auf Stunden nicht schafften, vollbrachte ein Knabe binnen weniger Minuten. Bis heute hält sie noch Kontakt mit Jürgen, jedoch ohne nochmals mit ihm intim geworden zu sein. Heraus entwickelte sich eine tiefgründige Freundschaft…

Heike musste im Leben feststellen, dass Freundschaft durchaus auch Schattenseiten haben kann. Die mit Trauer und Verlust verbunden sind. Diese Erinnerungen treiben ihr immer wieder Tränen in die Augen.

Es war ein anderer Freud, auf dessen Leben sie Einfluss genommen hatte und umgekehrt….

Der alte Schorsch

Heike arbeitete damals bei einer ansässigen Hilfsorganisation. Sie war zu dem Zeitpunkt so um die 32. Sie fuhr Essen für Pflegebedürftige, transportierte Rollstuhlfahrer und unterstützte bei der häuslichen Pflege. Ihr machte der Job wahnsinnigen Spaß und sie betrieb ihn mit Leidenschaft und herzlicher Überzeugung. Sie war ein sehr sozialer Mensch mit dem Herz am richtigen Fleck. Trotz aller, ihrer teils doch emotionslosen Sexexzesse. Das eine hatte eben mit dem anderen nichts zu tun. Die zwei Seiten der Heike eben. Voller Mitgefühl pflegte sie eben noch einen älteren Menschen und ein paar Stunden später, schob sie eine heiße Nummer mit einem Kollegen im Krankenwagen, dachte dabei noch lüstern an ihrem Mann und trieb es doch hemmungslos ohne schlechtes Gewissen. Oder doch? Auf alle Fälle lernte sie auch den alten Schorsch kennen. Zu ihm fuhr Heike 3x die Woche. Brachte Essen, kümmerte sich grob um den Haushalt und half bei der Körperpflege mit.

Schorsch war ein älterer, rundlicher Mann, Mitte 70, der alleine lebte. Seine Frau war schon vor langer Zeit verstorben. Er war eigentlich körperlich und geistig sehr fit. Manko war sein schwaches Herz, das kaum Anstrengungen zu lies. Darum wurde ihm auch die Betreuung genehmigt.

Heike erinnerte er durch seine Erscheinung und sein Auftreten immer an den Meister Eder, einer Fernsehserie aus ihrer Kindheit.

Und auch seinen kleinen Pumuckel hatte sie durch die Mithilfe beim Baden schon kennen gelernt. Schorsch war ein herzensguter, anständiger Mensch. Nie grantig oder verärgert. Er blieb immer sachlich und anständig. Und war trotzdem witzig und charmant. Leider waren nicht alle älteren Herren so. Viele grapschten oder machten Anspielungen und Angebote, die Heike aber dankend ablehnte und versehentlich dann mal mit dem Waschlappen an manchen Stellen zu fest Zugriff. Bei Schorsch war das alles anders. Sie fuhr gerne zu ihm hin und half ihm auch außerhalb ihrer regulären Arbeitszeiten. Aus dem anfänglichen Arbeitsverhältnis entwickelte sich eine Bekanntschaft. Aus der Bekanntschaft eine Freundschaft.

Schorsch stand schon immer winkend am Fenster und wartete bis Heike kam. Als sie fuhr, stand er wieder am Fenster und winkte hinterher. Heike hatte die Befürchtung, dass Schorsch schon Stunden vor ihr und auch noch nach ihr am Fenster stand und nach ihr Ausschau hielt. Heike war seine einzige Person zur Außenwelt oder überhaupt Person, zu der er Kontakt hatte. Schorsch hatte niemanden und war ganz allein. Nur einmal in der Woche kam die alte Marta von nebenan zum traditionellen donnerstags Nachmittagskuchen. Das vollzogen die beiden seit über 20 Jahren.

Das Verhältnis zwischen Schorsch und Heike wurde sehr offen und intensiv. Sie redeten über fast alles, hörten einander zu und hatten fast keine Geheimnisse voreinander. Er nannte sie immer sein Heikelein und sagte immer zu ihr:" Du bist a anständigs Madl. A feine Frau. Net so wie des Zeug was da draußen rum läft." Er war stolz auf sein Heikelein und genoss die Spaziergänge mit ihr, bei denen sich Heike immer ganz fest an ihn drückte und bei ihm im Arm ein hing. An einem Abend aber wirkte Schorsch sehr aufgeregt und sagte er müsse mit ihr reden.

Er habe was auf den Herzen, worüber er mit ihr sprechen möchte. Sie solle ihn aber bitte nicht falsch verstehen oder dann schlecht über ihn denken. Heike war gespannt worüber es wohl gehen sollte. Sie konnten doch über alles reden und waren offen und ehrlich zueinander. Nur zögerlich rückte Schorsch beim gemeinsamen Abendessen mit der Sprache raus. Mit dem hatte sie jetzt eigentlich nicht gerechnet, konnte Schorsch Gedanken aber durchaus nachvollziehen und hatte Verständnis dafür. Schorsch vertrauter ihr an, dass er gerne noch einmal in seinem Leben Sex hätte. Und zwar mit einer jüngeren Frau. Die alte Marta könnte er zwar jederzeit haben, so setzte er fort, aber mit ihren 89 hatte sie doch schon ziemlich an Attraktivität verloren. Nein, er hätte gerne eine Frau so um die 30. Nur noch einmal das schönste Gefühl der Welt erleben.

Das letzte Mal hatte er mit seiner Frau und die war schon so lange tot, dass er nicht mal mehr genau wusste wann sie gestorben war. Er verdrängte es immer und hatte ihr geschworen nie mit einer anderen Sex zu haben. Bis heute habe er sich dran gehalten erklärte er weiter.

Aber er stehe nun selbst an einer Schwelle des Lebens, wo man nicht mehr wisse, wie lange es noch geht.

Wie lange man noch bleiben darf. Er möchte es einfach noch mal erleben und er weiß auch, dass es dafür Pillen gibt, die das ermöglichen. Heike hatte zuerst mit einem sehr unmoralischen Angebot gerechnet, welches ihr Bild über Schorsch wohl deutlich ins Wanken gebracht hätte. Doch dem war nicht so. Wie konnte sie an Schorsch zweifeln. Nein, ganz im Gegenteil. Er bat sie um Hilfe, ihn bei dem Vorhaben zu unterstützen. Es war ihm peinlich und es viel ihm sichtbar schwer darüber zu sprechen. Aber wenn nicht mit Heike, mit wem denn dann. So fuhr er fort und erzählte ihr von seinem Plan. Er würde sich gerne für Geld eine Frau kaufen. Es gibt welche, die machen es für Geld, hatte er ganz entsetzt mal herausgefunden. Und er habe sich auch schon schlau gemacht, wo es solche Frauen gibt. Aber er traue sich nicht alleine hin. Er habe Angst fremde Häuser zu betreten und hatte keine Vorstellung was er da vorfinden würde. Und das ganze gehe auf Zeit, habe man ihm am Telefon gesagt. Geld habe er.

Aber wenn die Frau recht hetzt, da alles auf Zeit geht, habe er Angst wegen seines Herzens. Schorsch kannte sich eben überhaupt nicht aus. Die kommen auch Heim fügte er weiter an. Da hatte er aber wieder Angst, eine fremde Frau ins Haus zu lassen. Sie könnte ihn ja ausrauben oder umbringen oder beides. Und er wollte auch nicht die alte Marta einweihen, damit diese das Haus bewacht während der Besuch da ist und bei kriminellen Anzeichen sofort die Polizei verständigt. Überhaupt wäre Marta dann wieder eifersüchtig und würde ihm eine Szene machen. Er wollte nun Heike bitten, ihm zu helfen. Vor allem ihre Meinung dazu hören. Er fragte sie, was sie generell von seiner Idee halte und ob sie bereit wäre, mit ihm zu so einen Haus zu fahren wo man sich Frauen kaufen kann. Sie solle ihn nur hinbringen, bitte draußen warten und ihn dann wieder sicher nach Hause begleiten. Oder aber, sie bleibe hier bei ihm im Haus, wenn er sich eine liefern lassen würde. Er wolle einfach nicht alleine sein in dieser Situation. „Denkst jetzt schlecht von mir" schaute er sie traurig an. Aber Heike überlegte bereits, wie sie Schorsch am besten helfen könnte oder was der bessere Weg wäre. „Lass mich überlegen" sagte sie. „Wir finden die richtige Lösung. Ich sag dir Morgen, was mir dazu eingefallen ist, bzw. wie ich das ganze angehen würde.

Und du überlegst dir noch mal ob du das wirklich willst." Schorsch war so erleichtert als er die Antwort seines geliebten Heikelein hörte. Beim Verabschieden sagte er dann noch zu ihr." Vielen Dank Heikelein. Du bist a anständigs Madl. Aber i mecht des wirkle noch moi." Heike gab ihm zu verstehen, dass dies vollkommen ok für sie sei und versicherte ihm noch mal, ihm zu helfen.

Heike grübelte die ganze Nacht und kam schließlich auf die Lösung. Der alte Schorsch traute seinen Augen nicht, als Heike ihm ihren Vorschlag am nächsten Tag freudig unterbreitete. „Ich habe darüber nachgedacht, dass ich das alles nicht gut heißen kann und finde es für eine schlechte Idee. Du hast es nicht verdient und auch nicht nötig zu einer billigen Nutte zu gehen, die dich eh nicht ernst nimmt und entschuldige bitte, in dir nur einen alten geilen Sack sieht. Und dafür sollst du dann für ein paar Minuten Spaß auch noch ordentlich bezahlen.

Nein Schorsch, das lasse ich nicht zu. Dafür bedeutest du mir viel zu viel als das du dich für so was hergeben musst." Schorsch unterbrach sie. „Heikelein, du hast jo recht. I versteh di. Aber des is mei Traum. Du bist halt einfach a zu anständigs Madl."

„Schorsch, ich war noch nicht fertig!" unterbrach sie ihn barsch. Sie schnaufte tief durch und sagte mit leiser, aber bestimmender Stimme:

„Es wäre mir eine Ehre und würde mir eine riesengroße Freude bereiten, wenn ich es sein dürfte, die dir diesen Traum erfüllt. Ich habe darüber gründlich nachgedacht und meine Entscheidung steht fest. Wenn du mich willst, bin ich für dich da. Ich will kein Geld und bleibe solange du willst." Schorsch schaute sie fassungslos an: „So a anständigs Madl konn doch net mit an oiden Mo ins Bett geh. Heikelein des is a Schmarn. Und du bist ano gheirat. Was sagt denn do dei Mo?" Die beiden diskutierten noch lange und sprachen beide ihre Bedenken aus. Argumentierten aber auch über die Vorteile und Nachteile dieses Unterfangens. Letztendlich passierte aber das, was immer passierte. Heike setzte ihren Dickschädel durch.

Sie hatte Schorsch dazu gebracht, zuzustimmen mit ihr zu schlafen und seine Gedanken an die Nutte beiseite zu schieben. Mit den Worten: "Lass dich überraschen wann die Umsetzung folgt", verabschiedete sich Heike von ihm. Sie hatte sich vorgenommen, dass es eine Überraschung wird.

Ein Erlebnis, das Schorsch verdient und nie mehr vergessen wird.

Sie konnte es sich zwar noch nicht vorstellen wie es sein wird, mit den doch viel älteren und sehr vertrauten Schorsch Liebe zu machen, doch sie wusste, dass es richtig war. Sie war so voller Freude Schorsch glücklich zu machen, dass sie es selbst schon nicht mehr erwarten konnte.

Dann sollte der große Tag der Umsetzung folgen. Schorsch Traum sollte wahr werden. Es sollte der schönste Tag in seinem Leben werden. Alles war perfekt geplant. Nur Schorsch wusste noch nichts davon.

Heike hatte sich voll rausgeputz, geschminkt, gestylt, Reizwäsche an und alles frisch rasiert. Sie sah aus, als ab sie ein Model wäre auf den Weg zum Laufsteg. Derweil machte sie sich auf, um mit einem über 70-Jährigen Sex zu haben.

Das Schorsch keinen Verdacht schöpfte und die Überraschung auch gelingt, zog sie sich ihre Dienstkleidung drüber. Wie immer stand er schon winkend am Fenster als sie in den Hof einfuhr. Nur heute würde die Pflege anders verlaufen…

Heike Begrüßte ihn ganz normal wie immer und tat so als ob das vergangene Gespräch und die Vereinbarung nie stattgefunden hatte. Ach Schorsch verhielt sich wie immer. Er war wohl froh darüber, dass Heike das Thema auf sich beruhen lassen wollte. So machte es zumindest den Anschein auf ihn. Er war auf alle Fälle froh, dass sie gekommen war.

Sex mit seinen Heikelein konnte er sich eh immer noch nicht so recht vorstellen. Auch wenn er sie sehr attraktiv fand.

Heute war wieder Waschtag und Heike stellte Schorsch wie bei jedem Waschtag in die Dusche und half ihm, sich überall zu waschen.

Es war sowieso nur der Rücken und die Füße, wo Schorsch Schwierigkeiten hatte hin zu kommen. Schorsch stand schon in der Wanne und lies sich das Wasser über die letzten grauen Haare laufen.

Er wusste, gleich würde Heike ihren Kittel ausziehen und sich zu ihm an den Wannenrand setzen. Genau das tat sie auch diesmal. Aber heute fielen Schorsch fast die Augen raus. Sie ließ ihren Kittel einfach runter gleiten und stand da, mit fast nichts darunter. Nur ein hauchfeiner Schwarzer BH hielt ihre prallen Möpse zusammen.

Ein zarter schwarzer String gab ihre knackigen Pobacken frei und verdeckte nur eben so ihre Scheide. Dazu hatte sie hohe Stiefel mit enormen Absätzen an. Ebenfalls im passenden Schwarz. Nun machte sie ihren Pferdeschwanz auf und schüttelte ihre dunkle Mähne wild. Sie war verführerisch Geschminkt und trug schillernden roten Lippenstift. „Jo…Jo…Heikelein" stotterte er. „Bist du des wirkle? So kenn i di ja gar ned. Mei bist du sche. I trau mi di glei go ned anschaun." „Pssssssssst" flüsterte Heike ihm zu. Ich will nichts hören von dir. Jetzt wird gewaschen.

Sie nahm das Duschgel und begann Schorsch am ganzen Körper einzuseifen. Zärtlich streichelte und berührte sie ihn am ganzen Körper. Und Schorsch gefiel es sichtlich.

Eben hatte ihr Meister Eder noch einen keinen Puwackel, der sich hinter einen Haarbüschel versteckte, so stand jetzt ein strammer Pumuckl hervor. „Dann wollen wir jetzt doch mal den kleinen Schorsch richtig sauber machen". Noch unter diesen Worten nahm sie Schorschs Glied in die Hand und begann es ganz sachte und liebevoll zu streicheln und zu rubbeln. „Oh…Oh…Oh…Oh…" stammelte Schorsch. „Mei tut des guad. Und wie du des konnst. In diesen Moment nahm Heike ihn in den Mund und begann Schorsch mit voller Hingabe einen zu blasen. „Jessas Maria, Heikelein, was stellst denn du do o." Heike fasste mit einer Hand nach oben und hielt Schorsch den Mund zu. Kurz unterbrach sie ihren Blasakt. „Leise" forderte sie ihn auf. „Genieße es." Noch eine ganze Zeit blies Heike zur Freude von Schorsch eifrig weiter. Er hatte für sein alter einen schönen Schwanz und Heike machte es Spaß ihn zu verwöhnen. Das schönste daran aber waren die strahlenden Augen von Schorsch und dieses glückliche lächeln in seinem Gesicht, das sie jedesmal erblickte, wenn sie nach oben schaute. Als sie die ersten Tropfen in ihren Mund spürte, brach sie ab. „Wir haben noch mehr vor" sagte sie zu ihm, half ihm aus der Wanne und trocknete ihn ab.

Dann nahm sie seine Hände und begann rückwärts in Richtung Schlafzimmer zu gehen.

Schorsch watschelte anstandslos mit und konnte seinen Blicke nicht von ihren traumhaften Körper lassen. Er wusste, dass sie bildhübsch war. Aber so was hätte er in seinen wildersten Träumen nicht erwartet.

Als Heike am Bett angekommen war, lies sie Schorsch Hände los und lies sich rückwärts in dieses fallen. In unglaublicher erotischer Art und Weise rekelte sie sich aus ihren String heraus, stulpte sich die Schuhe aus und öffnete ihren BH. Leicht winkelte sie ihre Beine an und spreizte sie provokant auseinander. Ihre blitzblank rasierte Spalte wirkte einladen und bereit. „Komm" sagte sie zu ihm. „Heikelein, i ko des net. Du bist mei Heikelein und du bist soo sche. Es konn sie doch net jetzt a oider Mo auf di drauflegen und mit dir Sex haben. Was sagt denn do dei Mo dazur? Weiß der des?" stotterte Schorsch, sichtlich berührt heraus. Heike aber konterte flink. „Er weiß es. Ich habe mit ihm darüber gesprochen. Ich würde meinen Mann nie betrügen.

Er gab mir sein Einverständnis und weiß was ich tue. Er findet es herzlich, löblich und richtig. Beruhigt?" Natürlich hatte sie ihm nichts gesagt. Er hätte sie vermutlich für verrückt erklärt, wenn sie ihm vorgetragen hätte, dass sie beabsichtige mit einem über 70-Jährigen Sex zu haben.

Vermutlich wäre ein Kommentar wie: „Willst du jetzt Sterbehilfe leisten" oder so ähnlich gekommen. Nein danke, das brauchte sie nicht.

Überhaupt tat sie es ja aus Nächstenliebe, Mitgefühl und Menschlichkeit. Sie fragte ihren Mann ja auch nicht, ob sie einen Blinden über die Straße helfen darf. Sie machte es einfach. Und das mit Schorsch hier war in ihren Augen nichts anderes. Für Schorsch aber reichte die Erklärung aus und er gab sich erleichtert zufrieden. „Du bist so a anständigs Madl. So was find ma nimma auf der Welt. Treu und ehrlich. Net so a billigs Luder wies alle draußen rum laufen und ernerne Manna bescheißen. I glaub, du hast an ganz an guaden Mo." Heike wurde kurz nachdenklich und lies die Worte ihres Freundes auf sich wirken. Dann schluckte sie noch kurz und war wieder anwesend am Geschehen.

„Komm rauf jetzt" bettelte sie ihn an. Es ist alles ok. Wir sind zwei erwachsene Menschen, hatten beide schon mal Sex und wissen, was wir hier tun. Jetzt lass uns mal schauen wie er passt." Sie packte ihn am Pumuckl und zog ihn zu sich her. „Halt, wart", kam Schorsch noch mal dazwischen. „Da braucht ma doch so a Gummi Zipfelmützen drüber bevor wir intim werden". „Nein", sagte Heike zärtlich. „Brauchen wir nicht. Die gabs zu deiner Zeit noch nicht und wir werden jetzt nicht damit anfangen.

Wir machen es so, wie es schon immer gemacht wurde. Also komm jetzt mal rein.

Es steht alles offen und wartet auf deinen Besuch. Du darfst so lange bleiben wie du willst."

Schorsch begab sich zwischen Heikes Schenkel und mit einem professionellen Stoß war er in ihr drin.

Er hatte ihn zügig, aber sanft und zärtlich eingeführt. Einfühlsam begann er sie zu ficken. Er war so auf Zärtlichkeit bedacht und wollte es Heike so gut wie nur möglich machen. Die Überwindung mit einem alten Mann Sex zu haben musste schon groß genug für sie sein. So solle es ihr wenigstens ein bisschen gefallen.

Und Heike gefiel es. Schorsch musste ein hervorragender Lover gewesen sein. Er hatte nichts verlernt. Wirkte nur etwas eingerostet. „Och… Heikelein" stöhnte Schorsch. „Des is ja der Wahnsinn wie eng du bist. Du musst no ned viel Manner gehabt ham in dein Leben. So anständig und jetzt lasst an oiden Deppen drüber." Mit innigen Küssen verschloss sie seinen Mund. „Nicht mehr reden und denken. Nimm mich einfach und spüre wie gut es uns beiden tut. Schorsch war sehr ausdauernd und wirklich eine Granate. Wie eine übriggebliebene Fliegerbombe aus den 2. Weltkrieg, die gezündet wurde. Wie ein funktionierendes Uhrwerk besorgter er es Heike und leistete dabei Präzisionsarbeit. Heike gefiel es sehr gut. Es war eines der besten sexuellen Erlebnisse, die sie jemals hatte. Und es war alles echt. Die Gefühle und die Leidenschaft. Genau so real war auch ihr Orgasmus. Und Schorsch schenkte ihr einen nach den anderen in unterschiedlichen Stellungen.

Heike Mutmaßte, dass dies alles nicht mit rechten Dingen zugeht und machte sich Gedanken um Schorsch Herz. „Er werde doch nicht Viagra genommen haben" grübelte sie. Aber sie konnte ihm nicht böse sein. Er wirkte so glücklich. War so voller Freude. Mit einem weiten lächeln und großen Augen, in denen Freudentränen zu erkennen waren bot er ihr eine leidenschaftliche Darbietung. Nur das Schwitzen und die schwere Atmung von Schorsch machten ihr Kopfzerbrechen. So verging Stunde um Stunde und die beiden vögelten bis spät in die Nacht. Beide wussten schon gar nicht mehr wie oft sie gekommen waren und machten einfach weiter. Der Pumuckel wollte sich einfach nicht niederlegen. Und Heikes Möse hielt tapfer dagegen. Sie werde erst aufhören, wenn der Job erledigt ist und aus dem Pumuckel wieder ein kleiner Puwackl wurde. Das hatte sie sich vorgenommen. Denn es war Schorsch Traumtag.

Beide waren durchgeschwitzt und klitsch nass als es endlich so weit war. Wie abgesprochen erlebten beide zeitgleich einen letzten gigantischen Orgasmus. Keiner von beiden konnte sich zurück erinnern, wann sie jemals einen solchen, außer mit dem eigenen Partner erlebten. Es war unglaublich.

Lange Zeit noch blieben beide erschöpft liegen. Beide kultvierten sich noch und Heike bereitete Schorsch alles vor. Essen, Bett und Bad. Dann musste sie aber wirklich nach Hause.

Verträumt winkte ihr Schorsch wieder nach, bis sie verschwunden war. Heike war überglücklich. Sie hatte das einzig richtige getan. Sie hätte es ewig bereut, dies nicht getan zu haben und stattdessen Schorsch bei einer Nutte abgestellt zu haben. Dann wäre sie ein schlechter Mensch gewesen. Und es war doch sooooo schön. Es ist toll, anderen Menschen zu helfen. Sie freute sich schon auf den nächsten Tag. Schorsch hatte bestimmt noch viel zu erzählen.

Am nächsten Morgen klingelte in der Früh das Telefon. Es war die alte Marta, die ihr mittelte, dass Schorsch gestorben sei. Sie habe ihn tot im Bett gefunden und sie solle schnell kommen. Heike war außer sich.

Völlig durch den Wind und mit Tränen übersäht rannte sie ohne eine Erklärung an ihrem Mann vorbei, setzte sich ins Auto und fuhr zu Schorsch. Die alte Marta wartete bereits. „Er ging nicht ans Telefon. Drum ging ich rüber." Heike stürmte ins Schlafzimmer und war dem Kollaps nahe.

Auf den Knien war sie vor seinen Bett und drückte und küsste den kalten Körper, so als wollte sie ihn aufwecken. Dann erst bemerkte sie es. Er lächelte noch immer so glücklich und zufrieden wie gestern. Seine Augen waren sanft geschlossen, so als ob er friedlich eingeschlafen wäre. In seinen Händen, die er wie zum Gebet gefaltet hatte, hielt er ein Bild von seinem Heikelein. Er hatte ein Großes rotes Herz und das Wort „Danke" darauf gemalt.

Das war zu viel für sie und sie brach heulend zusammen. Inzwischen war auch der Hausarzt eingetroffen.

Heike fing sich wieder etwas als der Arzt auf sie zuging und das Gespräch mit ihr suchte. Sie war schließlich die eingetragene Betreuungskraft von Schorsch. So erfuhr sie, was ihr Schorsch verschwiegen hatte. An dem Tag, an dem ihr Schorsch sein Vorhaben erzählte, hatte er vom Arzt die Nachricht erhalten, dass sein Herz nicht mehr zu retten sei und er nur noch wenige Tage hätte. Es wurde ihm nahegelegt, sich all seine Träume jetzt noch zu erfüllen. Er habe nicht mehr viel Zeit dafür.

Darum auch die Eile bei der Umsetzung von Schorsch vorhaben. Zudem wurde eine Packung Viagra gefunden, in der mehrere Tabletten fehlten. Heike wusste genau wann er sie genommen hatte und das erklärte alles. Sie konnte sich nur nicht erklären wie der alte Schlingel sie unbemerkt vor ihr schlucken konnte.

Tief traurig führ sie nach Hause. Am nächsten Tag ereilte sie der nächste Schock. Sie fuhr zur alten Marta, um nach ihr zu sehen. Als sie ankam, fand sie bereits Krankenwagen und Leichenwagen vor. Marta hatte eine Überdosis Beruhigungspillen genommen und war nicht mehr aufgewacht. Sie schrieb einen Zettel auf den Stand: "Ich möchte nicht alleine sein. Morgen ist Donnerstag und da gabs seit 20 Jahren nachmittags Kaffee und Kuchen.

Und das wird sich auch nicht ändern. Ich bin jetzt beim Schorsch."

Nach diesen Vorfällen wurde Heike melancholisch und nachdenklich. So viele alte Leute waren einsam und hatten letzte Wünsche.

Es gab bestimmt mehrere, die so bedürftig waren wie Schorsch und denen man helfen musste. Es war eine verrückte, dumme Idee wie sich im Nachhinein herausstellte und selbst Heike musste zugeben, dass es Bullschitt war. Für so was hätte sie sich nicht hergeben und ihre Fotze beschmutzen lassen müssen. Heike wollte sich darauf spezialisieren, älteren Herren, noch eine letzte Nummer zu schenken und bot sich zahlreichen Interessierten an. Die Nachfrage war sehr groß. Es sollte sich aber schon bald herausstellen, dass niemand so war wie Schorsch. Er war eine Ausnahme in einem Haufen alter geiler, perverser Säcke, die den Sinn, warum Heike mit ihnen schlief überhaupt nicht verstanden. Es war einfach nur ekliger, widerlicher, Sex.

Als sie sich dessen bewusst wurde, stellte sie das ganze beschämt und reumütig ein. Sie verdrängte es ganz schnell aus ihren Leben. Nicht aber die Erinnerung an Schorsch und auch nicht an die schöne Nacht, die beide erlebten. Es war für beide eine Zeit, die sie Prägte und miteinander verband.

Nicht das Alter, nicht das Getane oder die Zeit ist es, die einen Menschen ausmacht, sondern sein Charakter und der Beweggrund warum er es gemacht hat.

Rest in Peace Schorsch.

In Memory of Marta

Im Bad (3)

Zurück aber nun zu Heikes eigentlichen Problem. Raus aus der Vergangenheit, zurück in die Gegenwart. Im hier und jetzt spielte das Leben und ihr klitzekleines Problem…

Sie merkte schon wie der Pimmel ihres Mannes in ihr pumpte und zuckte und er ihr einen letzten heftigen Stoß reinrammte. „Nein!" schrie sie noch mal laut auf. Und dann, im letzten Moment zog er ihn heraus. Sie merkte erleichtert wie ihr alles auf den Arsch klatschte. Ihr Mann hatte einen solchen Druck drauf, dass selbst ihr Rücken und sogar ihre Haare in Mitleidenschaft gezogen wurden.

Erleichtert aufschnaufend stützte sie sich am Waschbecken ab und reichte ihm eine Handvoll Klopapier. „Wisch mal ab" befahl sie ihm. Zur Kontrolle fasste sie sich noch einmal in die Möse. Alles sauber. Nur ihre äußeren Schamlippen hatten ein paar Tropfen abbekommen. „Sehr schön. Alles rein für viele andere Latten heut Abend", geisterte es ihr mit wilden Vorstellungen durch den Kopf.

Sie war heilfroh, dass er ihn noch rechtzeitig herausgezogen hatte. „Ich hätte das heut Abend absolut nicht gewollt, falls sich doch etwas mit einem anderen ergeben sollte, was es mit Sicherheit wird, dass dieser in eine Möse sticht, wo noch der Saft meines Mannes ihm entgegenläuft. So was macht man einfach nicht.

Frau will ja auch eine gewisse Qualität abliefern.".
Leider hielt sich erfahrungsgemäß, das Zeug ewig in
der Ritze fest und tropfte oft Stunden später noch aus
ihr heraus. Drum wollte sie für heut Abend absolut
sauber und unbenutzt sein, für alles was heut noch
in sie einfahren würde an Zungen, Finger und vor
allem Schwänzen.

Andererseits dachte sie:" Ich bin heilfroh, dass er
noch mal den Sack leer gemacht hat. Nicht dass er
mir vor Geilheit im Club doch noch eine andere
anspringt. Hmmm…ich werde seinen Beutel wohl
kurz vor der Ankunft noch mal vorsichtshalber leer
machen müssen. Der Fickstock soll die erste Zeit
mal geschafft sein und für nichts zu gebrauchen"
dachte sie schadenfroh. „Was ist los mit Dir?" fragte
er sie. „Nichts" erwiderte sie. „Ich möchte mir das
alles für heut Abend aufheben. Keine Sorge, du
darfst heut schon noch rein spritzen." Dabei
streichelte sie liebevoll sein nach unten hängendes
Teil.

„Du darfst…und vielleicht.., nein sei dir Gewiss,
noch viele mehr," ging ihr lüstern durch den Kopf.
Sie hatte ganz genau schon ihre Fantasien im
Kopf… sie wusste, was und wie sie es heute noch
brauchte…und wie sie alles einfädeln würde.

„Ok. Machen wir uns weiter fertig" nickte er und
ging aus dem Bad hinaus. Er war gespannt, wie er es
seiner Frau im Club Heute besorgen durfte….und
konnte es kaum mehr erwarten….

Die Fahrt im Auto (1)

"offene Worte"

Die Zeit war gekommen. Die Fahrt zu Heikes Geburtstagsgeschenk konnte losgehen. Ihr Mann hatte den Club „Secret" ausgewählt. Er lag ca. 80 km von zu Hause entfernt. Genügend Zeit dachte sie sich, um nochmal ein klärendes Gespräch zu führen. „Woher kennst Du eigentlich den Club?" fragte sie neugierig. „Aufwendige Internetrecherche" antwortete er und schaute sie verdutzt an. „Aha" erwiderte Heike mit skeptischen Blick.

„Heiß schaute sie aus" dachte er sich während der Fahrt und konnte seine Blicke kaum von ihr lassen. Da saß sie auf den Beifahrersitz. Ihre Haarpracht zu einer wilden Mähne gestylt und sehr verrucht geschminkt. „Was würde seine Frau heute wohl alles anstellen?" Diese quälende Frage bekam er nicht mehr aus den Kopf. Sein grübeln wurde unterbrochen als Heike sich nicht mehr halten konnte.

Zu sehr war sie jetzt mit dem Thema belastet. „Wir müssen reden" platzte es aus ihr heraus. „Wegen jetzt dann im Club. Ich will nicht, dass der Abend im Chaos endet. Ich will kein Drama erleben oder irgendwelche Szenen.

Ich möchte nicht, dass unsere Ehe darunter leidet oder gar zerbricht.

Und ich möchte dich auf keinen Fall verloren haben, wenn wir heut Nacht aus diesen Club gehen."

„Mach dir keinen Kopf. Ist doch alles in Ordnung. Wir fahren in einen Swingerclub und nicht zu einem Scheidungsanwalt" gab er ihr lächelnd zur Antwort. Heike erkannte ihren Mann nicht wieder. Er, der so eifersüchtig war, hatte kein Problem mit ihr in einen Swingerclub zu fahren. „Wusste er überhaupt was das war? Hatte er sich eigentlich Gedanken gemacht, was hier eventuell passieren könnte?" grübelte Heike und begann an dem Verstand ihres Mannes zu zweifeln. „Ich meine ja nur" fuhr Heike fort „Falls wirklich, eventuell, nur mal angenommen, im Fall der Fälle sich etwas ergeben würde und ich mit einem anderen Mann schlafen würde, hättest Du kein Problem damit?" Die Antwort kam schnell, kurz und unerwartet. „Nö, warum?" Heike bekam den Mund nicht mehr zu. Hatte sie gerade richtig gehört? Sie dürfte hier einfach so, mit jemand anderen was anfangen? Waren das eben die Worte aus dem Mund ihres Mannes? Doch bevor sie sich richtig fragen konnte, ob sie das alles wirklich so verstanden hat, setzte ihr Mann noch eins drauf. „Wenn ich Dir dabei zuschauen darf ist das doch überhaupt kein Problem." „Waaaaaas…???!!!" sie fiel aus allen Wolken. Nur gut, dass sie angeschnallt war, sonst wäre sie vermutlich noch vom Stuhl gefallen.

"Sagte ihr Mann gerade, er würde ihr gerne zusehen, wenn sie einen anderen zwischen den Schenkeln hat?" Das gibt's doch nicht stockte sie und begann nun an sich selbst zu zweifeln. Dann der nächste Schock. „Und wenn du es erlaubst, würde ich auch gerne mitmachen." Damit hätte sie im Leben nicht gerechnet. Aber es war so. Ihr Mann sagte ihr gerade ins Gesicht, dass er kein Problem hätte, mit ihr einen dreier zu machen. „Oh mein Gott, ist er süß!" dachte sie sich einerseits geschockt, andererseits fasziniert und begeistert von der Vorstellung. Es war insgeheim schon immer ihr sehnlichster Wunsch gewesen, einen dreier zusammen mit ihren Mann zu haben. Wie oft hätte sie ihn schon gerne bei ihren Fickereien dabeigehabt. Und wie oft schon stellte sie sich vor, während sie von einem anderen gebumst wurde, wie toll es wäre, wenn ihr Mann jetzt dabei wäre, ihre Brüste berührte, ihre Nippel liebkoste und sie seine Lippen auf den ihrigen spürte. „Es wäre das größte Geschenk, wenn sich das heute ergeben würde" freute sie sich innerlich. Trotzdem war sie immer noch von der unerwarteten Aussage ihres Mannes schockiert. „Na klar darfst Du zuschauen. Ich werde Dir eine so anheizende Show bieten, die Du nie wieder vergisst. Und wenn Du es nicht mehr aushältst, darfst Du selbstverständlich mitmachen. Ich bitte sogar darum" plapperte Heike fröhlich heraus. „Was ist mit anderen Frauen?" hackte sie nach. Darf ich Sex mit Frauen haben?" Er schaute sie verwundert an:

„Was willst Du denn damit? In eine Muschi gehört ein Schwanz. Und in deine glaub ich schon lange mal." Pow, das hatte gesessen. Sie versuchte ihre Gedanken zu ordnen.

Entweder hatte sie jetzt irgendetwas falsch verstanden, oder er hatte ihr wirklich gerade gesagt, sie sollte sich einen anderen Schwanz in die Ritze jagen lassen. „Er würde es tatsächlich tolerieren, wenn sie sich von einem anderen nageln lassen würde?" Trotz Verwunderung beantwortete sie die Frage ihres Mannes. „Alles was man halt mit einer Frau so macht." Dabei schaute sie ihn mit sündigen Blicken an und fuhr sich mit der Zunge über die Lippen. „Ihr Möschen schlecken, ihre Klitoris verwöhnen, ihren Kitzler heiß machen, sie fingern, meine Muschi an der ihren reiben, ihre Brüste verwöhnen und sie wild küssen." Ihr Mann schaute sie entgeistert an. „Ja", dachte sich Heike „der Trumpf geht an mich." Gerade als sie sich über ihren Punktsieg freute, konterte er. „Schatz, jetzt hör zu. Ich weiß sehr wohl wo wir heute hinfahren. Ich habe Dir das schließlich geschenkt. Und ich bin mir auch darüber im Klaren was man da drinnen macht. Mir ist es egal, ob Du dich heute von einem Mann oder einer Frau verwöhnen lässt oder ob heute, ganz hart ausgedrückt, der ganze Club über Dich drübersteigt.

Wir sind seit 13 Jahren verheiratet und entschuldige nun bitte meine Ausdrucksweise, Du hast eine verfickt geile Fotze, in der meiner Meinung nach richtig reingehämmert gehört. Ich möchte Dir heute einfach die Möglichkeit geben, dir nach 13 Jahren mal wieder einen anderen Schwanz zwischen die Beine zu schieben. Und das ohne Konsequenz oder Gezeter. Es tut Dir bestimmt gut, nach all den Jahren mal wieder einen anderen zu spüren. All die Jahre hast Du nur den selben gespürt. Gönn Dir das heute einfach einmal. Genieß die Abwechslung. Und ja, es würde mich scharf machen, dich ficken zu sehen. Zu sehen, wie jemand zwischen deinen weit gespreizten Beinen liegt und dich nagelt. Ich würde gerne sehen, wie du es genießt, es dir gut tut und du richtig geil kommst. Und nein, ich werde keine andere ficken. Ich will nur Dein Loch ficken und wäre sehr dankbar, wenn Du auch für mich heut Abend noch ein Plätzchen darin frei hättest. Ich hatte auch vor Dir schon Frauen. Aber keine hatte eine solch unglaubliche Ritze wie Du und hat es so drauf gehabt. Ich brauche keine andere Muschi mehr. Es gibt nichts was mich daran reizen könnte.

Deine gibt mir alles was ich will." Juup, diese Ansage war Aussagekräftig und deutete genau an, wohin die Reise heute noch gehen könnte. Heike schluckte. Doch schon rotierten ihre Gedanken. „Mein Schatz, sei vorsichtig mit deinen Wünschen und Aussagen.

Ich hätte kein Problem damit, für den ganzen Club heut Abend die Beine breit zu machen. Aber möchtest du das wirklich sehen? Ich kann mir nicht vorstellen, dass es das ist, was du dir unter den heutigen Abend vorstellst. Du hast den Mund wohl einfach zu voll genommen", dachte sie sich. Dann schwenkten ihre Gedanken um. „Der arme Kerl meint es heute wirklich gut. Mir tut er so leid. Er glaubt wirklich fest daran, dass er der einzige war, der mich in all den Jahren unserer Ehe knackte. Und er war so stolz, ihr heute dieses Geschenk zu bieten. Er schenkte ihr heute einen wunderbaren Freifick, wenn sie ihn haben wollte. Und war sich so sicher, ihr ein einzigartiges, unvergessliches Erlebnis zu schenken. Etwas ganz Besonderes für beide."

Aber sie hatte unzählige in all den Jahren, in denen sie zusammen waren.

Es waren bestimmt…ach, sie hatte es gar nicht mehr im Kopf. Sie hatte irgendwann aufgehört zu zählen. Es waren auf alle Fälle eine Menge. Sie hatte Abwechslung genug in all den Jahren. Ja, sie wurde sogar das eine oder andermal richtig gut und ordentlich durchgelassen. Und ja, ihre Möse wurde wahrscheinlich so zusammengefickt wie sonst bei keiner anderen verheirateten Frau. Manch Professionelle hätte Probleme damit, sie an Lovern zu überbieten. Und auch manche Pornostärnchen dürften ihre Marke nicht knacken. Mein Gott, was hat sie ihn in all den Jahren betrogen.

Nein, betrogen ist der falsche Ausdruck. Sie liebte ihn über all die Jahre und ihr Herz gehörte nie einem anderen. „Was hat sie ihren Körper hergegeben" oder „was ist sie ihrem Hobby nachgegangen" in all den Jahren hört sich doch deutlich besser an.

Für sie war das, was heute Abend folgen sollte, absolut nichts Besonderes. Nur ein Fick mit einem fremden Schwanz, einer fremden Person ohne Namen und ohne Bedeutung für sie. Nichts außergewöhnliches, reine Routine, nur einer von vielen, nur eine weitere Zahl, Ziffer oder Glied in ihrer Sammlung. Leider kein besonderes Highlight als solches ihr Mann es anpries.

Sie wollte ihm am liebsten alles sagen, ihm einfach alles gestehen. Aber dann?...der Abend wäre gelaufen und ihre Ehe wohl auch. Ihn verlieren, niemals! Er saß so stolz und glücklich neben ihr. Es musste ihn unwahrscheinlich viel Überwindung gekostet haben, mit ihr heute hierher zu fahren. Oder aber, er erhofft sich doch auf diesen Weg die Grotte einer anderen jungen Bitch zu bekommen. Wenn die Alte abgelenkt ist mit ficken, würde sich für ihn bestimmt auch was ergeben. Fahren wir etwa hin, weil er es wollte? Weil er sich eine andere zum Poppen suchen wollte? Andererseits, selbst wenn es so wäre, hätte sie nicht das Recht ihm das zu verbieten. Vorausgesetzt, er war ihr wirklich all die Jahre treu.

Und selbst, wenn er ab jetzt alles vögeln sollte, was er erwischte, ihren Vorsprung könnte er nicht mehr einholen. Selbst dann nicht, wenn sie ab sofort ins Kloster gehen würde.

Zudem würde ihr Mann eine andere erbarmungslos zusammennageln. Sie hätte keine Chance gegen ihn und seinen Fickapparat. Heike war sehr überzeugt von sich. Sie hatte sich schon eine tolle Sex-Bestie herangezogen.

Jede andere würde wahrscheinlich quickend unter ihm liegen und irgendwann betteln das er aufhört. Oh-ja, ihr Schatz konnte ficken. Er war schon immer ein guter Stecher. Aber sie hatte ihm den Feinschliff verpasst, ihn angelernt und zu einer wirklichen Sex-Maschine aufgebaut. Er wusste wie man es einer Frau richtig besorgt. Wie man eine Möse hart rannahm so dass der Fick zum unvergesslichen Erlebnis wurde. Und wirklich niemand hatte sie in der ganzen Zeit so gut gebumst wie ihr Mann. Manche kamen zwar mal in seine Nähe, aber bei weiten noch kein Vergleich. Selten war sie bei jemanden richtig intensiv gekommen. Nur bei ihrem Mann. Der wusste, wie er sie zum Schreien brachte. Der Orgasmus war bei jeder Nummer sicher. Und dann die Vorstellung, dass er es einer anderen besorgt. Irgendwie reizvoll… ja, irgendwie schmerzhaft…auch ja.

Heike entschied, es gar nicht so weit kommen zu lassen. Sie waren kurz vor dem Ziel. „Jetzt aber höchste Eisenbahn" dachte sie sich.

„Dir mach ich den Sack jetzt noch mal richtig leer. Du wirst den Club nicht geil betreten.

Dein Ding wird sich erstmal erholen müssen und den Club wohl eine Zeitlang hängend begutachten."

Sie merkte auf einmal, wie sehr sie die Gespräche und ihre Kopfspielchen geil machten.

Feucht und nervös rutschte sie auf den Sitz hin und her. „Bist geil?" fragte sie ihn mit fordernder Stimme. „Oh ja, ich habe voll den harten in der Hose" erwiderte er angespannt. „Das ist gut" hauchte sie zu ihm herüber. Da kann ich Dir helfen." Dabei streifte sie ihm mit der einen Hand sanft über die Wangen und mit der anderen öffnete sie ihren Gurt. Eilig beugte sie sich zu ihm herab und begann ihm die Hose aufzumachen. „Och, der arme" flüsterte sie, „so hart, so groß und so eingesperrt. Jetzt aber raus mit dir." Schon hatte sie „ihn" in der Hand und senkte ihren Kopf nach unten. „Hmmm…lecker" stöhnte sie und merkte wie ihr das Wasser in der Fotze zusammenlief.

Schon hatte sie ihn im Mund und begann nach Herzenslust kräftig daran zu saugen. „Was machst Du da" stotterte ihr Mann, sichtlich überrumpelt, zwischen zwei wohltuenden Stöhnern heraus. Sie stoppte kurz. „Für mich sieht es nach blasen aus" ertönte ihre Stimme von unten. „Wir fahren aber" setzte er fort. „Ich weiß" stimmte sie ihn zu und wixte weiterhin seinen Schwanz. „Und es wäre nett, wenn Du dich auf die Straße konzentrieren könntest.

Ich habe hier unten zu tun und komme recht gut alleine zurecht. Danke."

Hastig nahm sie ihn wieder in den Mund und lutschte fleißig weiter. Sie saugte aus Leibeskraft. Jeden Tropfen wollte sie vor Ankunft aus ihm heraus saugen.

„Was ist wenn ich komme?" hörte sie schon wieder von oben. Nochmal unterbrach sie ihr Spiel. „Ohhh…kann das Baby dann etwa nicht mehr im Club? Steht der stramme Mann dann nicht mehr wenn die Mutti mit ihm fertig ist?" Man hörte deutlich den Sarkasmus in ihrer mitleidigen verstellten Stimme. „Verlass Dich drauf. Der steht im Club bereit und erledigt seinen Job" prahlte er. „Dann ist ja gut, was regst Dich denn auf?" bekam er in einer fröhlichen und gleichgültigen Art zu hören.

Gleichzeitig merkte er, wie sie sein bestes Stück schon wieder fest mit ihren Lippen umschloss. „Aber" setzte er noch mal an. „Grrr…dachte sie sich, jetzt reichts. Hier kann man nicht mal in Ruhe blasen, weil er immer quasselt." Fast hätte sie gesagt: „So wie Du hat sich noch keiner Angestellt!" Zum Glück biss sie sich noch mal fest auf die Lippen und schluckte ihre Worte herunter. „Phuu, das war knapp" schoss es ihr durch den Kopf. Diese Aussage wäre wohl jetzt mehr als unpassend gewesen und sehr erklärungsbedürftig.

Sie müsste etwas mehr darauf achten was sie sagte. Trotzdem fauchte sie genervt nach oben:

"Halt jetzt einfach blos die Klappe und überlass den Rest mir." Ohwei, ihrer Stimme nach war es ihr jetzt verdammt ernst. Sie wirkte jetzt doch etwas sauer und nicht wirklich gesprächsbereit. „Ich halte nun wohl doch besser meinen Mund…und genieße die Fahrt" kapitulierte er schließlich.

Mit verspielter, lustiger Stimme quietschte Heike noch mal zu ihm hoch: „Ich bin hier am Arbeiten und möchte meine Arbeit auch qualitativ gut erledigen. Bitte keine Störungen mehr."

Sie biss ihn leicht in die Eichel und machte dort weiter wo sie aufgehört hatte. Nun kehrte Ruhe ein während der Fahrt.

Es war nur noch sein zeitweise auftretendes Stöhnen, Heikes schmatzende Sauggeräusche und ab und an ein tiefer Atemzug zu hören, wenn Heike kurz nach Luft schnappte, um sich dann wieder ganz den Geschehen widmen zu können. „Angenehm" dachte sie sich, „endlich in Ruhe blasen können." Obwohl es ihm verdammt gut tat und er es sehr genoss was seine Frau dort tat und auch der Anblick wunderbar war, wenn seine Frau so in seinen Schoß lag und sich ihr Kopf fleißig auf und ab bewegte, fiel es ihm trotzdem plötzlich wie Schuppen von den Augen…

Die Fahrt im Auto (2)

„Das erste Mal"

„Du hast mir noch nie im Auto einen geblasen" meinte er verwundert. „Stimmt" antwortete sie schmatzend mit seinem Schwanz im Mund. Sie wollte ihn jetzt nicht aus dem Mund geben. Er füllte sie gerade so schön aus und ihre Zunge umglitt eifrig das Prachtexemplar. „Es gibt für alles ein erstes Mal" nuschelte sie weiter und ihr Kopf hebte und senkte sich dabei immer schneller. „Es gibt für alles ein erstes Mal" nuschelte sie weiter. „Heute ist unser Erstes-Mal-Tag" bekam sie gerade noch heraus, bevor ihre Lippen ihr Lieblingsstück fest umschlossen. „Wenn es so sein soll" dachte sie sich, „wirst du heute noch viel zum ersten Mal erleben. Hoffentlich nicht mehr als dir lieb ist. Wenn es denn so sein soll…"

„Weshalb habe ich ihm eigentlich noch nie im Auto einen geblasen?" überlegte sie weiter.

Er hatte ein traumhaftes Stück. Kerzengerade, samtweiche Haut, keine dicken Adern oder gar Pickel, war immer sauber und roch nicht. Eigentlich die idealen Voraussetzungen für einen Blowjob. Und obendrein, erinnerte sie seine Größe und Umfang immer an ein Calippo – Eis, welches sie schon in ihrer Jugend gerngehabt hatte.

Genau wie an seinem Pendel saugte sie damals schon am Eis, um den leckeren Geschmack herauszuziehen. Und blasen gehörte eigentlich zu ihrem Standartprogramm. Es war Routine für sie jemanden im Auto einen zu blasen. Das gewohnte Vorgehen sozusagen. Sie hatte schon so viele Pimmel in Autos angesaugt. Warum nicht den ihres eigenen Mannes? Warum nicht dieses tolle Ding? Heike grübelte weiter. Sie hatte schon alles Mögliche im Mund. Oft wurde ihr sogar übel, beidem was sie mit der Zunge erwischte oder ertastete.

Zu ihrer Entschuldigung sei aber zu sagen, dass man in den dunklen Ecken, z.B. in der Disco oder auf einen unbeleuchteten Parkplatz im Auto, auf den ersten Blick nicht sofort erkennen kann was man gerade in den Mund nimmt. Mit viel Glück erkannte sie es noch rechtzeitig.

Es roch schon komisch, als der Typ nur die Hose öffnete und stank wirklich widerlich als „er" dann ganz in der Freiheit war. Da war sie mit dem Kopf gleich wieder oben. Nur schnell einen Gummi drüber, drauf gesessen und dann nichts wie weg von dem Stinkebär. Zum Glück sind nicht alle Tage gleich. So zog sie auch schöne, tolle Dinger aus den Hosen, die es Wert waren sie anzusaugen und auch prima schmeckten. Da machte das blasen wieder richtig Spaß.

In der Regel blieb es bei einer kurzen Blaseinlage. Nur um den Stecher richtig in Fahrt zu bringen.

Sie hatte ja meistens nicht so viel Zeit und wollte heim zu ihrem Schatz. Davor wollte sie aber auch noch gevögelt werden. So blieb diese schöne Sache meistens auf der Strecke. Durch ihre Begabung, göttlich zu blasen, war ihre kurze Darbietung immer ausreichend. Ihre Lustknaben waren so angetörnt, dass sie es nicht mehr erwarten konnten, bis sie sich endlich draufsetzte und den auserwählten Pimmel in sich gleiten ließ. Viele liesen ihr nicht mal mehr die Zeit, das Höschen auszuziehen. Sie schoben es beiseite und „Zack", waren sie schon drin.

Bei anderen wiederum musste sie ihren Blowjob abbrechen, da sie schon nach kurzer Zeit die ersten ausgetretenen Lusttropfen auf ihrer Zunge spürte. Es kribbelte zwar angenehm, aber das Zeug war überhaupt nicht ihre Geschmacksrichtung. „Bäh, Pfui" sagte sie und hob den Kopf blitzartig nach oben. „Jetzt lass uns aber ficken. Sonst spritzt du mir hier noch ab und der Spaß ist vorbei."

„Hmmm…" dachte sie. „Alles kein Vergleich zu dem was sie jetzt im Mund hatte." Sie wusste zwar die Antwort immer noch nicht, warum sie sich das all die Jahre hat entgehen lassen, nahm sich aber vor, das ab sofort zu ändern und ihren Schatz regelmäßig im Auto einen zu blasen.

Die Fahrt im Auto (3)

"Neue Erkenntnis"

Die Zeit verging wie im Fluge und sie hätte noch stundenlang weiter blasen können. Aber der Pimmel ihres Mannes begann zu pumpen. Er pulsierte so stark, dass sie die Schwingungen klar und deutlich in ihren Mund spürte. Zeitgleich vernahm sie auch die Worte „Schatz hör auf, mir kommt es sonst!" Diese Anweisung ignorierte sie aber einfach. Sie reagierte überhaupt nicht und lutschte gierig weiter. Ihr Ziel war gleich erreicht. „Verdammt noch mal", dachte sie sich, „er solle ja abspritzen". „Mir kommt's. Ich kann's nicht mehr lange halten. Hör auf!" hörte sie ihren Mann wieder elendig winseln. „Sehr schön" dachte sie. „Gleich ist es vorbei."

Ihr Mann konnte es nicht glauben. Sie blies einfach weiter. Normalerweise wenn er kurz vor dem Abschuss stand hörte sie sofort auf und kam mit dem Kopf nach oben.

Er wusste, dass sie Sperma nicht mochte und es nie im Leben schlucken würde. Auch wenn er sie schon so oft darum gebeten hatte und es eine seiner erotischsten Fantasien war, seine Frau eine volle Ladung schlucken zu sehen. Die Realität war anders. Heike war kein Schluck – Luder.

Aber warum dann in Gottes Namen hörte sie nicht auf damit? Er hatte keine Erklärung dafür und wollte auch gar nicht „abgemolken" werden.

Sie waren schließlich kurz vor den Club und da sollte dann auch noch was gehen. Eine leere „Waffe" half ihm dort wenig. Aber was sollte er dagegen tun, wenn seine Frau so weitermachte? Und diese verdammte Sauerei im Auto, wenn sie ihm jetzt dann das ganze Zeug in hohen Bogen heraus wixen würde. Wieder eine Autoreinigung für knapp 150€. Ein teurer Blow – Job, dachte er sich. „Bitte…Bitte nicht" stammelte er noch mal heraus, gefolgt von einem „Oh Baby, mir kommt's, ich spritze." In Erwartung, dass ihm jetzt gleich sein eigenes Zeug ins Gesicht spritz, drückte er sich fest nach hinten in den Sitz, um etwas in Deckung zu sein. Aber was war das?

Heikes Kopf war noch unten und sein Schwanz fest von ihren Lippen umschlossen. „Das gibt's nicht, sie lässt sich die Ladung ins Maul spritzen" durchführ es ihn und er merkte wie sich sein Schwanz in ihren Mund entleerte. Und es war eine Menge. Sein bestes Stück pumpte und pumpte als wolle es diesen lang herbeigesehnten Moment richtig auskosten. Auch Heike bekam das zu spüren. Wie aus einer Fontäne ergoss es sich in ihren Mund. In Sekundenschnelle war ihr Mund Rand voll mit klebrigen, warmen Sperma.

Endlich kam nichts mehr nach und der Schwengel hörte auf zu zucken.

Die Ladung war so enorm, dass sie schon ganz dicke Backen machen musste, um alles im Mund zu behalten.

Trotzdem begann die Masse nun ihr allmählich aus den Mundwinkeln und in den Rachen zu laufen. Zu ihrer Überraschung musste sie feststellen, dass es gar nicht so übel schmeckte, wie sie es in Erinnerung hatte. Oft hatte sie es schon probiert, aber jedesmal war es einfach nur eklig und pfui.

Sie verstand die Frauen nicht, die ganz wild nach diesem Zeug waren. Richtig gierig darauf es zu schlucken. Viele geilte es sogar mehr auf, wenn sie die Fresse voll bekamen und es schlucken durften, anstatt anständig gevögelt zu werden. Sie verstand auch nicht die Leidenschaft von manchen Frauen, die mit Hingabe das ganze Zeug aus der Fotze einer anderen schleckten. Es muss doch eklig sein, seine Zunge in eine vollgespritzte Ritze zu stecken und dann dieser den Saft heraus zu Zuzeln. Für sie ein schrecklicher Gedanke, für andere das Erlebnis schlecht hin. Sie stand auf Frauen und schleckte Fotzen selber gerne. Aber eine vollgepumpt mit Sperma, nein danke.

Aber Heute war es wirklich anders. Nicht wie bei all den anderen gescheiterten Schluckversuchen zuvor. Kein Ekelgefühl oder Abneigung.

Vielleicht lag es daran, dass in diesem Saft die Liebe ihres Mannes steckte.

Fast schon war sie traurig, dass sie es all die Jahre nicht mehr probierte.

Jetzt galt es aber das Zeug runter zu bringen. „Nur jetzt nicht spucken oder würgen" bangte sie.

Aber allzu lange halten konnte sie es auch nicht mehr. Immer mehr quoll ihr links und rechts aus den Mäulchen heraus.

Dann schluckte sie einmal kräftig. Und tatsächlich, ohne Probleme hatte sie die Ladung hinunter bekommen. Mit ihrer Zunge wischte sie sich die Mundwinkel ab und schleckte das auf, was ihr seitlich und nach unten, dem Kinn entlang herausgelaufen war. Das war nochmal eine ganze Zunge voll Sperma, die es galt zu schlucken.

„Nö", dachte sie sich gemein. „Das schluck ich jetzt nicht mehr. Das soll er selbst bekommen." Er, der sie mit großen Augen anschaute und noch immer nicht glauben konnte, was er gerade erlebte.

So schnell konnte er gar nicht reagieren, als sie ihn packte, die Zunge in seinen Mund schob und die Ladung Sperma in ihn stopfte. „Igitt!" schimpfte er und hatte es aber schon verschluckt. „Ist das widerlich."

„Was heißt hier widerlich" empörte sich Heike. „Bei dem Bisschen das Du jetzt hattest. Ich schluckte gerade gefühlte 5 Liter davon."

„Wir stehen im Übrigen auf dem Parkplatz vor dem Club" fuhr er fort.

„Und seit wann schluckst Du?" "Heute ist doch unser „Erste-Mal-Tag". Schon vergessen?" grinste sie ihn an. Dann warf sie einen Blick auf seinen Schwanz. Da hing er nun heraus. Blitzblank war er geschleckt und nichts ging daneben. Brave Heike, feingemacht, lobte sie sich selbst. „Der sticht da drinnen so schnell keine an" freute sie sich Schadenfroh. Ihr Werk war erfolgreich vollendet. „Na los, pack die schlappe Nudel ein" befahl sie ihm und nahm ihn noch einmal in die Hand. Ja, er war leer. Nur noch ein schlapper, erschöpfter hängender Pimmel lag in ihrer Hand. Keine Spur mehr von Härte oder einem Anzeichen, dass er sich nochmal aufrichten würde. „So erschöpft ist der kleine jetzt" bemutterte sie, in kindischer Sprache, sich über das hängende Glied gebeugt, seinen Schwanz. „Ganz leer gemacht ist er geworden. Ach, wie Schade. Dann erhol dich mal gut in der Hose. Hast ja jetzt den ganzen Abend Zeit dazu." „Sehr witzig" murmelte ihr Mann etwas schnäppisch und packte ihn weg.

„Hoffentlich war dies heute kein Einzelfall" waren seine letzten Gedanken, während sich Heikes Gedanken noch um den Geschmack des Spermas treten. Seit 13 Jahren lutschte sie nun seinen Pimmel und hatte noch nie ausprobiert seinen Saft zu schlucken.

Derweil war sie jetzt richtig auf den Geschmack gekommen und hatte sogar Lust auf noch eine Ladung.

„So viel vergeudetes Zeug, so viel verlorene Zeit. Und das nur wegen der anderen Idioten mit ihrem widerlichen Geschmack." Sie werde es auf alle Fälle noch mal probieren. Zumindest bei ihrem Mann. Hoffentlich war es kein einmal-Effekt und die Enttäuschung käme beim nächste Mal zurück, bangte sie etwas. Na ja, und zur Not oder um neue Erkenntnisse zu erlangen, könne man ja auch noch mal an anderen Zapfsäulen ansaugen… setzten sich ihre Gedanken weiter fort. Nun fiel ihr auch die Antwort wieder ein, warum sie ihren Mann noch nie im Auto einen geblasen hatte. Jedesmal reagierte er nämlich genau so nervig wie heute zu Anfang. Einfach abturnend. „Ich hoffe, er weiß jetzt die Klappe zu halten, wenn ich das nächste Mal ansetze."

Mit dieser letzten Erkenntnis war es nun Zeit in den Club zu gehen. Das Auto stand, der Motor war aus. Es gab kein Zurück mehr. Ihr Schicksal würde sich heute Nacht erfüllen. Es war für viele wohl nichts außergewöhnliches in einen Club zu gehen. Unter anderen Umständen auch für sie nicht. Doch heute könnte dieser kleine Schritt eine Katastrophe hinter sich herziehen und all die Jahre ihrer Ehe und ihres Glücks auslöschen…

Im Club

„Der Parkplatz – Gang"

Auf den Weg zur Eingangstüre wurde es Heike mulmig. Was war, wenn sie das verfickte Biest in ihr, ihre zweite dunkle Persönlichkeit, Heike die eiskalte Hure nicht mehr unter Kontrolle hatte und die eine Seite von ihr plötzlich nicht mehr wusste was die andere tat? Ihre körperlichen Gelüste den Verstand dominierten? Was wenn sie alles im Club so anheizen und auf Touren bringen wurde, dass sie nur noch ficken wollte und es allen Schwänzen um ihr herum mit Hand und Mund besorgen wollte? Was wenn sie sich mit weit gespreizten Beinen einfach hinlegte und die Jungs aufforderte sie zu vögeln? Sie war in dieser Ektase dann nicht mehr die Frau, die ihr Mann kannte und die er liebte. Diese dranghafte Ektase lies erst nach, nachdem sich endlich etwas in ihre lüsternde, nimmersatte Spalte geschoben hatte. Erst dann lies der Druck und diese getriebene Geilheit nach.

Erst nachdem sie einen neuen Schwanz hatte, kam der innere Friede und die Vernunft zurück. Waren Körper und Geist wieder zusammen. Erst nachdem ihr Körper einforderte was er an Lust begehrte…

Was würde er also sagen, wenn er diesen Charakter, diese völlig andere Frau vorfinden würde? Es kämen viele Fragen auf…Sie war zu Hause immer die liebevolle, fürsorgliche Ehefrau, brav und anständig, witzig, charmant und aufgedreht. Zum Teil, wie ihr Mann sagte, schon fast prüde wirkend. Beim Sex im Schlafzimmer bremste sie sich selbst immer aus. Nur nach dem Fremdfick kam die wilde Hure durch. Ihr Mann wusste daher sehr wohl, was sie im Stande war zu leisten und wozu sie fähig war. Und er genoss es, dieses wilde Ding zu ficken. Doch das was sie ihrem Mann manchmal versehentlich offenbarte, war nur ein kleiner Bruchteil, von der Hure, die in ihr schlummerte und die sie auf ihre außerehelichen Sexspielzeuge losließ.

Diesen Charakter verdrängte sie aber immer wieder sofort, als sie in das fragende Gesicht ihres Mannes blickte, der von seiner ausgewechselten Heike jedesmal wieder sichtlich überrascht und überfordert wirkte. Aber es auch zugleich genoss, sie so entfesselt zu sehen. In der Regel war sie voller Gefühl, Leidenschaft, Hingabe, Zärtlichkeit und Liebe. Er durfte sie berühren, küssen, streicheln. Sie genoss seine Nähe und Berührungen und wie er in sie eindrang.

Es wurde sogar im Schlafzimmer dunkel gemacht, wenn es mir ihrem Mann zur Sache ging. Ein ganz normales (Sexual)-leben eben.

Bei ihren Seitensprüngen war sie eine andere. Eine Hure, rücksichtslos, emotionslos, egoistisch, professionell, routiniert, gefühlskalt, verdammt cool und fordernd. Küssen, streicheln und Leidenschaft hatten in dieser Welt keinen Platz. Auch genoss sie nicht die Berührungen der Männer. Sie wollte nur ihre harten Kolben in sich spüren. Nur daran bedacht, ihre Sexfantasien und Praktiken, die sie gerade im Kopf hatte umzusetzen.

Ziel war es, ihre Muschi gefüllt zu bekommen. Was ihre ausgewählten Sexpartner wollten, war ihr total egal. Sie zog das Programm, dass sie sich zurecht gelegt hatte erbarmungslos durch. Einzige Ausnahme war eine sehr gute Bezahlung für ihre Leistung. Stimmte der Preis, erfüllte sie auch mal den einen oder anderen Wunsch ihres Gespielen. Meistens ergaben sich solche Situationen aber ganz spontan. Gutes, schnellverdientes, Geld einfach zu bekommen, wenn man sich kurz bumsen lässt, war für Heike vollkommen ok. Wenn Preis und Typ stimmte war sie sehr schnell aus ihren Klamotten heraus gehüpft.

Ein typisches Beispiel hierfür waren immer Geburtstagspartys, Betriebsfeiern, Firmenausflüge oder Weihnachtsfeiern. Alkohol und Stimmung führten immer an dieses Thema und es wurde gebaggert und angemacht. War sie in Fahrt, war ihr es auch egal wie viele es waren oder wer es war.

Ob Lehrling oder Chef, der Vorstand oder die ganze Abteilung. Leider war dies auch meistens ihr letzter Arbeitstag in den Unternehmen…

Sie hatte Angst sich heute selbst zu verlieren. Sie fühlte sich nicht stark genug, die Frau zu sein, den Charakter zu halten, den ihr Mann kannte.

Sie würde schwach werden und dieses eiskalte Flitchen würde aus ihr herausbrechen. Sie werde heute bestimmt Sex mit Fremden haben. Es würde einfach passiere.

Nicht weil ihr Mann ihr einen Freifick schenkte, zusehen oder mitmachen wollte, sondern weil sie sich vor Geilheit und Gier nicht mehr bremsen konnte. Oder aus reinen Selbstschutz heraus um ihre Rolle als starke Frau weiter zu leben. Und sie wusste auch, dass es heut Nacht nicht bei einem bleiben würde.

Was würde passieren, wenn sie auf jemanden treffen würden, der sie schon gebumst hatte? Wie solle sie sich verhalten? Wie die Situation retten? Dieses Szenario war nicht so unwahrscheinlich. Schließlich hatte sie mit fremden öfters Sex als mit ihrem Mann. Wohlgemerkt öfters. Nicht besser.

Zu Hause waren nun mal so viele Umwelteinflüsse, so viel Alltagsbelastung. Sie war oft so ausgelaugt und erschöpft, dass ihr nach leidenschaftlichen Sex einfach nicht zumute war. Sie wollte dann einfach nur mit ihm kuscheln.

Die „andere" Heike blendete dies aber einfach aus. Nichts trat an sie heran. Diese Heike wollte einfach nur schnell gefickt werden. Um diese Raubkatze zu wecken brauchte es, oftmals auch leider, nicht viel. Ein einziger Reiz, ein kleiner Impuls genügte oft schon, um das nimmersatte, schwanzgeile Flitchen hervorzurufen.

Es passierte einfach. Auch wenn sie es nicht plante oder wollte. Es passierte und sie konnte nichts mehr dagegen tun, außer ihrer feuchten Pussy das geben wonach sie forderte. Ein gewisser Charakter Typ, mit den richtigen Spruch auf den Lippen genügte dann schon, um ihr das Wasser im Möschen zusammen laufen zu lassen. Es war für sie wie der Gong bei einem Ringkampf. Der Kampf wurde angeläutet und der Gewinner stand für sie schon fest. Nämlich sie.

Der sexy Boy, das Baby-Face, der reife Erfahrene, oder der Sprücheklopfer. Einer dieser Charaktere von ihrer Beuteliste genügte schon, um sie in Rage zu bringen. Es dauerte nicht lange und sie waren erlegt.

Zu Hause gab es diese Reize nicht. Sie hatte den Kopf mit anderen Dingen voll. Wie beispielsweise putzen, waschen oder im Garten pflanzen. Und dann war da auch noch er. Ihr absoluter Traummann. Ihr Mann. Wie könnte sie da an andere denken. Wenn sie ihn sah, war in ihrem Kopf kein Platz für Gedanken an andere.

Drum dachte sie auch immer ganz fest an ihn, wenn es ihr von anderen besorgt wurde. Sie wusste nicht warum. Die Gedanken an ihn kamen einfach. War es das anschleichende schlechte Gewissen? Schuldgefühle? Oder einfach nur Geilheit? Oder verborgene, unterdrückte Fantasien? Sie hatte keine Antwort darauf. Sie wusste nur, dass es ihr lieber wäre, gerade von ihrem Mann gefickt zu werden, als von den Fremden unter ihr, auf ihr oder hinter ihr, der laut keuchend und stöhnend in sie reinarbeitete. Auch wünschte sie sich die Vorstellung, dass ihr Mann sie gleich im Anschluss nehmen würde.

Dass er gleich in sie fahren würde, wenn der andere seinen Schwanz herausgezogen hatte. Oder dass ihr Mann sie einfach mal zwischendurch mitficken würde. Für seinen Schwanz war in ihren Möschen immer ein Platz frei.

Heike die Ehefrau, Heike die Hure und Heike die Nutte. All das war sie. Eine Nutte nur manchmal. Nämlich dann, wenn sie es wollte.

Sie war ja nicht immer käuflich und verlangte auch nicht gleich vorsätzlich Geld dafür. Es sei denn, die Situation verlangte dies, oder es ergab sich daraus.

Oft kam es vor, dass „Interessenten", auf die sie eh schon ein Auge geworfen hatte, ihr Geld boten, um mit ihr zu schlafen.

Natürlich hatte sie zuvor ihre Reize ausgefahren, die Situation eigentlich schon klargemacht und wollte sich den Kerl schnappen, als dieser ihr mit diesem großzügigen Angebot, für eine geplante Nummer auch noch zu bezahlen, zuvorkamen. Gerne nahm sie das Angebot an und pokerte es sogar noch in die Höhe. Das Haushaltsgeld etwas aufbessern kann ja nie schaden.

Schließlich wollte auch sie etwas dazu beitragen, um die laufenden Kosten des Alltags zu decken und um sich und ihren Mann wieder schöne Momente zu gönnen.

Aus dieser Erkenntnis heraus, dass Männer sehr leicht bereit sind, für Sex zu bezahlen, ergaben sich auch die Momente, in denen sie gezielt für Geld die Beine breitmachte.

Beispielsweise wenn größere Zahlungen anstanden oder sie ihrem Schatz ein richtig tolles Geburtstagsgeschenk machen wollte. Es war so einfaches und schnell verdientes Geld, das man so gut nutzen konnte. Und es machte auch noch Spaß. Neben den privaten Angeboten, wo sich in Beruf oder Freizeit ergaben, bot sie sich zusätzlich in Saunaclubs an, schaffte stundenweise in Bordellen an, spielte in Pornofilmen mit oder hatte im Swingerclub als „Anheiz-Dame" und „Vorfick-Dame" ausgeholfen.

Aufmerksam darauf wurde sie durch verschiedene Zeitungsanzeigen wie „Dame für Filmaufnahmen gesucht", „Nette Kollegin gesucht für Club und Zimmerdienste" oder „Saunaclub sucht neue Damen auf selbständiger Basis" Ein Anruf genügte und sie hatten einen Vorstellungstermin. Natürlich lief es auf einen Vor – Fick – Termin hinaus. Damit hatte sie aber gerechnet und kein Problem damit.

Natürlich waren auch alle Begeistert und sie konnte die Jobs haben. Heike liebte diese Nebentätigkeiten bei freier Zeiteinteilung. Da sie sich nicht entscheiden konnte, wo es am schönsten war, wechselte sie zwischen den Lokalitäten je nach Lust und Laune hin und her. Am Vormittag schnell eine Filmszene gedreht und Nachmittag im Saunaclub entspannt und im angenehmen Ambiente sich die Kerle ausgesucht, mit denen sie auf ihr Zimmerchen verschwand. Wenn sie abends ins „Kino" ging, brachte sie die Stimmung in den Swingerclubs zum Brodeln. Sie war die Anheiz- Dame und die ersten 5 Gäste, durften immer auf der Bühne über sie drüber. Sehr zur Freude der grölenden Massen.

Nach getanen Job mischte sie sich dann noch unters Volk. Jetzt konnte sie sich wenigstens die Kerle aussuchen, mit denen sie noch vögeln wollte. Leider hatte sie nicht die Zeit es richtig genießen zu können. Sie musste wieder Heim.

Sie konnte ihren Mann ja nicht immer weiß machen, dass der Film Überlänge hatte.

Und auch ihr Mann musste schließlich noch gefickt werden! Jede Lokation hatte als Vor und Nachteile. Bein den einen konnte sie sich die Männer meistens aussuchen und es wurde heißer, leidenschaftlicher Sex mit schnuckeligen Typen.

Denen gab sie auch gerne ihre Nummer und Verabredete sich mit ihnen zu spontanen Treffs. Mal gegen Bares, mal aus reiner Geilheit heraus.

Bei den anderen wiederum musste sie nehmen was sie vorgesetzt bekam. Zum Beispiel die ersten 5 Gäste. Oder wenn im Bordel mal wieder wirklich nur Mist zur Tür herein kam, sie aber am Ende des Tages, doch nicht mit leeren Taschen da stehen wollte.

Dann hieß es Augen zu und durch. Es war nur leidenschaftsloses Geficke und sie war sehr bemüht, es kurz zu halten.

Was für Heike kein Problem darstellte. So waren die meisten nach 5 Minuten fertig und gingen deprimiert und doch irgendwie glücklich wieder. Immerhin hatten sie doch eigentlich für 20 Minuten knapp 100 Euro bezahlt und deutlich mehr erwartet. Mehr erwartet in Sinne von Zeit. Denn an Qualität gab es nichts auszusetzen. Sie ärgerten sich also über sich selber - kamen aber doch immer wieder auf Heike zurück. Ihre Qualität unterschied sie eben deutlich von den anderen Damen.

Bald schon hatte sie viele Stammgäste um sich versammelt.

Heike verstand es selber nicht, dass diese immer wieder kamen. Sie fickte sie nur einfach schnell her und jagte sie wieder aus dem Zimmer. Aber der Rubel rollte und die Fotze wurde geschmiert. Diese musste für ihren Mann nämlich immer gut eingefahren sein.

Überall dort, wo also Diskretion oberste Priorität hatte ging sie anschaffen. Nicht selten gehörten Bekannte, Freunde oder Personen, die man eben vom Sehen her kennt zu ihren „Kundenstamm." Ihr Mann wäre entsetzt, wüsste er, wer sie alles gevögelt hatte.

Manchmal standen die Personen sogar ihrem Mann so nahe, dass sie ablehnte. So viel Anstand und Respekt musste sein. Es war für alle Beteiligten immer wieder überraschend. Heike hätte nie gedacht wer alles in solchen Szenen verkehrt. Genau so verdutz waren auch deren Gesichter, wenn sie Heike oder sogar Heike in Aktion sahen. Man einigte sich einfach auf Stillschweigen. Denn schließlich waren alle in derselben Situation.

Hätten sie Heike gebumst, wenn diese das Zugelassen hätte und ihr Mann hätte es erfahren, sie hätten es beide nicht überlebt. Es war bekannt, zu was dieser sonst so gutmütige Brocken in seiner Eifersucht fähig war zu machen. Und seine Heike war sein Heiligtum. Schon Blicke eines anderen machten ihn durchaus ärgerlich.

In einigen Ausnahmefällen also besorgte sie es ihnen Oral oder mit der Hand. Für Heike war das immer eine ziemlich Herausforderung, um nicht schwach zu werden.

Es waren Qualen für sie, einen strammen Kolben zu blasen und zu wixen, aber wohl wissend, dass sie in sich nicht reinjagen lassen durfte.

Und das obwohl sie vor Geilheit nur so tropfte. Es war eine Erlösung für sie, wenn sie ihnen die Wixe rausschüttelte und sie verrichteter Dinge endlich gingen, damit der nächste, hoffentlich unbekannte, schnellst möglichst seinen Schwanz in ihr versenken konnte. Kopfschüttelnd dachte sie sich immer wieder: „Es ist ja nicht zu glauben, auf wenn man in solchem Etablissement alles traf…"

Auf keinen Fall aber, durfte es ihr Babe, ihr Schatz, ihr Mann erfahren. „Ich tue das ja für uns" sagte sie sich immer voller Stolz und war froh, so auch ihren finanziellen Teil beizutragen oder die eine oder andere Überraschung für ihren Mann hervor zaubern zu können.

Die Befriedigung ihrer sexuellen Gelüste war hier tatsächlich zweitrangig. Ein schöner Beigeschmack bei der Erfüllung der Hauptaufgabe eben.

Ihr Mann freute sich immer so riesig, wenn sie sich wieder etwas, von ihrem eher geringen Einkommen „zusammengespart" hatte.

Ganz stolz war er dann immer auf sie. Arbeitete sie doch nur auf Minijob Basis oder Teilzeitbasis und schaffte es doch immer wieder, sich etwas auf die Seite zu legen, um ihnen beiden etwas Schönes bieten zu können.

Ob er wohl auch noch so stolz auf sie gewesen wäre, hätte er gewusst, woher das Geld wirklich stammt? Und was, wenn diese Heike heute alles auffliegen lässt? Mit Worten, Taten, unkontrollierter Sexlust und Praktiken die ihr Mann an ihr nicht kannte.

Immer langsamer schlenderte sie zur Eingangstüre. „Was aber, wenn ihr Mann heute genau diese Hure sehen wollte? Sie deshalb heute in diesen Club führte. Wenn er sehen und spüren wollte, wie es ist, wenn seine Frau von einem anderen gevögelt wird. Interessiert es ihn, wie ich mich verhalte beim Sex mit einem anderen? Turnt es ihn an zu sehen, wenn ich erwartungsvoll mit gespreizten Beinen daliege und dann ein harter, fremder Schwanz langsam und gierig in meine Fotze gleitet? Ist es ein besonderer Nervenkitzel oder Anreiz für ihn, wenn ein anderer zwischen meinen Schenkeln liegt und mich fleißig durchlässt? Oder will er wissen, ob ich bei einem anderen „Kommen" würde, bzw. wie ich „Kommen" würde? Schmerzt es ihn, oder freut es ihn, zu sehen, wie ich diese fremden Stöße genieße? Oder sollte ich es nicht genießen?

Will er etwa sehen, wie ich andere niederficke, es ihnen hammermäßig besorge und dabei selbst voll abgehe? Oder denkt er, sie liegt wie die brave, prüde Ehefrau bewegungslos auf den Rücken, mit der Gesamtsituation überfordert und ein fremder zwischen ihren Schenkeln besorgt es ihr dermaßen, dass er sie zum „quicken" bringe.

„Quicken" bedeutet in der Männersprache, dass die Frau dem Schwanz des Mannes nicht gewachsen ist und der Sexpower des Mannes nichts entgegenzusetzen hat. Sie keine Change gegen diese dominante Sexmaschine hat und absolut nicht mithalten kann. Dem Mann hilflos ausgeliefert ist und bei jedem Stoß überfordert unterwürfig stöhnt. Wie bei einer Jungfrau eben.

„Quicken" ist eine bei jeden Stoß aufkommende Mischung aus lauten jammern, erbärmlichen unterwürfigen Stöhn-Geräuschen und mitleidigen schmerzhaften Winseln, das jedesmal zu hören ist, wenn ein geiler Bock seinen breiten, langen Schwanz rücksichtslos in eine jungfräuliche oder kaum gevögelte enge Möse hämmert und diese unter heftigen Schmerzen weit auseinander dehnt.

Es waren immer die Jungfrauen, die auf alle Fälle „quickten". Aber auch die, die erst ein paar Stecher hatten. Klar, so eine enge, unberührte oder kaum genutzte Ritze muss sich erst mal weiten. Das dauert eben.

Da müssen schon erst mal ein paar drüber, bis aus der engen Spalte eine einladende Ritze wird. Bis dahin war es halt ein Gefühl als ob man gepfählt wurde. Fast schon Angst durchbohrt zu werden oder verletzt. Auch könnte man es sich, bis alles mal besser flutschte, nicht vorstellen, dass die Dinger in einer Möse Platz hatten. Sie in sie fahren würden, ihre Spalte auf dehnten und darin komplett verschwinden würden.

Je öfters man sich ficken ließ und je weiter sich die Möse dehnte, umso mehr verwandelte sich das „quicken" in lustvolles stöhnen und stimulierende Geräusche. Auch sie „quickte", als sie mit 14 geknackt wurde. Sie war damals total nervös, voller Ehrfurcht, Respekt und Erwartungen an den ersten Stich. Der Kerl, der den „Anstich" damals bei ihr machte, versicherte ihr noch hinterher: „Heike, du musst jetzt ganz viel vögeln. Du darfst nicht viel Zeit bis zum nächsten Fick vergehen lassen. Lass möglichst viele Schwänze in deine Muschi rein. Je mehr, desto besser. Mit jedem Mal wird der Schmerz weniger und deine Spalte weiter. Wenn du es fleißig machst, ist der Schmerz dabei bald verschwunden und ficken macht dir richtig Spaß." Heike, damals ein naives Mädchen glaubte die weisen Worte und tat brav das, wozu ihr geraten wurde.

Das zweite Mal wo sie richtig „quickte", war als sie von den Sexy Boys bearbeitet und durchgebangt wurde. Sonst erinnerte sie sich nicht daran, nochmals „gequickt" zu haben.

Eine Frau zum „quicken" zu bringen, kann man sich also ganz banal ausgedrückt etwa so vorstellen, als ob man eine Jungfrau unter einen mit Viagra vollgepumpten Pornostar legt und dieser sein ganzes Repartewa abarbeitet. Von dem armen Mädchen bliebe wahrscheinlich nichts mehr übrig.

Oder aber man vergleicht es mit den Jünglingen, die sich Heike zwischendurch gönnte. Diese unschuldigen, unerfahrenen Bubis zu verführen war immer was Besonderes. Sie wirkten dabei so hilflos und taten alles was man ihnen sagte. Manche rammelten überraschender Weise richtig gut. Andere kamen, als sie ihnen das Kondom überstülpte. Auf alle Fälle lernte sie die „Stecher von Morgen" richtig an und ritt die bis dahin doch sehr unerfahrenen, unschuldigen Schwänze professionell ein. Die jungen Dinger waren fix und fertig, als Heike von ihnen abließ und wussten oft gar nicht wie ihnen geschah. Sie hechelten wie kleine Hunde unter ihr und folgten auch so.

Alle Befehle wie „schneller, tiefer, fick fester, stoß endlich zu, benutz deine Finger" wurden sofort Best möglichst umgesetzt.

Einfach brave Jungs eben. Das Szenario hat dann die Überschrift „Der Mann „quickte" unter ihr. Und Heike hörte Männer gerne „quieken"…

Aber ihre quälende Frage war noch offen. „Was wollte ihr Mann heute sehen? Welche Erwartungen hatte er dabei? Was ging ihm dabei durch den Kopf, wenn er sie Fremdvögeln ließ? Oder wie hätte er sie gerne beim Fremdvögeln? Erwartete er eine Hure, die sich gierig auf die Genitalien fremder Männer stürzt, die es allen wie eine Professionelle besorgt, ohne dabei müde zu werden? Die die strammsten Kolben in die Knie zwingt und immer noch Lust auf mehr hat? Wollte er angeben damit, welche gute Fickmaschine er zu Hause hat und nur er in der Lage ist, es ihr richtig zu besorgen? Würde es ihn mit Stolz erfüllen, dass er der Mann an der Seite dieses Luders ist und sie viel öfters vögeln kann als irgendwer anders hier? Und dass dazu auch noch wahre Liebe mit dabei ist, was das Ganze noch intensiver macht. Oder wollte er das Mauerblümchen, das nach 14 Jahren Ehe endlich mal wieder einen anderen Schwanz bekam und dabei „quiekte"?

Sollte sie zuerst schüchtern sein, abweisend zu anderen, überlegend und möglicherweise das „Geschenk" ausschlagen, um keine Unruhe in ihre Ehe zu bringen? Oder sollte sie sich einfach nehmen lassen wie er es wollte? Vor allem wie sollte sie sich bumsen lassen? Sollte sie einfach nur daliegen und es geschehen lassen?

Sollte sie selbst voll aktiv werden? Wie hätte er es wohl gerne gesehen? Welche Rolle sollte sie nur spielen? Welche Rolle war sie überhaupt fähig zu spielen oder zu verdrängen? Die Hure? Die Ehefrau? Und dann die Gefahr, dass sie sich nicht mehr halten kann und ins extreme abfällt. Sie ohne Rücksicht auf Verluste fickt, es einfach nur besorgt bekommen mag. Der Kopf abschaltet und nur noch die pure Lust und das Verlangen bleibt. Sie ohne Gummi die Schwänze in sich spüren will und ihre Fotze nach Sperma lechzt. Sie es hören, sehen und spüren will, wie der auserwählte Stecher lautstark in sie kommt.

Das würde ihr Mann nie tolerieren und es wäre wohl der letzte Tag ihrer Ehe.

Ihr schauderte es immer mehr davor in den Club zu gehen und auch die Vorstellung von dem was sie dort drin erwartet. „Ich muss ihm die Wahrheit sagen, ich muss ihm unbedingt die Wahrheit sagen. Vielleicht nicht gleich alles, aber zumindest einen Teil. Das endet Heute alles im Fiasko. Den Geburtstag vergesse ich bestimmt nicht" drängte es ihr in den Kopf. Schließlich könnte ihr Geburtstag auch gleichzeitig ihr Scheidungstag werden. Happy Birthday.

Aber Heike war nicht die einzige, die innerlich zerrissen vom Parkplatz Richtung Eingangstür trottete. Auch ihm schossen noch etliche Szenarien durch den Kopf.

Er wurde sehr nachdenklich und seine Schritte immer langsamer. Fast schien es so, als wollten ihn seine Füße rückwärts zurück zum Auto bringen. Nur im Entenmarsch watschelten sie Händchenhalten auf das beleuchtete Gebäude zu.

Sie wirkten fast schon wie Hänsel und Gretel, die sich voller Ungewissheit und Neugierde auf das Lebküchenhaus der Hexe zubewegten, ohne zu wissen, was sie dort drin erwartet.

Er steckte nun voll im Interessenkonflikt mit sich selbst. War hin und her gerissen zwischen sexuellen Fantasien und der harten Realität mit ihren Konsequenzen. Es war seit langem ein Verlangen und ein geheimer Wunsch von ihm, seiner Frau beim Sex mit einem anderen zuzusehen oder aktiv dabei mitzumachen.

Eine seiner erotischsten Vorstellungen, die er ihr nie zu sagen traute, geschweige denn darüber zu reden oder zu diskutieren. Darum auch dieses Geschenk zum Geburtstag. Nicht nur für sie ein besonderes Geschenk. Nein, auch seine eigenen Interessen, Fantasien und Träume sollten damit befriedigt werden. Beide sollten sie sich heute ohne Vorwürfe, Kritik oder Vertrauensbruch ausleben können. Oder sollte der Traum zum Alptraum werden? Er wollte es doch so gerne mal sehen, wie sie es mit einem anderen treibt. Er war so neugierig darauf.

War sie wilder als bei ihm? War sie ruhiger als bei ihm? Welche Stellungen würde sie machen?

Wie lange würde es dauern bis sie oder der andere kommt?

Wäre ein anderer überhaupt in der Lage seine heiße Stute zu bändigen? Käme sie überhaupt zum Orgasmus?

Wenn ja wie oft und wie intensiv? Wäre sie so dreist und würde es ohne Gummi machen? Würde sie es einem anderen erlauben ihr die Fotze voll zu sauen und in sie zu kommen? So viele quälende Fragen waren in seinen Kopf. Und insgeheim wusste er die Antwort darauf. Oder waren es nur die Hormone und seine Fantasien, die seine Gedanken manipulierten? Schon seit geraumer Zeit hatte er immer wieder die Gedanken seine Frau beim Sex zu beobachten. Konkret hätte er es gerne gesehen, wie sie von einem anderen von hinten genommen wurde. Er selbst vögelte sie verdammt gerne von hinten. Nur war ihre kleine Möse in dieser Position so eng, dass es nie lange dauerte und er kam. Gerne täte er es erleben, wenn jemand in der Lage wäre, es ihr richtig lang von hinten zu besorgen, sie so durchzuficken, bis sie erschöpft zusammensackte. Heike liebte es, hart von hinten genommen zu werden und es täte ihr sicherlich gut. Sie hätte sicher Freude daran und er würde es ihr so sehr gönnen.

Es tat ihm immer leid, dass er so schnell fertig war und sie noch voll in Rage war. Das war die einzigste Stellung in der er sich seiner Fickgöttin geschlagen geben musste.

Aber irgendjemand müsste dieses verbumste Luder doch bezwingen können....

Die zweite heiße Vorstellung, von der er immer träumte, war zu sehen, wie sie sich langsam auf einen fremden Schwanz setzte, in tief in sich einführte, bis er bis zum Anschlag in ihr steckte. Sie dann begann darauf zu reiten. Am Anfang langsam, dann immer wilder und dann bis zur Ektase. Genau so, wie sie es bei ihm auch machte. Nur würde er sie halt gerne mal dabei beobachten. Und auch sehen, wie sie dabei einen richtig geilen Orgasmus erlebte.

Zuallerletzt war dann da noch die Vorstellung, dass sie in der Missionar Stellung einfach genommen wird. Zwischen ihren gespreizten Schenkeln, ein Fremder der einfach in sie reinfickt und es gar nicht glauben kann, welch geile Möse und Frau er hier gerade bumst. Auch hier wäre es wieder interessant zu sehen wie sich Heike dabei verhalten würde, wenn ein andere wild in sie hineinfickt.

Und die Gedanken gingen noch weiter. Es wäre doch wirklich cool, dachte er, wenn sie es ohne Gummi treiben würde. Sich den blanken Stängel in die Fotze jagen ließ. Es wäre sicher ein heißer Anblick zu erleben, wie ein anderer seinen Saft in ihre Möse presst und seinen Schwanz dann langsam nach „getanen Job" aus ihr herauszieht.

Was würde es ihn anmachen zu sehen, wie der Saft aus der eben durchgeknallten Möse seiner Frau herausläuft, die erschöpft und durchgeschwitzt, aber immer noch geil daliegt.

Das Loch vom Vorgänger geweitet und die tropfenden Schamlippen weit auseinanderklaffend. Auffordernd und bereit für die nächste Runde.

Er müsste ihn ihr einfach reinjagen, sie ficken und „sein Gebiet" mit seinen Saft ebenfalls befüllen.

Ohhh ja... die volle Möse seiner Frau mal sehen und noch mal richtig eins draufsetzen. Das hätte schon mal einen Kick. Der fremde Saft läuft ihr gerade noch aus der Möse und die nimmst deine durchgefickte Frau wieder mit nach Hause. Und du weißt, du wirst sie jederzeit wieder ficken.

Der fremde nur, weil du es ihm gestattet hast und weil es zur Befriedigung deiner Interessen und derer deiner Frau diente.

Der zweite Aspekt sollte dann aber auch sein, dass es ihr gutgetan hat und sie nach all den Jahren der Ehe mal Abwechslung erfahren durfte.

Wie würde sie bei dieser Abwechslung wohl abgehen? Er würde es heute gerne herausfinden. Bitte, bitte fick heut mit einem anderen flehte er in Gedanken und mach keine Zickereien es nicht tun zu wollen. Lass dich heut einfach nur mal ficken...

Aber dann das Umdenken. Die Vernunft und die Eifersucht klopfte wieder an.

Was das wohl dann für ein Gefühl danach sei? Vor allem wenn die Geilheit dann mal verflogen ist. Seine Frau einem anderen zum ficken freigegeben zu haben. Nein, nein, nein ging es ihn durch den Kopf. Das durfte nicht passieren. Bitte tu es heute nicht dachte er jämmerlich unter Herzrasen.

Zeig nur an mir Interesse und komm nicht mal auf den Gedanken, dein Geschenk einzulösen.

Die Vorstellung war zwar gut, aber könnte er die Realität verkraften? In dem Moment als es wirklich passierte damit umgehen? Oder danach? Die Liebe seines Lebens, seine Frau, die ihm immer treu war und in all den Jahren nie auch nur einen Gedanken an einen anderen verschwendet hatte, plötzlich beim Sex mit einem anderen zu erleben. Womöglich auch noch zu sehen, dass es ihr Spaß macht und sie einen Orgasmus erlebt. Der Schmerz wurde ihn wahnsinnig machen und sein Herz und seine Liebe zu ihr zerspringen.

Schwerwiegend auch noch die Tatsache, dass er sie dazu getrieben hatte. Nein, er könnte nicht mal einen Seitensprung verzeihen. Sollte er jemals erfahren, dass sie ihn auch nur ein einziges Mal betrogen hat, er würde ausrasten vor Eifersucht, Trauer und Enttäuschung. Er könnte es ihr nie verzeihen, ihr nie mehr in die Augen blicken oder sie jemals mehr lieben.

Er würde sie wahrscheinlich nicht mal mehr anfassen wollen, bei der Vorstellung, dass sie es lustvoll mit einem anderen hinter seinen Rücken getrieben hat, ein anderer seinen Zipfel in sie steckte und womöglich auch noch eine Ladung in ihr Fötzchen ließ. Nein, er hätte keine Lust mehr, Heike jemals wieder zu poppen. „Ekelhaft diese Vorstellung" dachte er und es lief ihm kalt den Rücken runter.

„Was habe ich hier heut nur angestellt? Oh Gott, bitte lass das heut alles gut ausgehen. Ich will sie nicht verlieren. Nicht wegen ein paar dummen Gedanken. Hätte ich doch nur mal mit ihr darüber gesprochen, ihr meine Fantasien gesagt. Dann wären wir heute sicherlich nicht hier und ich müsste nicht Angst haben, aus meiner Geilheit und Dummheit heraus alles kaputt zu machen. Hoffentlich endet das heute nicht in einem Fiasko, gefolgt von einer Scheidung".

Aber es war wie es ist. Er konnte es nicht mehr ändern oder beeinflussen. Er hatte es ihr geschenkt, ihr es förmlich aufgezwungen und ihr gesagt, dass es keine Tabus gäbe. Dazu noch große Töne gespuckt und versprochen, dass es keine negativen Auswirkungen oder Konsequenzen auf ihre Ehe hätte. Welch Bullshit hatte er von sich gegeben. Nun war alles gesprochen, alles war gesagt.

Die Zeit konnte er nicht mehr zurückdrehen.

Innerhalb weniger Stunden würde er die Zukunft erfahren, die er in der Vergangenheit ins Leben gerufen hatte. Er konnte nur noch abwarten, wohin die Reise geht.

Das bimmeln der Eingangstüre riss beide aus ihren Gedankenmeer. Sie waren so abwesend, dass sie es gar nicht registrierten, die Klingel gedrückt zu haben. Hänsel und Gretel waren am Hexenhaus angekommen. Sie standen vor der Tür und schauten sich entsetzt in die Augen.

Ihre Blicke sprachen Bände. Angst, Kummer und Ungewissheit spiegelten sich in Beiden wieder. Es schien fast so, als ob es beiden gleichzeitig bewusst wurde, dass dies ihr letzter gemeinsamer Abend werden könnte, dass danach nichts mehr so ist wie es vorher war oder nichts mehr von dem existiert, was sie sich aufgebaut hatten. Es trennte sie nur noch ein Schritt vor der Ungewissheit. Beide merkten, dass sie den anderen etwas sagen wollten. Aber beide fanden nicht die Worte, um es auszusprechen. Etwas umgab sie. Ein Gefühl, dass beide teilten, aber bis heute nicht kannten.

Sie wussten, dieser Ort hier heute würde sie entweder mehr verbinden und zusammenschweißen als jemals zuvor, sie zu einer unendlichen Einheit verschmelzen lassen oder beide heute vernichten.

Ihre Liebe, ihren Glauben, ihre Ehe, ihre Zukunft, ihre Vergangenheit und ihre Gemeinsamkeit.

Es war ihnen nun beiden klar. Sie würden heute die Prüfung ihres Lebens bestreiten...

Jede vergehende Sekunde bis sich die Tür öffnete kam ihnen wie Stunden vor. Heike hielt es nicht mehr aus. Die Stille und das Warten. „Ich liebe Dich" durchbrach sie die Stille. Dabei himmelte sie ihn mit ihren dunklen Augen an und strich ihn über die Wange. „Vergiss das bitte nie, wenn wir da drinnen sind und zweifle es nie an." Er wollte gerade noch Antworten, wurde aber im Ansatz unterbrochen. Endlich war es soweit.

„Herzlich willkommen im Club Secret. Kommt doch herein", sagte die leicht bekleidete junge Angestellte mit freundlicher Stimme und bezaubernd charmanten Lächeln. „Mein Name ist Mia und das ist Kong. Ihr seid das erste Mal bei uns? Nur hereinspaziert. Ihr werdet den Abend bei uns nie vergessen..."

Heike und ihr Mann schauten die zwei Gestalten in der Türe an. Beide waren dunkelhäutig.

Tief schwarz, um genau zu sein. Mia war äußerst attraktiv. Groß, schlank, stramme handgroße Brüste und lange pink gefärbte Haare, die sie offen und wild gestylt trug. Sie war ganz und gar ein Blickfang. Verdeckt wurde ihr erotisch geformter, begehrenswerter Körper, den Haaren angepasst, mit einem pinken engen Kleid, das nur das nötigste verdeckte.

Ihre langen Beine steckten in hohen, wie konnte es auch anders sein,... pinken High heels. Ihre Stimme wirkte heiter, fröhlich und gefährlich verführerisch.

Dahinter baute sich ein Berg, ein Turm von einem Mann auf. Nur gebückt konnte er aus der Türe hinaus schauen. Heikes Mann, der ebenfalls kräftig gebaut bei 1,85 m Körpergröße war, wirkte wie eine zierliche Spielzeugfigur neben diesen Hünen, der locker 2,20 m groß sein musste.

Nur mit einer weißer Stoffhose und weißen glänzenden Lackschuhen bekleidet, bei freien Oberkörper, der den gesamten Eingangsbereich verdeckte, blickte er sie musternd an. Mia hatte fast keinen Platz mehr neben ihm und versuchte sich immer irgendwo an ihm vorbei zu quetschen.

„Ich bin zuständig für Fragen, Reservierung, Service und Wünsche aller Art" erklärte die schwarze Schönheit kurz und kicherte dabei fröhlich. „Er und dabei deutete sie mit dem Daumen nach hinten, ist zuständig für Unklarheiten und Probleme."

„Jetzt aber schnell herein mit euch. Ihr werdet sicherlich eine Menge Spaß bei uns erleben. Nach einen Besuch bei uns, ist nichts mehr wie es vorher war..hi..hi..hi..hi..

Noch beeindruckt von der imposanten, kolossalen Gestalt in der Türe, der keinerlei Gestik oder Mimik zu entweichen schien und der sexy unerreichbar scheinenden schwarzen Verführung, die verrückt vor sich hin kicherte und immer freundlich grinste, nickten sie sich beide noch einmal vertraut zu.

Daraufhin setzten sie ihre Füße über die Schwelle....

THE END

Fortsetzung folgt....